Katee Robert

Lo quiero todo

Te deseo

Editado por Harlequin Ibérica.
Una división de HarperCollins Ibérica, S.A.
Avenida de Burgos, 8B - Planta 18
28036 Madrid
www.harlequiniberica.com

© 2025 Harlequin Ibérica, una división de HarperCollins Ibérica, S.A.
N.º 177 - 2.4.25

© 2018 Katee Hird
Lo quiero todo
Título original: Make Me Want

© 2018 Katee Hird
Te deseo
Título original: Make Me Crave
Publicados originalmente por Harlequin Enterprises, Ltd.
Estos títulos fueron publicados originalmente en español en 2018 y 2019

I.S.B.N.: 979-13-7000-549-8
Depósito legal: M-2130-2025
Impreso en España por: BLACK PRINT
Fecha impresión Argentina: 29.9.25
Distribuidor para México: Distibuidora Intermex, S.A. de C.V.
Distribuidores para Argentina: Interior, DGP, S.A. Alvarado 2118. Cap. Fed./Buenos Aires y Gran Buenos Aires, VACCARO HNOS.

MIXTO
Papel
FSC   FSC® C159065

ÍNDICE

LO QUIERO TODO

KATEE ROBERT

Para Tim

Las segundas oportunidades conducen a las me-jores historias.

El bufete de Parker and Jones estaba igual
que la última vez que había entrado por la puerta. Aquel pequeño ejército de abogados se ocupaba de detalles de nivello blanco... sabía todo
aquellos que pagaban bien —lo cual quedaba
patente en todos los elementos del interior colores relajantes y líneas marcadas que prove´laban
confianza y creaban un efecto tranquilizador

1

Gideon Novak había estado a punto de cancelar la reunión. Lo habría hecho si tuviera un ápice de honor. Algunas cosas de este mundo eran demasiado buenas para él, y Lucy Baudin ocupaba uno de los primeros puestos de la lista. Saber de ella en aquel momento, dos años después de...

«Céntrate en los hechos».

Ella había llamado y él había contestado. Tan sencillo como eso.

El bufete de Parker and Jones estaba igual que la última vez que había entrado por la puerta. Aquel pequeño ejército de abogados se ocupaba de delitos de cuello blanco —sobre todo aquellos que pagaban bien—, lo cual quedaba patente en todos los elementos del interior. Colores relajantes y líneas marcadas proyectaban confianza y creaban un efecto tranquilizador.

Paredes azul pálido y líneas intensas no servían para rebajar la tensión que iba creciendo en su pecho a cada paso.

No solía firmar contratos con bufetes. Como cazatalentos, prefería ceñirse a las tecnológicas, corporaciones de empresas emergentes o, literalmente, cualquiera que no fuera abogado. Eran demasiado controladores y querían meterle mano a todos los detalles, y a cada paso del camino. Eran como un grano en el culo.

«Es por Lucy».

Mantuvo su expresión facial bajo control en lo que tardó el ascensor en subir al piso. Cuando la conoció, tenía su despacho en la sexta planta, donde probaba su valía ocupándose de los casos que no eran lo bastante interesantes como para que los otros abogados experimentados les dedicaran su tiempo, pero que al mismo tiempo eran lo bastante importantes como para no poder rechazarlos. El ascensor iba ya por el piso diecinueve, solo un par por debajo de Parker and Jones en persona. Le había ido bien en los dos años que habían pasado desde la última vez que se habían visto. Muy bien.

El ascensor abrió sus puertas en una espaciosa sala de espera que en realidad no parecía una sala de espera. Cuanto más dinero tenía la gente, más cuidado había que poner para tratar con ella, y la zona de la cafetera, los sofás distribuidos por aquel espacio y las revistas de economía lo reflejaban. El acceso al corredor estaba defendido por una gran mesa y una mujer de edad con canas en la cantidad exacta para que resultasen elegantes en su cabello oscuro. Resultaba sorprendente. Se había esperado una recepcionista rubia de bote, o quizás una morena, si se dejaban llevar por el espíritu aventurero.

Pero entonces la mujer alzó la cara y tuvo la sensación de estar viendo a un general que pasara revista a sus dominios. Ya. Así que habían elegido a alguien a quien no se pudiera avasallar, si el ojo no le engañaba. Que resultaba útil para mantener a los clientes cuidadosamente ordenados.

Se detuvo delante de la mesa esforzándose por no parecer amenazador.

—Vengo a ver a Lucy Baudin —anunció.

—Le está esperando.

Y volvió a su ordenador.

Dedicó medio segundo a preguntarse qué cualificación tendría y si estaría abierta a cambiar de empresa, antes de dejar a un lado el pensamiento. No era el mejor modo de empezar la reunión con Lucy robándole a la recepcionista.

Se había pasado la semana anterior intentando dar respuesta a la pregunta de por qué Lucy lo habría buscado precisamente a él. Nueva York rebosaba cazatalentos. Él era bueno —mejor que bueno—, pero teniendo en cuenta su historial, seguro que había podido encontrar a alguien mejor para ese trabajo.

«También podrías haber dicho que no».

Pues sí, podría haberlo hecho.

Pero estaba en deuda con Lucy Baudin. Mantener una reunión no era nada comparado con el hecho de que él solito había prendido fuego a su futuro matrimonio.

Llamó a la puerta de madera oscura al tiempo que la abría. El despacho era grande y luminoso, con unas hermosas ventanas por las que se colaba Nueva York, y como único mobiliario, una gran mesa en forma de ele y dos sillas con aspecto de ser cómodas colocadas delante. Echó un rápido vistazo a la estancia antes de centrarse en la mujer que ocupaba el otro lado de la mesa.

Lucy permanecía erguida, con los hombros tensos, como si estuviera a punto de lanzarse al campo de batalla. Llevaba su melena oscura en un recogido aparentemente fácil pero que seguramente requería un buen rato elaborar. La vio levantar la cara, lo que le hizo reparar en su boca. Las facciones de Lucy eran demasiado marcadas para poder ser calificada de belleza tradicional —habría podido ganar una pasta en las pasarelas—, pero tenía una boca generosa de labios gruesos que siempre tendía a la sonrisa.

Pero aquel día, nada de sonrisas.

—Lucy.

Cerró la puerta a su espalda y esperó a que ella tomara las riendas de la situación. Ella lo había convocado. No le resultaba natural dejar que fuera otra persona la que lo guiase, pero por ella haría el esfuerzo.

Al menos, hasta que le hubiera expuesto sus motivos.

—Gideon. Siéntate, por favor.

Señaló las sillas que había delante de su escritorio.

Quizás ella pudiera fingir que aquella era una entrevista de trabajo más, pero él no podía dejar de mirarla. Llevaba un vestido gris oscuro que realzaba la blancura de su piel y la oscuridad de su pelo, dejando el protagonismo del color a sus ojos azules y sus labios rojos, un conjunto que creaba una imagen sorprendente. Aquella mujer era un regalo del cielo. Siempre lo había sido.

«Pero tú lo jodiste todo cuando la echaste. Céntrate».

No había concertado aquel encuentro por su pasado. Si ella podía mostrarse profesional, él también se las arreglaría. Era lo menos que podía hacer.

Se acomodó en la silla y se inclinó hacia delante hasta apoyar los codos en las rodillas.

—Dices que esta reunión es por un trabajo.

—Exacto —un ligero rubor tiñó sus blancas mejillas, y las pecas que las moteaban se iluminaron—. Es confidencial, por supuesto.

No había sido una pregunta, pero la contestó de todos modos.

—No he preparado un acuerdo de confidencialidad, pero puedo hacerlo si necesitas que sea oficial.

—No será necesario. Tu palabra me bastará.

La curiosidad creció. Ya había tenido clientes en otras ocasiones que habían insistido en la confidencialidad —en realidad era más la regla que la excepción—, pero en aquel caso tenía una sensación diferente. Dejó a un lado el pensamiento y se centró en el trabajo.

—Lo mejor sería que me describieras el puesto que quieres cubrir. Me daría una idea general de lo que buscas, y a partir de ahí podremos centrar la búsqueda.

Ella lo miró directamente a los ojos, y el azul de los suyos brilló.

—El puesto que necesito cubrir es el de marido.

Gideon movió la cabeza. Tenía que haber oído mal.

—¿Perdón?

—Un marido —repitió, levantando la mano izquierda y moviendo el dedo anular—. Antes de que pongas cara rara, deja que me explique.

No había puesto ninguna cara. Un marido. «¿De dónde narices se piensa que voy a sacar un marido?». Iba a preguntarle exactamente eso, pero Lucy se le adelantó.

—El momento no es el ideal, pero me han llegado rumores de que están considerando mi candidatura para ser socia a finales de año. Aunque algo así sería motivo de celebración, en la vieja guardia hay quien se opone vehementemente a las mujeres solteras —elevó la mirada al techo, el primer gesto típico en Lucy que la había visto hacer desde que había llegado—.

Sería risible de no ser porque se interpone en lo que quiero conseguir, pero he visto cómo a Georgia la dejaban en la cuneta el año pasado precisamente por eso.

Estaba hablando en serio...

Respiró hondo, e intentó enfocar aquello con lógica. Resultaba evidente que Lucy había reflexionado detenidamente sobre todo aquello, y si estaba equivocada, no por eso tenía él que propinarle una bofetada verbal. Aquella Lucy, tan perfecta y serena, quedaba a años luz de distancia de la última vez que él la había visto, sollozando, rota, pero eso no cambiaba el hecho de que ambos eran las dos mismas personas. Tenía que poder manejar aquello con calma y hacerla entrar en razón.

Pero lo que salió de su boca no fue precisamente sereno y razonable.

—¿Es que has perdido la cabeza, Lucy? Soy un cazatalentos, no un casamentero. Y aunque lo fuera, casarse para conseguir un ascenso es un disparate.

—¿Lo es? —se encogió de hombros—. Mucha gente se casa por razones mucho menos válidas. De hecho, yo misma estuve a punto de casarme por amor, y los dos sabemos cómo terminó todo. No tiene nada de malo enfocar el matrimonio como un acuerdo comercial... muchas culturas lo hacen.

—Pero no hablamos de otras culturas, sino de ti.

Volvió a alzar los hombros, como si no le importase lo más mínimo, y él detestaba esa fingida indiferencia, pero no tenía el más mínimo derecho a decírselo.

—Esto es importante para mí, Gideon —continuó ella, mirándolo directamente a los ojos—. No sé nada de niños —me gusta mi trabajo, y tener hijos podría interferir con él—, pero estoy sola. No estaría mal tener a alguien junto a quien volver cuando llegue a casa, aunque no sea un amor que haga temblar la tierra. Especialmente si no lo es.

—Lucy, eso es una locura —cada palabra que ella pronunciaba abría brecha en la barrera de profesionalidad que tanto le estaba costando mantener—. ¿Dónde demonios voy a encontrarte yo un esposo?

—En el mismo sitio en el que encuentras a gente que ocupe determinados puestos. Haz entrevistas. Estamos en Nueva York —y si tú no puedes encontrar a un hombre soltero que al menos esté dispuesto a considerar mi propuesta, entonces es que nadie podrá hacerlo.

Gideon iba a decirle con todo lujo de detalles hasta qué punto era imposible cuando la culpa se le agarró a la garganta y ahogó sus palabras. Aquel plan era una mierda, e imaginarse a Lucy en un matrimonio sin amor le irritaba tanto como el papel de lija en la piel, pero no era asunto suyo.

Y, en parte, era culpa suya que siguiera soltera.

Demonios...

Se incorporó. Daba igual lo que le pareciera aquel plan porque, en el fondo, estaba en deuda con ella. Sabía que el cerdo de Jeff la había engañado, pero había tardado todo un mes en decidirse a decirle la verdad. Esa era una deuda que no se iba a condonar así como así, y si había acudido a él era porque debía haber agotado las demás opciones, así que decirle que no, no iba a hacerla desistir... simplemente, buscaría otra vía.

En el fondo no tenía otra opción. Sí, habían pasado dos años desde la última vez que la había visto, pero eso no cambiaba el hecho de que él la consideraba una amiga, y nunca dejaba colgado a un amigo cuando este lo necesitaba. Era posible que su moral fuera cuestionable en muchas cosas, pero precisamente en la lealtad no lo era.

Lo necesitaba. Encontraría el modo de ayudarla aunque no hubiera estado en deuda con ella.

Por lo menos, si no estaba metido en aquella locura, dispondría de margen para protegerla. Podría hacerlo como no había podido hacerlo del dolor que Jeff le había causado.

Si idear un plan como aquel significaba que estaba loca, él lo estaba todavía más por acceder a ello.

—Lo haré.

Lucy no se podía creer lo que acababa de salir de sus labios. Era demasiado bueno para ser cierto. Intentar reclutar a Gideon Novak para que la ayudara en su plan había sido un intento a la desesperada: él era la única persona en la que confiaba para intentar algo tan peculiar como la búsqueda de un marido, pero en el fondo no se había atrevido a pensar que iba a aceptar.

«Ha dicho que me va a ayudar». La sorpresa fue tal que la dejó muda durante cinco segundos. «Di algo. Ya sabes lo que dice el dicho: fíngelo hasta que lo logres. No es más que otra prueba. Céntrate».

Carraspeó.

—Perdona, ¿has dicho que sí?

—Sí —respondió, mirándola fijamente a la cara con sus ojos oscuros de espesas pestañas, algo que siempre le había envidiado en secreto. Gideon era demasiado atractivo para su gusto. Pelo oscuro, cortado siempre en ese estilo que ella solo sabía calificar de desenfadado, mandíbula fuerte y boca firme, un conjunto que no la habría dejado dormir de no mantenerlo estrictamente confinado en la zona de «amigos».

«Antes era así».

Apartó ese pensamiento porque dejarse caer por la conejera de desesperación que era su relación con Jeff Larsson era algo que de ninguna manera iba a hacer. La relación había terminado, y su amistad con Gideon había sido un efecto colateral.

Hasta el momento presente.

Gideon se movió en su asiento, devolviéndola al presente.

—¿Y exactamente cómo has pensado proceder con todo esto?

Para eso sí que tenía respuesta. En realidad, había pasado casi demasiado tiempo revisando los pasos necesarios para lograr su objetivo con las mínimas molestias: un marido y un ascenso.

—He pensado que podías preparar una lista de candidatos adecuados. Yo saldría con cada uno una o dos veces, y reduciríamos la lista a tres.

—Ajá —murmuró, repiqueteando con los dedos sobre una de sus rodillas.

El gesto arrastró la mirada de Lucy al sur de la cara de Gideon. Llevaba un traje de tres piezas que habría resultado demasiado formal para aquella reunión, pero él se las arreglaba para rebajarle la seriedad, y el tejido de raya diplomática gris sobre gris le daba un aire del viejo mundo, como si fuera un personaje sacado de *Mad Men*.

Y por suerte para ella, su sentido de la moralidad era más elevado que el de Don Draper, el protagonista de la serie.

Se obligó a no moverse en el asiento por el empuje de su atención. Había sido fácil mostrarse distante y profesional mientras le comunicaba las líneas maestras de su propuesta —lo había practicado del mismo modo que hacía con la declaración inicial y final en un juicio ante un jurado. Pero meterse en los detalles esenciales del plan y de las acciones que había que emprender era algo completamente distinto.

—Estoy abierta a tus sugerencias, por supuesto.

«Ahí lo tienes... mírame. Mira qué razonable puedo ser».

—Por supuesto —asintió él, como si acabase de decidir algo—. Si vamos a hacerlo, será con mis normas. Yo elegiré a los candidatos y supervisaré las citas. Y si no me gusta alguno, tendré derecho a veto.

¿Derecho a veto? Eso no formaba parte del plan.

—No —respondió, negando con la cabeza—. De ninguna manera.

—Tú has acudido a mí, Lucy. Eso significa que confías en mi buen juicio —la miró con tanta intensidad que tuvo la sensación de que su propia piel se le había quedado pequeña—. Estos son los términos.

Términos. Demonios. Se había olvidado de lo más importante... aunque tampoco tenía por qué ser lo más importante. Él no sabía que formaba parte del plan, de modo que aún no era tarde para dar marcha atrás.

Pero si lo hacía, el miedo tan hondo que llevaba arraigado del tiempo con su ex nunca sería exorcizado y se pasaría el resto de la vida —y su posible matrimonio— batallando contra las dudas sobre sí misma y su marido. La volvería loca y acabaría por envenenarlo todo.

No podía permitir que ocurriera, por humillante que le resultaba haber tenido que pedir ayuda a Gideon.

A duras penas apartó la mirada de él y tiró del bajo de su falda antes de decir:

—Hay una cosa más.

—Te escucho.

Un repentino sudor le había humedecido las palmas de las manos y las colocó abiertas encima de la mesa.

—¿Estás saliendo con alguien?

—¿Y eso qué demonios tiene que ver con todo esto?

Tenía todo que ver. Las relaciones de Gideon nunca habían ido más allá de un par de semanas, pero los últimos años podían haberlo cambiado. Para la segunda parte de su plan, era de vital importancia que ese cambio no se hubiera producido.

El Gideon al que ella conocía había sido su amigo, sí, pero también había sido la encarnación del término playboy. Nunca salía con nadie en serio. No maltrataba a ninguna mujer, pero tampoco pasaba mucho tiempo con la misma. Había oído rumores en la universidad sobre su maestría en el dormitorio, tan legendaria que muchas eran las que pasaban por alto el hecho de tener una fecha de caducidad en cuanto él mostraba el más mínimo interés.

Para resumir: era perfecto para su situación.

Solo tenía que encontrar la fuerza necesaria para pronunciar aquellas condenadas palabras. Se obligó a no mover las manos.

—Voy a necesitar... clases.

—Lucy, mírame.

Indefensa, obedeció. Se encontró con que la miraba con el ceño fruncido, como si pretendiera leerle el pensamiento.

—Vas a tener que explicarme de qué narices estás hablando.

Resultaba mucho más difícil decirlo si la estaba mirando, así que apretó los labios.

Se había enfrentado a los abogados más agresivos de Nueva York, así que tenía que ser perfectamente capaz de enfrentarse a Gideon Novak.

«Conoces las palabras. Las has practicado lo suficiente».

—Necesito lecciones en materia de sexo.

Él se quedó tan inmóvil que podría haberse vuelto de piedra, así que continuó.

—Será un matrimonio acordado, pero va a ser un matrimonio de verdad. Y como no me apetece que otro prometido vuelva a engañarme, el sexo tendrá que formar parte del acuerdo. Ha pasado mucho tiempo, y tengo que afinar mis habilidades en ese campo.

«Para no mencionar que el único hombre con el que me he acostado era Jeff, y él nunca dejaba pasar la oportunidad de decirme lo poco inspiradora que encontraba nuestra vida sexual. O que me culpase a mí de su infidelidad por ser incapaz de satisfacer sus necesidades».

Lo que Jeff pensara ya no dictaba su vida, pero mentiría si dijera que sus palabras ya no la perseguían, que no habían tenido un peso específico en el celibato que duraba ya dos años.

Había disfrutado del sexo, y creía que él también. Si tan equivocada podía estar en algo tan fundamental, ¿qué iba a impedir que volviera a fracasar?

No, no podía permitirlo. Si confiaba lo suficiente en Gideon para que la ayudase a encontrar marido, tendría que confiar también en él para que crease un espacio seguro en el que enseñarle algo que obviamente necesitaba aprender para ser una esposa eficaz. Los rumores que circulaban sobre su destreza sexual solo servirían para endulzar el acuerdo, porque tenía experiencia de sobra para poder guiarla en un curso exprés de seducción.

Aún no había dicho nada.

Lucy suspiró.

—Sé que es mucho pedir...

—Te voy a parar los pies en este instante —cortó, poniéndose en pie y abrochándose la americana—. Te pasaré la factura de la búsqueda de marido. Será la misma tarifa que utilizo para un cliente normal. Yo no soy un trabajador del sexo, Lucy. No puedes agitar una varita mágica y adquirir experiencia en lo que tú quieres.

Hizo cuanto pudo por no encogerse. «Ya sabías que era un tiro al aire».

—Entiendo.

—Dicho esto... —movió la cabeza como si no pudiera creerse las palabras que él mismo pronunciaba, ni las que pronunciaba ella—. Ven a mi casa esta noche y hablamos. Después, ya veremos.

Eso... no era un no. Tampoco era un sí. Pero, sobre todo, no era un no.

—De acuerdo.

No se atrevió a decir más por miedo a que cambiase de opinión. «No me puedo creer que esto esté pasando». No parecía hacerle ninguna gracia haberle hecho la invitación. De hecho, hasta parecía furioso.

—A las siete —sentenció, clavándole la mirada—. Ya sabes mi dirección.

No era una pregunta, pero aun así, asintió.

—Allí estaré.

—No te retrases.

Y salió del despacho.

¿Qué era lo que acababa de pasar? Se estremeció. Lo que acababa de pasar era que Gideon Novak había accedido a ayudarla. Su reputación profesional decía que siempre lograba al profesional perfecto, y la personal, que tenía cuanto hacía falta para que su matrimonio fallido arrancase como debía ser.

«Ha dicho que sí».

Teniéndole a él en su rincón, no cabía posibilidad de fracasar.

El ascenso era suyo. Ya lo podía sentir.

2

Nadó largos y más largos hasta que tembló de agotamiento, pero no le sirvió de nada. Lo único que podía ver era la expresión anhelante de Lucy mientras aquellos labios pecadores pronunciaban las palabras que habría matado por escuchar tiempo atrás. Enséñame. La atracción que sentía por esa mujer solo le había acarreado problemas, y al parecer había doblado la apuesta al no decirle que no, que es lo que debería haber hecho, en lugar de decirle que viniera a su casa.

Para poder hablar.

Sobre cómo darle clases de follar.

Salió de la piscina y se quedó de pie. Había estado preparado para decirle que no, tanto a lo de la búsqueda de marido como a las lecciones, pero lo que había hecho al final había sido invitarla a su casa. ¿De qué demonios iba todo esto?

«Lo sabes perfectamente».

Deseaba a Lucy.

La había deseado desde el momento mismo en que la vio en aquel abarrotado bar de Queens seis años antes. Tenía un aspecto tan fresco aun llevando algunas copas encima que supo que había algo especial en ella.

Pero la mala fortuna quiso que Jeff Larsson pensara lo mismo que él, y ese bastardo le ganó la partida al completo: se presentó, la conoció, salió con ella y le propuso matrimonio.

Él lo había intentado todo para alegrarse por su mejor amigo —y para refrenar el deseo por la mujer de su mejor amigo—, pero nunca lo había conseguido del todo. Daba igual con cuántas chicas saliera, porque su corazón nunca había estado implicado. Cuando Jeff hizo un comentario de pasada sobre lo que parecían gustarle las morenas con pecas, había aparcado las relaciones más largas y sus interacciones a una sola noche.

Se duchó y se vistió rápidamente. Le iba a costar llegar a su casa antes de que ella llegase, pero algo tenía que hacer para atemperarse y no correr el riesgo de tirar por la borda la precaución. La tentación de tener a Lucy en su cama, aunque fuera por una razón de mierda como aquella...

Si lo hiciera, sería bastardo y medio.

No. Iba a comprar comida para llevar, se sentaría con ella para dar cuenta de su cena china favorita y le daría una a una todas las razones por las que el sexo entre ellos no era una opción. Se mostraría sereno y razonable, y utilizaría los argumentos que fueran necesarios para hacerle entender por qué. No necesitaba lecciones. Ningún hombre de sangre caliente y un instrumento operativo iba a tener problemas con lo que Lucy tuviera que ofrecer.

Aceleró el paso al imaginarse a otra persona despertándose todas las mañanas a su lado. Al imaginarse a otro en las largas noches hundido entre sus muslos, piel húmeda contra piel húmeda...

Mierda.

Se volvió a mirar el gimnasio, considerando seriamente cancelarlo todo y pasarse tres horas metido en la piscina. Igual si estaba demasiado agotado, la furia que le ahogaba cada vez que se la imaginaba con otro hombre cesaría.

Pero no iba a ser así.

Si saber que su mejor amigo estaba con ella le había sido difícil de digerir —incluso antes de que el muy idiota hubiera empezado a tirarse a quien se le pusiera a su alcance— no iba a sentirse mejor porque fuera un desconocido. No había modo de evitarlo. Lucy iba a seguir adelante con el plan tanto si él accedía como si no. Igual conseguía hacerla desistir de lo del sexo, pero no iba a conseguir convencerla de que no necesitaba marido.

Le había fallado con Jeff. Aun siendo su mejor amigo, Gideon no se había percatado de los signos de advertencia hasta que era ya demasiado tarde —y aun entonces había dudado durante todo un mes antes de darle la noticia—. En resumen, que la había cagado bien y le había costado su amistad, algo que valoraba más de lo que se había podido imaginar.

No volvería a cagarla.

¿Quería un marido? Pues él le buscaría el hombre más honorable que fuera posible encontrar para que la hiciera feliz. Se lo debía.

Apenas había tenido tiempo para dejar la cena en el mostrador de la cocina cuando llamaron a la puerta. Bordeó el sofá y abrió.

—Llegas pronto.

—Espero que no te importe. El portero me ha reconocido, así que no te ha llamado.

Y le dedicó una tímida sonrisa que le llegó al corazón, a pesar de su determinación por hacer lo correcto.

Lucy debía haberse pasado por casa, porque llevaba unas mallas negras y una camisa fina y suelta que parecía decidida a caérsele constantemente de un hombro. Se dio cuenta de que la estaba mirando y se mordió un labio.

—Sé que habíamos hablado de lecciones, y que esto no es exactamente la seducción personificada, pero me he revisado todo el armario y, aparte de la ropa de trabajo, no tengo nada que sea, digamos, la seducción personificada.

Pues a él lo estaba matando...

Dio un paso atrás y abrió del todo.

—Estás bien.

—Bien —frunció el ceño—. Sé que estás molesto porque te haya arrinconado con algo así, pero no tienes que intentar halagarme. Te he pedido que hagas esto porque confío en que me digas la verdad. Siempre he confiado en que me dijeras la verdad.

Si hubiera sacado un cuchillo y se lo hubiera clavado en el corazón no le habría dolido más. Gideon cerró la puerta despacio, intentando mantener el control. Daba igual lo sincero que lo creyera: no iba a acceder a llevársela a la cama. No podía hacerlo.

—Esto no va a funcionar si vas a tirarte a mi yugular cada vez que diga algo. Te he dicho que estás bien y lo estás. No te dije que te vistieras para seducir a nadie, Lucy. Lo único que te he dicho es que movieras el culo hasta aquí para que pudiéramos hablar. Y eso —añadió, señalando su ropa— es perfectamente adecuado para una conversación entre amigos.

—De acuerdo. Está bien. Lo siento. Es que estoy nerviosa.

Se tiró de la camisa, que resbaló un centímetro más por su brazo.

Gideon nunca había encontrado los hombros particularmente provocativos antes, pero ahora quería recorrerle la clavícula con los labios.

«Céntrate, idiota».

Se aclaró la garganta y apartó la mirada.

—No necesitas lecciones, Lucy. Ni de mí, ni de nadie. Eres preciosa, y cualquier hombre sería afortunado si se acostarse contigo.

—Si no quieres enseñarme, no pasa nada. Te lo dije esta mañana.

Dio unos cuantos pasos y bordeó el sofá que había comprado hacía seis meses. Era gris marengo con pinceladas azul oscuro, y la vendedora le había convencido de que combinaría con la estancia de un modo que le iba a encantar. Aún estaba esperando que ocurriera ese milagro. Lucy tomó uno de los cojines absurdamente azules y lo abrazó.

—No ando buscando cumplidos, por cierto, pero gracias. Aun así, la belleza no es importante. Ya que tú no... que nosotros no... —respiró hondo—. ¿Puedo ser totalmente sincera?

—¿Es que no lo has sido hasta ahora?

Como fuera aún más sincera, iba a acabar con él.

—Vale que Jeff era un bastardo, pero eso no cambia el hecho de que, aun antes de que empezara a acostarse con todo el mundo, nunca estaba... satisfecho. A pesar de que obviamente encontraba satisfacción con esas mujeres, no se le puede cargar a él toda la culpa —explicó, tirando de las borlas del cojín.

—Habrás estado con otros hombres después de él.

—No —seguía sin mirarlo—. Estuve a punto en una ocasión, pero no podía dejar de oír su voz en mi cabeza haciendo esos comentarios tan desagradables que siempre intentaba hacer pasar por chistes, pero que yo no podía tragar. Sé que es patético, pero después de un tiempo, correr el riesgo de comprobar que tenía razón me hizo convencerme de que no valía la pena, así que decidí centrarme en el trabajo en lugar de pensar en salir con tíos... y ahora estamos aquí.

Ojalá pudiera volver atrás y darle unos cuantos puñetazos más a la cara perfecta de Jeff. Sabía que las cosas no iban del todo bien entre Jeff y Lucy, pero nunca había sido consciente de hasta qué punto su amigo había sido un hijo de perra.

—Es un cerdo.

—No te voy a quitar la razón, la verdad —esbozó una sonrisa—. Te doy las gracias otra vez por impedir que me casara con él. No sé si te lo he dicho antes, pero imagino que no debió ser fácil decir algo. Erais amigos desde hacía mucho tiempo.

Gideon se pasó una mano por la cara. Se ganaba la vida leyendo a la gente —tanto a sus clientes como a la gente que buscaba para ocupar los puestos—. La verdad, se le daba de maravilla. Esa habilidad hacía de él el mejor de su negocio, y se aseguraba el cobro del segundo bono cuando se demostraba que la persona seguía ocupando el puesto transcurrido un año de su contratación.

Y, en aquel caso, todo su instinto le gritaba que la sonrisa tímida de Lucy ocultaba un alma herida. Si fuera un buen hombre, dejaría que otra persona le ayudase a sanar de esa herida, alguien que estuviera a su lado a largo plazo.

Algo parecido al marido teórico que suponía que debía buscarle. Pero es que él no era un buen hombre.

No quería que fuese otro.

Quería ser él.

—Siéntate.

Se sentó en el sofá, aún con el cojín en los brazos.

—Vale.

No había un manual de instrucciones que te permitiera saber cómo proceder en una situación así, pero necesitaban mantener una conversación antes de seguir adelante.

—Te daré... lecciones, pero con dos condiciones.

—De acuerdo.

—Escucha primero las condiciones y luego decide si crees que podrás cumplirlas. La primera es que tendrás que comunicarte conmigo. ¿Te gusta algo? Me lo dices. ¿No te gusta? Tendrás que decírmelo también. Como finjas, se acabó todo. No podré ayudarte si no eres sincera conmigo y contigo misma.

Ella arrugó la nariz.

—De acuerdo. Soy adulta. Puedo hablar de sexo.

No hizo ningún comentario sobre el hecho de que parecía estarse convenciendo a sí misma. La confiada reina del hielo que había interpretado en la oficina había desaparecido en aquel momento, lo que le hizo preguntarse cuál de las dos era la verdadera Lucy: la abogada fría y profesional o la mujer insegura que tenía sentada frente a él.

Gideon se inclinó hacia delante.

—La segunda condición es que no estés con ningún otro hombre durante el tiempo que dure.

—¿Por qué? —preguntó—. No tengo intención de estar con nadie más, pero siento curiosidad.

—Por respeto —respondió. «Mentiroso. Son celos». Apagó la voz que oía en su interior y mantuvo el tono neutro—. Será en exclusiva, por tu parte y por la mía, hasta que nuestro acuerdo expire.

—En exclusiva —pronunció la palabra como si estuviera paladeándola—. ¿Qué fecha será esa?

«Nunca». Dios, ya estaba metido hasta las trancas y aún no la había tocado siquiera.

—Cuando elijas el candidato a marido, habremos terminado.

Ella asintió.

—Me parece razonable. ¿Empezamos ahora? —sugirió, e hizo ademán de quitarse la camisa.

—¡Relájate, por amor de Dios! —hizo un esfuerzo por bajar la voz y le tendió la mano—. ¿Quieres lecciones? Pues empecemos por lo básico. Ven.

Dejó el cojín a un lado sin mucha convicción y se levantó para acercarse a su silla. Miró su mano y acabó dándole la suya. Gideon la atrajo hacia sí despacio, dándole tiempo para que viera hacia dónde iban las cosas. Ella le dejó hacer y se acomodó sobre sus piernas, aunque estaba tan tensa que parecía que fuera a romperse.

Gideon sostuvo su mano y rozó su cadera con la otra en un gesto que podría haber sido inocente de no ser porque Lucy se había sentado a horcajadas sobre él y su pene no había leído el informe en el que se decía que había que ir despacio.

—Ay... —musitó, abriendo los ojos de par en par.

—¿Estás incómoda? —le preguntó, antes de que pudiera pararse a pensar más.

—No, no... estoy bien. En serio. Bueno, sí que me siento un poco rara. No sé. Es que no sé qué hacer con las manos, y te estoy sintiendo, y estoy un poco nerviosa...

Tenía razón. La situación era rara de narices. Pero no iba a dejarla colgada la primera noche, por surrealista que resultara todo aquello. Se había puesto en sus manos y haría lo que fuera necesario para ser digno de esa confianza. «Haz lo que tengas que hacer para que no cambie de opinión».

Habló con suavidad para no asustarla.

—Ahora voy a besarte.

—Vale.

Lucy se humedeció los labios y se inclinó despacio hacia delante.

Gideon subió la mano que tenía en la cadera para rozar su mejilla y guiarla hacia abajo, al mismo tiempo que él se erguía para rozar sus labios. Olía a cítricos, y tuvo que contenerse para no gemir. «Con cuidado», se dijo. «Con mucho cuidado». Mordió su labio inferior y después lo calmó con la lengua, y ella apoyó las manos en sus brazos y se fue relajando junto a él, poco a poco. Gideon continuó despacio. La besó sin profundizar en el beso hasta que la sintió moverse.

Entonces, y solo entonces, entró en su boca con la lengua.

Aquel primer sabor de Lucy se le subió a la cabeza y la movió para poder hundirse más en ella y enredar sus lenguas. Lento y constante era el nombre de aquel juego.

Lucy gimió y se acurrucó en él. Su cuerpo recreó sus formas, sus pechos rozándose contra su pecho con cada inspiración. Despacio, en un movimiento tentativo, deslizó los dedos entre su pelo, como si no estuviera segura de cuál iba a ser el recibimiento que le iba a dispensar.

Quería que estuviera segura.

Se recostó contra el respaldo de la silla, y el movimiento hizo que ella se le acercara más al hundirse sus rodillas en los cojines del sofá, a cada lado de sus caderas. La oyó gemir y él devoró aquel sonido. La besó como había deseado hacerlo desde aquella primera noche, después de oír su risa contagiosa al otro lado del bar. Sabía tan bien como olía. Era tan adictiva como un día de verano en pleno invierno.

No podía saciarse.

3

La incomodidad de Lucy se volvió humo en cuanto Gideon la besó. Esperaba... bueno, no estaba segura de lo que esperaba. Que la llevase al dormitorio, la desnudara y fuera directamente al grano, preferentemente con las luces apagadas para que no se pudiera ver su vergüenza.

Le acarició las mejillas y hundió las manos en su pelo en un movimiento que separó sus bocas, pero él no dejó que la distancia los separara. Con los labios fue recorriendo la línea de su cuello, lo que la erizó de pies a cabeza.

Un rescoldo, un ascua oculta en lo más profundo de su ser, comenzó a arder.

Lo estaba haciendo. Estaba sentada a horcajadas sobre Gideon Novak sintiendo su boca en la piel y sus manos en el cuerpo, algo en lo que ni siquiera se había permitido pensar hasta que había trazado aquel plan.

—Estás pensando demasiado.

—Es que no me puedo creer que esto esté ocurriendo.

Gideon le mordió suavemente el cuello.

—Si has cambiado de opinión...

—No.

Nunca se había atrevido a fantasear con él. No se había atrevido a cruzar esa línea, aunque fuese en su imaginación, pero por nada del mundo iba a dejar pasar aquella oportunidad. El calor iba creciendo con cada respiración, se iba concentrando en el centro de su ser, donde podía sentir su pene enardeciéndose justo donde ella lo quería.

«Lo deseo».

Aquella certeza la sorprendió, aunque no debería. Gideon era la sensualidad personificada, y tener toda su atención centrada solo en ella era una sensación embriagadora. Quería... quería más. Lo quería todo. Todo cuanto pudiera darle. Gimió.

—Más.

Gideon se apoderó de su boca. No había otro modo de decirlo. La reclamó, estableció su dominancia con un movimiento de la lengua, englobando todo su mundo en aquel contacto. Sabía a menta... una sensación sorprendente e inesperada.

Igual que el hombre.

No era suficiente. Había demasiada ropa entre ellos. Estaba sintiendo sus hombros tensos, podía probar la definición de sus músculos al deslizar las manos por su pecho, pero aquella camisa abotonada le impedía el contacto de piel contra piel que tanto anhelaba.

Sentía los pechos tensos, los pezones tan endurecidos que casi le dolían. Por lo menos las mallas de yoga que llevaba no fueron una gran barrera cuando movió las caderas. Sus pantalones tampoco lograban ocultar el tamaño de su pene, y aquel pequeño movimiento le supo delicioso. Embriagador. Volvió a hacerlo.

Gideon puso una mano en su cadera y, durante un segundo aterrador, pensó que iba a detenerla, a decirle que los adultos no se dedicaban a toquetearse en el salón, pero lo que hizo fue animarla. No había dejado de besarla, no había dejado de explorar su boca, como si besarla fuese el principio y el fin, en lugar de solo el primer paso para llegar al sexo.

«Dios, estoy tan destrozada».

Él le apretó las nalgas y le mordió el labio inferior.

—¿Cómo vamos?

—Bien.

¿Era esa su voz? Se diría que estaba haciendo algo que requiriera mucho más esfuerzo que besar a Gideon Novak. «Si esto solo es besar, no sé si voy a sobrevivir al sexo...».

«¿Y a quién le preocupa sobrevivir? Sería un modo glorioso de irse».

Tiró de ella por la cadera, alineando su pene con el clítoris.

—¿Y ahora?

Soltó el aliento entre los dientes. «Por favor, no pares». Iba a correrse si seguían así.

—Muy bien, pero...

No quería hablar de ello, ni quería hacer nada que pudiera detenerlo, así que fue a por otro beso.

Pero él la sujetó por el pelo.

—¿Pero?

Su insistencia en la sinceridad le había parecido una buena idea en aquel momento —¿cómo iba a mejorar si no sabía lo que estaba haciendo mal?—, pero en la práctica estaba sintiendo como si la estuviera desnudando de un modo que nada tenía que ver con el sexo. Cerró los ojos porque era más fácil contestar cuando no se estaba enfrentando a su mirada.

—¿Toquetearse así no es... algo... inmaduro?

«¿Te vas a burlar de mí si llego al orgasmo con esto? ¿Harás un chiste sobre telarañas, o sobre cuánto tiempo hace que no...?

—¿A ti te lo parece?

—No.

De hecho, le estaba haciendo excitarse más de lo que debería, y le parecía incluso un poco sucio. Lo deseaba demasiado, y ese era el problema. Se obligó a abrir los ojos y lo encontró observándola con expresión pensativa.

—¿Qué?

—El placer es algo a lo que no se le puede poner límites, Lucy. No hay un modo correcto o incorrecto de disfrutarlo. ¿Le dirías a alguien que se estuviera comiendo uno de esos postres de dos chocolates que tanto te gustan que lo está comiendo mal si lo hiciera de un modo distinto a ti?

—Por supuesto que no.

¿Cómo era posible que se acordase de su postre favorito?

—Entonces, ¿por qué esto va a estar mal? —la animó a moverse sobre él—. A mí me gusta. A ti te gusta. No hay razón para plantearse otra cosa.

Dicho así, parecía tan simple... Engañosamente simple. Iba a hacerle otra pregunta, pero él la hizo callar. Aquella inseguridad no era propia de ella. Aquello no era sino el fantasma de su relación con Jeff en su interacción. Lo que se temía que iba a ocurrir.

—Gracias por acceder a esto, Gideon. No tenías por qué y...

—Lucy —la interrumpió, sujetando su cara entre las manos. Sus ojos oscuros estaban tan serios... —. Deja de darme las gracias. Por lo de emparejarte, vale, pero por esto no. Estás loca si crees que no estoy obteniendo nada de ello... lo mismo que tú. Disfrútalo. Disfruta de mí. Es tan sencillo como eso.

Era más fácil decirlo que hacerlo. Era imposible ahogar la voz maliciosa que había pasado demasiado tiempo acechando en segundo plano. Al menos, no del todo. «Qué mierda». Apretó los labios.

—Quiero tener sexo ahora.

—No.

—¿Qué?

—Que no.

—No— repitió incorporándose, lo que a ella la obligó a apoyarse en sus hombros. A continuación Gideon se puso de pie, llevándola a ella en brazos—. ¿Quieres que te enseñe? Entonces, las condiciones las pongo yo. Estabas disfrutando como una loca y algo te ha hecho parar.

La tumbó en aquel sofá ridículamente cómodo y su peso la hundió en los cojines. Qué bien se sentía.

Y qué miedo le daba.

—Gideon.

—Mis condiciones, Lucy.

Volvió a besarla. Antes había sido dulce, luego intenso, pero de lo que no se había dado cuenta era de que se estaba conteniendo. La besó como si fuera su dueño. Se apoderó de su boca, animándola a hacer lo mismo.

Lucy fue capaz de contenerse durante un solo segundo; fue imposible mantener la distancia con su presencia llenándolo todo, así que se dejó ir, enredando su lengua con la de él. Y en cuanto lo hizo, él comenzó a moverse.

Estar encima de él había estado bien, pero no era nada comparado con tener su peso empujándola contra el sofá, sintiendo el empuje de su pene contra el clítoris. Un largo movimiento hacia arriba y luego otro hacia abajo, retirándose. El deseo que había estado en compás de espera mientras la inseguridad se enseñoreaba en ella se rindió —y pagó los intereses—. Como si hubiera estado esperando a que se dejase ir y a que disfrutase del momento tal y como era. Placer. Sin preguntas.

Arqueó la espalda para fundirse con él.

—Esto me gusta.

Gideon pasó una mano por debajo de su rodilla y tiró hacia afuera de su pierna para abrirla más. Volvió a besarla y continuó con ese movimiento lento que hacía que saltasen chispas de sus terminaciones nerviosas. Su cuerpo cobró tensión con cada movimiento hasta que se sintió al borde del precipicio y se revolvió bajo su peso, intentando acercarse más, hacerlo llegar donde lo necesitaba, hacer lo fuera necesario para saltar al vacío.

—Gideon, por favor...

Se separó de ella y Lucy gimió por la pérdida, pero no la hizo esperar mucho. Deslizó una mano por debajo de sus mallas y de sus bragas, un movimiento tan brusco que, en otras circunstancias, le habría hecho sonreír, pero estaba demasiado ocupada conteniendo el aliento. «Estás tan cerca. Tócame, por favor. Solo tócame».

Y lo hizo.

Con dos dedos en forma de uve avanzó por el mismo camino que antes había recorrido con el pene. Bastaron tres movimientos para que ella se deshiciera entre sus brazos, el placer arrancándole un gemido y borrando todo pensamiento de su cabeza que no fuera aquel chispazo delicioso. Gideon fue suavizando sus besos hasta dejarlos reducidos a un mero roce de labios y se hizo un poco a un lado para que su peso no descansara por completo en ella.

Lucy parpadeó. El techo gris claro se materializó e intentó reconciliarse con lo que acababa de pasar. «Acabo de correrme. Sin presión. Sin tener que forzarlo o fingirlo». Un orgasmo como la copa de un pino, obra de Gideon.

—Guau.

Fue decir la palabra y encogerse. «Qué estupidez». No era virgen, y tampoco una adolescente tonta, independientemente de lo que acabaran de hacer.

Gideon se sonrió.

—Los hay de todos los sabores, Lucy.

Sabía que no debía, pero no pudo evitar comparar lo que acababan de hacer con sus experiencias con Jeff cuando empezaron a salir. El día y la noche. Aunque a los dos les había costado un poco llegar al sexo, él siempre se mostraba impaciente cuando estaban juntos, como si no pudiera esperar a dar el siguiente paso. Eso añadido al hecho de que su naturaleza competitiva le hiciera necesitar que ella alcanzara el orgasmo varias veces consecutivas había dado como resultado que ella se mostrase tensa cada vez que estaban juntos y a solas. Las cosas cambiaron un poco cuando por fin tuvieron sexo, pero a partir de ese momento hubo otros factores que entraron en juego.

Aburrida.

Poco inspiradora.

Como follar con una muñeca.

—Lucy, mírame.

La voz de Gideon la sacó de la película de terror que era su pasado.

Ella negó con la cabeza. «Dios, ni siquiera esto sé hacerlo bien». Lo que acababan de hacer era increíblemente perfecto y ella tenía que echarlo a perder dejando que las dificultades que había tenido con su ex se colaran.

—Lo siento.

—No, soy yo quien lo siente.

Y le acarició el pelo con un gesto tan tierno que se le hizo un nudo en el estómago. Sus ojos oscuros se alejaron como si estuviera viendo algo que ella no podía ver.

—Sabía que Jeff era un imbécil, pero no me imaginaba el pedazo de mierda que era en realidad. Si lo hubiera sabido, te hubiera advertido antes de que te hundiera las garras.

—Habría dado igual —contestó.

Seis años atrás, en plena carrera hacia la edad adulta, estaba tan convencida de que sabía lo que hacía que no habría escuchado a nadie. Ni a su hermana, ni a sus amigas, ni a sus instintos. Aunque habría sido muy agradable poder pensar otra cosa, tampoco le habría escuchado a él.

Pero estar tan cerca de él, hablando así, mientras su cuerpo aún cantaba por el placer que le había dado... era demasiado íntimo. Era demasiado revelador. Era demasiado, y punto.

***

Se levantó del sofá. Bastó una rápida ojeada a sus pantalones para confirmar que seguía estando dolorosamente excitado. «Buen trabajo, Lucy. Tú disfrutando de tu orgasmo y sin importarte que él siga necesitando».

—¿Quieres que...

—Estas lecciones no son para mí —se levantó—, sino para ti. Y ahora necesitas espacio.

Cierto. Aquel espacioso salón le estaba resultando de pronto demasiado pequeño. Las paredes se le estaban echando encima a pesar de que el corazón le iba a toda velocidad.

—Yo no te lo he pedido.

—No tienes que darme explicaciones —dijo, y esbozó una sonrisa que no le llegó a los ojos—. Esta noche hemos hurgado en algunas heridas viejas, y si eso significa que necesitas poner algo de distancia, que así sea. Estás siendo sincera, y no voy a ser yo quien te castigue por eso. Si vas a irte a casa, te pediré un taxi —añadió, echando mano del teléfono que tenía en la mesita auxiliar.

Debería decirle que no, que era más que capaz de pedirse un taxi ella sola, y que al metro aún le quedaban horas de funcionamiento, pero si Gideon podía respetar su necesidad de salir corriendo sin que su orgullo se resintiera y sin montar una escena, ella también podía respetar su necesidad de asegurarse de que llegara sana y salva a su casa.

—De acuerdo.

Rápidamente hizo una llamada.

—¿Cómo tienes la agenda mañana?

El cambio de tercio la dejó desorientada.

—Tengo un juicio por la tarde, así que andaré con los últimos preparativos.

Iba a ser un caso de los más rápidos. La policía no había manejado con el debido cuidado las pruebas y el detective jefe tenía una especie de *vendetta* contra su cliente. Tenía la intención de que lo desestimaran.

—Conozco esa expresión. Lo tienes en el bote.

Volvió a tener una de esas sensaciones extrañas en el estómago que no le resultaban del todo desagradables. Lo había dicho con tanta confianza, casi como si no le cupiera la menor duda de que fuese a ganar.

—Estaré libre por la noche —dijo, apartándose un mechón de pelo de la cara.

«¿Para otra lección?». No podía decir si estaba deseando que llegase o temiendo el momento. «Mentirosa. Ni siquiera te has ido, y ya estás deseando la segunda ronda».

—Bien.

Se levantó y Lucy sintió, de pronto, que ocupaba demasiado espacio. En parte esperaba que fuera a tocarla, y sintió que se tensaba. Pero Gideon se dirigió hacia la puerta.

—Mañana tendré una lista preliminar de candidatos y podremos revisarla durante la cena.

—Eso te lo pagaré —sentenció, y lo miró fijamente al verlo apretar los dientes—. No te pongas así. Si yo fuera un cliente normal, pagaría y tú no dirías ni mu porque así es como se hacen las cosas.

—Tú no eres un cliente cualquiera, Lucy. De hecho, no hay nada «normal» en todo esto.

Eso no podía discutírselo, pero tampoco quería decir que hubiese ganado la batalla.

—Yo me ocuparé de hacer las reservas y te escribiré con los detalles.

—Cabezota.

La sensación que tenía en el estómago se le avinagró. Jeff le dedicaba ese adjetivo como quien hablase de una maldición con demasiada frecuencia. «Basta. ¡Basta ya, por Dios! Jeff es el pasado, y él está aquí».

—Es mi mejor cualidad.

—No te voy a contradecir en eso —abrió la puerta para que saliera—. Hasta mañana.

—Hasta mañana entonces.

De camino al ascensor, se detuvo unos cuantos pasos antes de llegar y tuvo que apoyarse en la pared para intentar apaciguar su corazón. No sabía que podía ser así. El... él había cuidado de ella, tanto física como emocionalmente. La había conducido al orgasmo para después reconocer y respetar el pánico que la había empujado a marcharse. No se lo esperaba, y no sabía qué hacer con una versión de Gideon distinta a la que se esperaba.

«¿Dónde me he metido?».

4

—Estás como una puta cabra.

Gideon ni siquiera levantó la vista del ordenador.

—No hace falta que me lo digas.

—Pues te lo voy a decir de todos modos. ¿Se puede saber qué demonios estás haciendo? ¿Casamentero? ¿Casamentero para Lucy Baudin?

Roman Bassani hablaba mientras iba y venía de un lado a otro de la habitación, lo cual le estaba poniendo de los nervios.

—Sé que íbamos a comer juntos, pero ha surgido esto y no podía esperar. Voy a tener que darte un vale.

Escribió otro nombre y pasó al siguiente candidato de su lista preliminar. Roman se dio otra vuelva por el despacho, lo que ya le hizo maldecir.

—Siéntate o lárgate. Me estás distrayendo.

—Es que necesitas una distracción. Bueno, qué narices... lo que necesitas es una maldita intervención.

Roman se dejó caer en la silla que había al otro lado de su mesa y se repantingó. Se habría sentido como pez en el agua en un anuncio de perfume, con lo atractivo que era y con el modo que parecía que posaba sin darse cuenta de que lo hacía. En cualquier otro hombre, esa actitud afectada habría cabreado a Gideon, pero es que Roman era... pues Roman. Demasiado franco, demasiado desenvuelto, demasiado cómodo estuviera donde estuviese. Eso formaba parte de lo que le hacía ser tan bueno en su trabajo: que nunca había tenido que enfrentarse a un desafío que no estuviese convencido de poder acometer.

Si era merecedor o no de esa confianza era harina de otro costal.

—Gideon, ¿por qué haces esto? Espera... no me lo digas. No te seguirás sintiendo culpable por no haberle dicho que Jeff era un cretino, ¿no? Mira, la cagamos todos. Tú fuiste el único que intervino, y eso es algo con lo que tengo que vivir —hizo una mueca—. Me convencí a mí mismo de que ni era asunto mío ni era mi sitio.

—A Jeff se le da de maravilla darle la vuelta a cualquier situación para que acabe beneficiándolo a él.

—Eso no cambia nada —respondió Roman, encogiéndose de hombros—. Ni siquiera el hecho de que no estás cualificado para ser un casamentero, y mucho menos para Lucy. Es una buena chica y se merece un profesional, maldita sea. Conozco unos cuantos en la ciudad. Puedo pedir que me hagan un favor y que la pongan la primera de la lista. Así podríamos ventilar este tema sin que nadie tenga que cruzar ninguna línea.

Intentó ser racional y considerarlo en serio, pero fracasó estrepitosamente. La línea ya la había cruzado la noche anterior y no había marcha atrás.

—No. Me lo pidió a mí, y yo lo haré. Y haz el favor de no pensar chorradas, Roman. Ya te metes bastante en la vida de todo el mundo, y no tengo interés alguno en que me pongas en la lista.

—Ni que fueras a dejarme hacerlo —suspiró exageradamente—. Eres más malo que la quina.

—Y tú me estás haciendo perder el tiempo. A menos que tengas a alguien que valga la pena añadir a la lista, lárgate.

Se dio cuenta del error que había cometido en cuanto vio que su amigo se incorporaba para asomarse.

—¿Quién está en la lista?

«Mierda».

—Nadie.

—¡Vamos! —Roman se levantó de la silla y abalanzándose sobre la mesa le arrancó el papel de debajo de la mano. Sus ojos azules se abrieron como platos—. ¡Venga, Gideon! Has puesto a Aaron Livingstone. Apuntando alto, ¿eh?

—Ella lo merece —replicó, y de un tirón volvió a hacerse con el papel.

Roman se le quedó mirando un momento en silencio.

—Interesante.

—Hay que joderse, Roman, ¿es que no tienes alguna empresa que comprar o algún niño al que aterrorizar?

Aún le quedaban varias horas para trabajar antes de reunirse con Lucy. La dirección que le había enviado no quedaba lejos, pero en hora punta el tráfico era un asco, así que había reservado un tiempo de más, pero no por eso iba a andar dándole vueltas a la condenada lista todo el rato.

Su amigo señaló dos nombres de la lista.

—Quita a Travis y a David. Son unos gilipollas con las mujeres, aunque los dos lo ocultan bien.

Gideon tachó los dos nombres.

—No lo sabía.

—¿Por qué ibas a saberlo? No sales, y aunque no estás mal y puedas llamar la atención de algunas, es desde la distancia. La gente no se siente inclinada a confiar en ti porque es posible que les arranques la cabeza si te hacen perder el tiempo.

Gideon lo miró fijamente.

—¿Has terminado?

—Aún no —le dedicó una sonrisa perezosa—. La cuestión es que la gente conmigo sí habla, y utilizar eso como un recurso es lo más inteligente que puedo hacer. Aaron Livingstone es un tío legal como pocos. Si tiene algún esqueleto en el armario, lo ha enterrado bien. Los otros dos que quedan en la lista están en el aire. Averiguaré lo que pueda y te cuento.

Contuvo las ganas que sintió de hacer una réplica en condiciones, pero lo cierto era que Roman tenía razón. La gente no se abría a él. A sus clientes solo les interesaba que el trabajo estuviera hecho y tenía una de las mejores reputaciones de su sector. Los candidatos que recomendaba a sus clientes solo se preocupaban por acabar en una empresa que les pagase bien para poder hacer lo que más le gustase. ¿Amigos? Tenía. Pero prefería mantenerlos a distancia.

Roman nunca había sabido captar indirectas.

—De acuerdo. Hazlo.

—Es encantador que pienses que necesito tu permiso —sonrió—. Me paso dentro de unos días y te cuento lo que haya logrado averiguar.

Una llamada habría sido preferible, pero conocía lo suficientemente bien a Roman para saber que esa discusión no tendría sentido.

—Bien —suspiró.

—¡Levanta ese ánimo, hombre! Bromas aparte, si vas a hacerlo, tienes que hacerlo bien. Sé que tu historia con Lucy es complicada, pero tienes que esmerarte porque, si no, pueden surgir un montón de complicaciones potenciales.

Lo de la noche anterior había sido, qué duda cabe, una complicación larga y condenadamente buena. Casi habían pasado ya veinticuatro horas y aún tenía su sabor en la boca... haciéndole desear más, algo que constituía en sí mismo un camino muy peligroso que recorrer.

Lucy no era para él.

Debía tenerlo presente.

Si lo quisiera a él, se lo habría dicho. Incluso aquella versión medio tímida de ella no se lo habría pensado dos veces antes de planteárselo. Era una mujer directa, de lo cual dejaba prueba más que sobrada el hecho de que su plan existiera. Pero no se había presentado en su despacho pidiéndole que desempeñara el papel de marido.

Marido.

¿Cómo sería eso?

Gideon movió la cabeza y miró a su amigo.

—Lo tengo bajo control.

—Sigue diciéndote eso —respondió cuando se alejaba ya hacia la puerta—. Mañana me paso, pero por si no te veo antes, ¿lo del viernes sigue en pie?

—Sí.

Tenían una reserva hecha para la sala VIP de Vortex el viernes por la noche. Era el único encuentro social al que seguía asistiendo, aun a pesar de haberse encontrado con Jeff allí en varias ocasiones. Menos mal que ese imbécil había empezado a ir cada vez menos desde que rompió el compromiso con Lucy. La gente había empezado a ver más allá de su fachada de galán encantador y lo dejaba en evidencia cuando se comportaba como un ser despreciable.

—Te veo entonces —Roman abrió la puerta y se detuvo—. Deberías llevarla.

Gideon apartó una vez más la vista de la lista de nombres.

—¿Qué?

—Deberías llevar el viernes a Lucy. Conozco a Aaron Livingstone desde que trabajamos juntos el año pasado. Podemos preparar un encuentro relajado. Con los otros dos estás solo, pero no creo que Aaron acepte una cita a ciegas solo para pasar el rato.

Gideon conocía a Aaron de pasada, así que no podía llevarle la contraria.

—Hazlo —respondió, antes de que pudiera pensar media docena de razones por las que era una mala idea. Porque no lo era. El problema era suyo si no quería verla con otra persona, y no de ella.

Esperó a que Roman cerrase la puerta antes de tomar el teléfono. Tanto Mark como Liam eran conocidos de los últimos años que le habían parecido tíos íntegros. Tantearía su interés y le llevaría la lista a Lucy para ver qué le parecía.

Imaginar que podía terminar con uno de

esos tíos le pesaba como una piedra en el estómago. Dudó. La lista lo miraba. Sería lo más fácil del mundo sabotear aquello. Lo único que tenía que hacer era darles información falsa sobre Lucy y ellos dirían que no. O darle a ella información falsa que demostrase que encontrar a alguien con quien salir en Nueva York era una mierda.

—No.

Le había prometido que haría cuanto estuviera en su mano, y eso era lo que iba a hacer. Ya le había mentido en otra ocasión, y su mentira a punto había estado de destruirlos a ambos, así que no iba a volverlo a hacer. De hecho, se encontraba en aquella situación por lo que había ocurrido antes. Joder.

Lo iba a hacer bien. Tendría que ser un bastardo sin corazón para actuar de otro modo. La única opción era encontrarle un marido.

Y daba igual lo que le costase lograrlo.

Lucy iba ya por la segunda copa de vino cuando vio a Gideon avanzando hacia su mesa por la estancia sutilmente iluminada. Era bastante más alto que el maître, y el pobre hombre no dejaba de mirar hacia atrás como si temiera que Gideon fuese a arrollarlo. La idea le hizo sonreír, y casi bastó para que se olvidara de su nerviosismo.

Se había despertado aquella mañana después de tener el sueño más caliente de toda su vida, protagonizado precisamente por Gideon Novak. Empezaba exactamente del mismo modo que su encuentro de la noche anterior, pero no se habían detenido hasta quedar desnudos en su cama, ambos temblando por su respectivo orgasmo. Sintió un repentino calor al recordarlo y tomó otro sorbo de vino.

¿Cuál era el protocolo para saludar a un hombre que la noche anterior había utilizado sus dedos para que ella se corriera en su sofá? No estaban saliendo, de modo que un beso no le parecía apropiado. Tampoco eran ya amigos, así que un abrazo era demasiado, y un apretón de manos era igualmente absurdo.

Él le ahorró la decisión al sentarse antes de que ella hubiera podido levantarse. Gideon le lanzó una mirada al maître. Seguramente pretendía indicarle educadamente que se alejara, pero en realidad resultó feroz. El hombre se alejó casi corriendo.

—Tienes que trabajarte la actitud.

—Mi actitud es correcta.

—Sin duda, pero resulta intimidatoria. Sabrás que muchas mujeres juzgan a un hombre por cómo trata a los camareros en la primera cita. Tú acabas de quemar la posibilidad de una segunda cita, y aún no estamos ni en los aperitivos.

Gideon enarcó las cejas.

—Deduzco que has tenido un buen día en los tribunales.

—No estamos hablando de mí —replicó, inclinándose hacia delante. Estaba disfrutando de pincharlo un poco—. Aunque el cambio de tema ha sido bastante suave.

Él esbozó una breve sonrisa.

—Sí que lo ha sido, pero no estamos aquí para hablar de mis posibles citas, sino de las tuyas —levantó la mirada al ver que se acercaba un camarero y se dio cuenta del esfuerzo que hizo por sonreír. Le salió una mueca algo contraída, pero era mejor que nada—. Yo quiero un *seven and seven* —miró su copa de vino medio vacía—. ¿Otro?

—Perfecto.

No solía beber más de dos copas, pero había sudado la gota gorda en el caso que le había tocado presentar aquella mañana, aunque había conseguido que el juez desestimase el caso en su totalidad. Era un logro que debería ser la guinda para su ascenso, pero cuando Rick Parker había pasado por su despacho a darle la enhorabuena, había hecho un comentario sobre el tío grande y ceñudo que había ido el día anterior a verla porque claro, tan importante como sus habilidades profesionales era saber con quién salía o dejaba de salir.

Que le dieran... La actitud de Parker no iba a echarle a perder la noche.

—Háblame de ese caso.

Estaba a punto de centrar de nuevo la conversación, pero lo cierto era que no tenía a nadie con quien hablar de ello. Su hermana la apoyaba siempre y era maravillosa, pero Becka tenía sus propias cosas y el derecho no le interesaba lo más mínimo. ¿Salir juntas a tomar una copa y charlar sobre la vida y sobre lo que sus padres se trajeran entre manos? Por supuesto. ¿Compartir los detalles del caso en el que estuviera trabajando? Ni de coña. Y lo cierto era que Gideon parecía interesado de verdad.

—Hoy he conseguido que rechacen el caso. Lo único que tenían eran pruebas circunstanciales y una mala opinión de los antecedentes de mi defendido. También estaban tan convencidos de que el delito lo había cometido él que no habían mirado a nadie más. Cualquiera fuera de la sala habría llegado a la misma conclusión, pero nunca se sabe con el juez Jones.

—Fantástico, Lucy. Enhorabuena.

—Gracias —sonrió, y tomó un sorbo—. ¿Y qué tal tu día?

—Productivo —respondió, y sacó una tableta de su maletín—. Tengo algunas cosas que quiero enseñarte.

La desilusión le quemó la lengua cuando Gideon la empujó suavemente hacia ella por encima de la mesa. Apenas habían empezado a conversar cuando ya estaban otra vez en modo trabajo. «Tú lo contrataste por una decisión de trabajo. No puede ser dos cosas a la vez». No era justo pedirle que volviese a ser su amigo al mismo tiempo que su cliente.

Se acercó la tablet. Había fotos de tres hombres. Hizo clic en la primera —un tío rubio con barba corta y un traje serio y caro— y encontró un archivo: *Aaron Livingston, nacido el trece de mayo de...*

Había compilado una lista de información que abarcaba desde su lugar de nacimiento hasta su instituto y universidad —y su nota media—. También había una nota con posibles gustos y aversiones.

—¡Vaya, Gideon! No haces nada a medias, ¿eh?

Había compilado la misma información para los otros dos hombres. Resultaba curioso que los tres fuesen de allí y que hubieran ido a prestigiosas escuelas de negocios donde se habían graduado entre los primeros de sus clases. Los tres habían pasado a trabajar a sus respectivas empresas y parecía irles bien.

Si hubiera tenido que utilizar la información sin ver sus fotos, no habría sido capaz de escoger a alguno de ellos en una fila de hombres.

—Esto es... ¡guau!

—Eso ya lo has dicho —respondió, frunciendo el ceño—. ¿Ocurre algo? Pensaba que buscarías a alguien de tu misma clase social y que desarrollara un trabajo de cuello blanco. Para eso acudiste a mí, ¿no?

Sí, al menos en teoría. En realidad, todo aquello estaba saliendo de un modo muy distinto a como ella esperaba. No tenía ningún sentido, especialmente porque verdaderamente estaba saliendo exactamente como esperaba.

—No, está todo bien. Son unos candidatos excelentes.

Viéndolo así, la situación se volvía mucho más real. Dentro de muy poco iba a estar sentada al otro lado de la mesa con uno de aquellos hombres, y no con Gideon, y estaría torturándose sobre si pretenderían besarla después de la cena o si es que esperaban que ocurriera algo más.

«No estoy preparada».

Tomó un trago de su copa de vino.

—¿Podemos pedir la cena para llevar?

5

Tan nerviosa estaba que se había quedado sin voz. Iban caminando a su casa. Había escogido deliberadamente un restaurante cerca de su apartamento para que no tuvieran que preocuparse por buscar un taxi. Asintió a modo de saludo dirigido al portero cuando les abrió la puerta, entraron en el ascensor y pulsó el botón.

Gideon la siguió y se apoyó en un lateral. La comida que llevaban en la bolsa de papel olía a las mil maravillas, pero su apetito se limitaba al hombre que la portaba. Tuvo que entrelazar las manos para no tocarlo.

—Esta noche quiero avanzar.

—Te escucho —respondió, alzando las cejas.

¿Por qué le resultaba tan difícil decir esas cosas en voz alta? Era una mujer adulta. Debería ser capaz de expresar sus necesidades con sinceridad y sin temor a que alguien se riera o la rechazara.

Apretó los puños y alzó la barbilla. Los espejos que cubrían las paredes del ascensor reflejaban una versión de sí misma que parecía preparada para varios asaltos ante el juez.

—No quiero esperar más. Lo quiero todo.

Un silencio de depredador se apoderó del espacio y de sus ojos se desprendieron chispas.

—Los pasos pequeños son la opción más inteligente.

—No hay nada inteligente en todo esto y los dos lo sabemos.

La noche anterior la había dejado inquieta de un modo que no se esperaba, y si fuera más inteligente y menos terca, habría cancelado todo aquello, en lugar de estar empujándose a sí misma y a él hacia algo de lo que ninguno de los dos podría salir después.

La puerta del ascensor se abrió y echó a caminar sin dilación por el corredor hacia su puerta. Solo había cuatro apartamentos en aquel piso, cada uno ocupando una esquina del edificio. El suyo daba al sudeste, así que solía despertarse con la luz del sol entrando por la ventana, al menos los días que no se había levantado aún cuando no había amanecido.

Abrió y esperó a que Gideon entrase. Él se detuvo nada más entrar, de modo que apenas le quedó sitio a ella para traspasar el umbral y quedarse detrás de él. Intentó ver el piso como él lo veía. El concepto de planta abierta quedaba encuadrado por los ventanales de suelo a techo. La cocina quedaba a la derecha, y los armarios blancos tenían toques de color turquesa en unos agarradores que había encontrado en Internet. En el salón había una televisión de buen tamaño que apenas usaba, y dos sofás cortos dispuestos en una uve abierta. Su gato, Garfunkel, levantó la cabeza y le dedicó a Gideon una mirada letal.

Gideon se acercó a la encimera de la cocina de mármol blanco con sombras grises y dejó en ella la bolsa de la comida. Se dio la vuelta y la miró con los brazos cruzados sobre el pecho.

—¿Por qué el cambio de sitio?

—Puede que solo porque te deseo.

Era la verdad, pero no toda la verdad.

—Sinceridad, Lucy —replicó él, moviendo la cabeza.

¿Por qué habría aceptado esa cláusula en concreto? Se tiró del borde de la falda de su entallado vestido azul.

—Estoy nerviosa. Lo de anoche estuvo bien, pero no esperaba ese nivel de reacción y tengo miedo de que, si no lo superamos, vaya a cambiar de opinión.

—Superarlo... —murmuró Gideon—. El sexo no es algo que se supera. Si piensas así, algo no va bien.

Algo que él estaba decidido a arreglar, a juzgar por la expresión de su cara.

—No pasa nada. No es eso lo que quería decir. Lo que me agobia es la espera. Lo de si lo haremos o no lo haremos me está volviendo loca. Quiero quitarme la duda del tirón, como quien se quita una tirita.

Se la quedó mirando un momento e inesperadamente se echó a reír.

—¡Una tirita! Joder, mujer, de verdad que me desarmas —se pasó una mano por la cara—. Se supone que la espera hay que disfrutarla.

Se le ocurrían un montón de palabras para describir cómo se sentía allí con Gideon, de pie, en su apartamento, sabiendo que estaban solos y que podían hacer lo que quisieran durante horas. El placer no era lo primero de la lista. Estaba demasiado caliente, sentía los pulmones demasiado tensos, el centro de su ser gimiendo de necesidad. Pero conocía esa expresión. Si no hacía algo atrevido, iba a pisar el freno y la obligaría a sentarse y a hablar de ello. Para tratarse de alguien con reputación de implacable, Gideon estaba siendo tremendamente cuidadoso con ella.

Sabía por qué. Le quedaba culpa por no haberla avisado de inmediato de la forma de ser de Jeff. Pero nada de todo eso le importaba en aquel momento.

Lo único que le importaba era superar aquel momento para poder volver a respirar con normalidad.

Antes de que pudiera convencerla de lo contrario, se bajó la cremallera del vestido y se lo quitó, apartándolo con un pie sin mirarlo a él. Si se paraba a pensar que estaba plantada delante de Gideon con tan solo unas braguitas de encaje color nude, se moriría de inmediato.

Pasó un segundo. Y otro.

Y siguió sin decir nada.

«¿Qué está haciendo?».

Seguramente buscando una salida honrosa que no fuera lanzarse por la ventana más próxima.

«Basta ya». No podía ser tan débil. Tenía un buen cuerpo. Comía bastante bien e iba al gimnasio al menos tres veces por semana. La noche anterior, la reacción física de Gideon había demostrado que la deseaba. No había satisfecho su deseo, pero no parecía afectado lo más mínimo.

Entonces, ¿por qué se había quedado allí plantado sin decir ni mu?

«Deja de esperar a que sea él quien dé el primer paso. Hazlo tú».

Haciendo acopio de valor, levantó la cabeza y lo miró. El primer paso supuso un esfuerzo mucho mayor de lo que se había imaginado, y la intensa mirada de sus ojos no la ayudó demasiado. Permanecía inmóvil, con todos los músculos tensos, y aunque le arrancaran la piel a tiras no sería capaz de distinguir si era para no saltar sobre ella o para no salir huyendo.

«Pues solo hay un modo de averiguarlo».

Dio los pasos que la llevaron a la distancia mínima para poder tocar y, con vacilación, apoyó las manos en su pecho.

«¿Por qué no dice nada?».

Esperó unos segundos más, pero el único sonido que había en la cocina era el suave silbido de sus respiraciones aceleradas.

Igual había malinterpretado la situación. «Ay, Dios, ¿qué he hecho?».

—Si has cambiado de opinión, solo tienes que decírmelo. Podemos fingir que nada de todo esto ha ocurrido.

Gideon no podía apartar la mirada de Lucy. Era perfecta. Claro que eso ya lo sabía, pero verla sin ropa delante de él era algo completamente distinto. Sus pechos eran pequeños y firmes, acabados en pezones de color rosa oscuro. Se obligó a no acariciarla cuando ella lo hizo con su pecho, arriba y abajo.

—Gideon...

Le había hecho una pregunta, ¿no?

—¿Qué?

Su mirada se perdió más allá de su pequeña cintura y de las braguitas de encaje, tan finas que se podía ver la sombra de su vello púbico debajo. Se aclaró la garganta y volvió a mirarla a la cara.

Lucy frunció el ceño levemente.

—¿Has cambiado de opinión?

—No —respondió, y por fin se permitió cubrir sus manos con las suyas—. Joder, no puedes esperar que un hombre te tenga delante desnuda y sea capaz de tener una conversación al mismo tiempo.

—Qué dulce eres.

Parecía pensar que mentía. Lo leía en su cara.

Quizás no estaba manejando bien la situación. Sabía que Jeff la había hecho daño con sus actos, y luego ella le había dicho que no había estado con nadie desde entonces, con lo cual él había pasado a tratarla de inmediato como a una virgen inocente. Y era inocente en algunos sentidos, pero siendo tan cuidadoso con ella, había creado el espacio suficiente para que dudase de sí misma, y de él.

Mierda.

Llevó las manos de ella a sus hombros y comenzó a desabrocharse la camisa.

—No me crees y no te culpo por ello, pero si no vas a hacerme caso cuando te digo que eres una diosa en persona, te lo voy a demostrar.

Lucy había clavado la mirada en las manos de él mientras desabrochaban la camisa y continuaban con los pantalones.

—Te creo.

—No, no me crees —se quitó los zapatos y se bajó los pantalones. Lucy movió la cabeza como si pretendiera librarse de un leve mareo e hizo que la camisa le resbalara de los hombros. Él la dejó caer al suelo, de modo que la única barrera que quedase entre ellos fuera la ropa interior. Con un solo dedo, tiró del encaje de las braguitas—. Estas tienen que desaparecer.

—Tus calzoncillos, también.

Dio un paso atrás y con un movimiento fluido se deshizo de su boxer. Ver que a Lucy se le quedaba la boca abierta le resultó ridículamente satisfactorio. La vio estudiar cada parte de su cuerpo, empezando por la cabeza, bajando por el cuello, los hombros, el pecho, el estómago y finalmente, su pene. Ver cómo su expresión se volvía hambrienta le hizo enardecerse.

Ninguna mujer lo había mirado nunca como había hecho Lucy. Como si fuera un regalo que le hubieran dejado bajo el árbol de Navidad, solo para ella. Semejante expresión amenazaba con transformar aquella interacción en algo que nunca iba a poder ser, así que trató de pensar en otra cosa. Le deseaba físicamente. Fin de la historia.

—Gideon, eres perfecto —se quitó las braguitas sin apartar la mirada de él—. Quiero decir que... te había visto antes en bañador, pero esto es diferente —volvió a acercarse, pero apareció una delgada línea en su entrecejo—. Es raro, ¿verdad? Nunca te había considerado un hermano o algo así, pero eres familia.

Familia.

Se había obligado a olvidar ese sentimiento de pertenencia que Lucy parecía extender donde quiera que fuese. Cuando salía con Jeff y con ella, nunca se había sentido como una tercera parte, sino como parte de la unidad. De todas las cosas que había echado de menos cuando cortó la comunicación con ellos, esa ocupaba uno de los primeros puestos de la lista.

—Yo nunca te he visto como a una hermana.

—Lo sé —se sonrió—. A veces te pillaba mirándome, no muchas, y nunca hiciste nada raro, pero... yo lo sabía.

Creía haberlo disimulado bien. Dejó a un lado el pasado, igual que venía dejando a un lado tantos sentimientos inconvenientes que parecían aflorar a la superficie con más frecuencia cuanto más tiempo pasaba con Lucy.

—Es que no es raro.

—Supongo que no.

Cuidadosamente deslizó las manos por sus pectorales hasta rodearle el cuello y dio el último paso hasta que quedaron pecho contra pecho. Él apoyó las manos en su cintura, pero la sensación fue demasiado agradable para limitar el contacto, así que le acarició la espalda hasta llegar a las nalgas.

No había nada más que decir. Habían llegado al punto de no retorno desde el momento en que el vestido de Lucy cayó al suelo.

—Dormitorio.

—Por aquí... ¡oh!

La tomó en brazos y atravesó el salón hacia el lugar donde estaba la puerta que le había indicado. Su dormitorio era puro Lucy: un precioso cabecero de madera, más almohadas de las que una sola mujer podría necesitar y un edredón amarillo brillante salpicado de flores que iluminaba la habitación aun cuando solo alumbraba una lámpara que debía haber dejado encendida.

La dejó sobre la cama y se colocó entre sus piernas. Tenía la firme intención de ir despacio y de tener una conversación detallada sobre cómo debía proceder.

Firme. Intención.

Pero Lucy le rodeó la cintura con las piernas y arqueó la espalda para recibirle, y el tan honorable plan desapareció como si nunca hubiera existido. Quizás, en realidad, nunca había existido. Quizás se había venido mintiendo sistemáticamente. Daba igual. Bajo sus manos estaba la suavidad de su piel, el roce en todo su cuerpo, sus labios en su cuello.

La besó.

Podía no saciarse nunca de su sabor a sol, y no iba a perder la oportunidad de sumergirse en esa sensación. Aquello estaba ocurriendo. Iban a cruzar la línea que él siempre había considerado inalcanzable.

Bajó una mano para llegar a apretar su nalga y levantarla para que encajase mejor contra él. La tentación de hundirse en ella era casi insoportable, pero aquello no era por él, sus deseos o sus necesidades.

Aquello era por Lucy.

No se había controlado a sí mismo y a su deseo por ella durante tanto tiempo para contentarse con algo que no fuese la experiencia total. No quería pasar por alto ni una sola cosa. Fue besando su cuello y acarició sus pechos.

—Perfecta... Joder, todo en ti es perfecto.

Ella se rio con nerviosismo.

—Eso ya lo has dicho antes.

—Y volveré a decirlo —le lamió un pezón—. Preciosa, sonrosada y... condenadamente perfecta para follar.

—No te pares —hundió las manos en su pelo y lo empujó contra sí—. Más...

Apoyó suavemente los dientes encerrando su pezón y fue aumentando la presión a medida que ella se iba volviendo loca. No había cerrado los ojos ni un momento. Gideon lo quería todo, cada matiz de su expresión, cada reacción. Todo.

Un ligero rubor le cubrió las mejillas salpicadas de pecas y el pecho, y sus pequeños senos se movieron al compás de su respiración entrecortada. Pasó a prestarle la misma atención al otro pezón pero sin dejar de acariciar el primero, pellizcándolo con la misma presión que le había aplicado con la boca.

Ella se estremeció y movió las caderas.

—Gideon... ¡oh, Dios! Creo que podría correrme solo con esto.

—Aún no he terminado.

Depositó un último beso en cada pezón y se bajó de la cama hasta arrodillarse al lado. Entonces tiró de sus caderas para colocarla justo al borde. Tan cerca que podía verlo todo de ella.

Deslizó el pulgar entre sus pliegues.

—Necesitas más.

—¡Sí!

Utilizó los pulgares para separarla.

—La próxima vez serás tú quien me diga exactamente lo que quiere.

—¿La próxima vez? —levantó la cabeza y lo miró aturdida—. ¿Por qué la próxima vez?

—Porque soy un cerdo egoísta —la boca se le

hacía agua de estar tan cerca de la parte más íntima de Lucy. Su clítoris estaba tan sonrosado como el resto de su piel, húmedo, pidiéndole, casi rogándole que lo lamiera. Y no había una sola razón para no darle exactamente lo que quería—. Espero que estés preparada.

6

Lucy nunca había disfrutado del sexo oral. No demasiado. Era otro aspecto en el que la competitividad de Jeff amargaba cualquier sombra de placer que ella habría podido obtener del acto. Tenía una serie de pasos que encadenaba con el objetivo de que ella se mojara lo suficiente para que él la penetrara y, si había de decir la verdad, siempre había sospechado que le gustaba tan poco el acto como a ella, pero en la ocasión en que se le ocurrió sacar el tema, tuvieron una de las peores peleas de su historia juntos.

El primer roce de la barba de Gideon contra la cara interior de sus muslos apartó de su cabeza todos los pensamientos sobre su ex. No fue directo a su clítoris, sino que arrastró la mejilla contra su otro muslo, utilizando el movimiento para hacer que abriera más las piernas.

Levantó la cabeza lo justo para ver que él la hundía para lamerla con un solo y largo movimiento. A continuación volvió a hacerlo —como si fuera su sabor favorito de helado. Teniendo en cuenta el frenesí que llevaban hasta entonces, había esperado que aquello fuese igual de rápido...

«Debería haber sabido que no podía darse nada por sentado sobre Gideon. En particular después de la última vez».

Separó sus pliegues y metió la lengua en ella con un gemido gutural que confirió al acto un insoportable velo erótico. Sus pensamientos se detuvieron y la mente se le quedó gloriosamente en blanco.

—Dios bendito...

No pareció haberla oído porque siguió penetrándola con la lengua como si no pudiera saciarse de ella. Agarraba sus muslos con las dos manos, manteniendo sus piernas abiertas aun cuando los músculos le temblaban por el esfuerzo de reaccionar, de moverse, de hacer lo que fuera.

Lucy movió incontroladamente la cabeza. Las sensaciones eran demasiado y no eran suficiente y no sabía cómo ponerlas en palabras. Las palabras se le amontonaban en la garganta, demasiado en carne viva y vulnerable para ponerles voz, pero entonces sintió sus dientes y todas salieron de golpe.

—El clítoris... Gideon, el clítoris. Usa los dientes.

Como había hecho los pezones. Como estaba haciendo en aquel momento con sus labios.

Todo su cuerpo se tensó, y la sensación se intensificó cuando él hizo exactamente lo que le había pedido. No había postureo de macho o declaraciones de que era capaz de darle placer sin un manual de instrucciones. Gideon, simplemente, escuchaba.

Sorbió su clítoris hasta introducírselo en la boca y colocó los dientes contra aquella sensible terminación nerviosa. Ella se arqueó hasta casi levantarse por completo de la cama, y él utilizó el movimiento para deslizar las manos debajo de sus nalgas y alzarla para poder darse mejor aquel festín.

Porque eso era exactamente: un festín.

No hubo nada delicado o tentativo en sus caricias. Fue a por su clítoris con una intensidad al borde del dolor, una intensidad que envió descargas del placer más puro por su cuerpo. Sus músculos se tensaron aún más, tan a punto de llegar al precipicio que no podría decir cuánto más iba a resistir.

Gideon levantó la cabeza lo justo para hablar, de manera que le rozaba la carne enardecida con cada palabra.

—¿Quieres correrte así?

Que le hiciera aquella pregunta era lo más sexy que le había ocurrido nunca. Elegir. Tener el control. ¿Quién iba a imaginarse semejante afrodisíaco?

Estuvo a punto de decir que sí. Estaba tan

cerca del orgasmo que temblaba de necesidad y le costó un triunfo centrarse en modular palabras que no fueran sísísísísí. ¿Quería que siguiera haciendo lo que había estado haciendo? Pues claro.

Pero quería más sentirle dentro.

Se humedeció los labios.

—Quiero...

¿Cómo quería tenerlo? «De todas las formas posibles».

¿Y en aquel momento?

—Quiero montarte.

Un músculo le tembló en la mandíbula y las manos se le estremecieron.

—¿Tienes preservativos?

—Sí.

Señaló la mesilla con dedo tembloroso.

Los que había comprado después de su ruptura habían caducado hacía años, víctimas de sus problemas de autoestima, de modo que había comprado una caja aquella mañana. Incluso le había quitado el celofán para que pudieran ganar tiempo. La verdad es que le había parecido presuntuoso en extremo sentada allí, sola, en su cama, Garfunkel mirándola y emitiendo su juicio de felino. Y en aquel momento deseó habérselo puesto ya a Gideon.

La soltó despacio como si le doliera alejarse. Ella se incorporó para verle abrir el primer cajón. Tuvo que percibir cómo le brillaban los ojos oscuros para recordar qué otra cosa había en ese cajón.

—Ah...

Sacó un vibrador rosa.

—Ya hablaremos de esto —volvió a dejarlo en el cajón y sacó un condón—. Ábrelo. No vamos a hablar. Me voy a masturbar mientras te veo usarlo.

Los ojos se le abrieron de par en par al imaginárselo. Él sentado, apoyado en el cabecero con el pene en la mano. Ella tumbada boca arriba con las piernas abiertas, usando su juguete. La vagina se le contrajo.

—Quiero hacer eso. Luego.

—Luego —dijo él. Sacó el condón y se lo colocó.

Ella se levantó y le hizo sentarse en el borde de la cama.

—Así.

Se sentó sobre sus piernas y colocó su pene en la entrada. Con el deseo guiándola, fue fácil decir cosas que en otra situación la vergüenza le habría impedido pronunciar.

—Bésame mientras te monto.

—No tienes idea de lo jodidamente sexy que es que sepas exactamente lo que quieres.

Se echó hacia atrás lo suficiente para que ella pudiese apoyar las rodillas en el colchón. Entonces le pasó un brazo por la cintura y hundió la mano libre en su pelo. Tiró un poco.

—¿Sí?

Ella gimió.

—Sí.

Le volvía loca que Gideon no la tratase como

si se fuera a romper. No dudaba lo más mínimo si le pedía que la mordiera más, que apretase más. Cosas que nunca se habría imaginado que desearía hasta que él se las había dado.

Dobló las piernas hasta que quedó por completo dentro de ella. Tuvo que hacer una pausa para acostumbrarse a la sensación casi incómoda de sentirse llena. La sensación pasó rápidamente, disipándose para dar paso a un placer absoluto. Apoyó las manos en sus hombros y lo besó al tiempo que empezaba a moverse. Su posición hacía que él se frotara contra su clítoris con cada movimiento de modo que, a pesar de que intentaba contenerse, su orgasmo asomaba en el horizonte.

Sus movimientos se volvieron convulsos.

—Gideon...

Poniendo las manos en sus caderas, la ayudó a mantener el ritmo que necesitaba para llegar donde quería llegar.

—Cuánto me gustas, joder.

—Tú... también.

Abrió los ojos. No sabía cuándo los había cerrado. La expresión que le vio en la cara le robó el aire de los pulmones. Posesión. Deseo. Necesidad. Era demasiado.

Lucy gritó su nombre al llegar al orgasmo. Él siguió moviéndola, manteniendo vivo el orgasmo, hasta que sus músculos se rindieron y se derrumbó sobre él.

Con cuidado, salió de ella y se tumbaron juntos en la cama. Gideon se colocó a su espalda, pegado a ella, acariciándole suavemente el brazo, su cadera, su estómago, mientras ella miraba el cuadro de la pared y volvía a aprender a respirar. Poco a poco fue haciéndose consciente de una parte muy específica de él que se apretaba contra sus nalgas.

—No te has corrido.

—Aún no.

Aún no.

¿Quién iba a decirle que esas dos palabras iban a ser las más sexys que iba a escuchar en toda la vida?

Gideon siguió acariciándola suavemente hasta que Lucy se arqueó contra él. Considerando que estaba ya recuperada, deslizó una rodilla entre sus piernas para levantarle la superior, dejándola abierta para él. Deslizó una mano con cuidado entre sus muslos y comprobó su reacción.

—Dime lo que quieres.

—A ti.

La besó en la nuca.

—Ya me tienes.

«Por ahora».

—Dime qué otras fantasías has tenido.

La imagen de verla usando su juguete delante de él bastaría para mantenerlo despierto por la noche durante en el futuro. Era un idiota por darle a su imaginación más imágenes, pero las ansiaba del mismo modo que ansiaba tenerla a ella.

—¿Quieres mi lista de caprichos sexuales?

—su tono divertido se tornó en gemido cuando le acarició el clítoris suavemente—. No puedes pretender que piense si me haces eso.

—Considéralo inspiración.

Le gustaba la idea de ser el que la ayudase a tachar cosas de esa lista. Joder, lo que le gustaba era el hecho de tenerla en la cama en aquel momento, y de seguir teniéndola mientras pensara que tenía algo que enseñarle.

Lucy echó un brazo atrás para acariciarle el pelo.

—En realidad no lo he pensado.

—Mentirosa —tomó el movimiento como una invitación y deslizó el otro brazo por debajo de ella para poder alcanzar sus pechos—. Seguro que hay unas cuantas cosas que has guardado en un rincón de la cabeza sobre esto, algo que siempre hayas deseado probar.

Algo que solo él pudiera darle. Al menos, por el momento.

Ella dudó. Casi podía oír los engranajes de su pensamiento dándole vueltas y considerando si desnudarse de ese modo. Podría decirle que ya se habían desnudado uno delante del otro, pero aquello era distinto.

Dejó quietas las manos esperando su respuesta.

—No pares —cubrió la mano que tenía entre las piernas con la suya, guiándolo hasta su clítoris y luego más abajo, para animarlo a que metiera un dedo dentro. Gimió—. Siempre he querido hacerlo en el probador de una tienda de lujo —de lencería, quizás, si no es demasiado cliché —se tensó—. Mierda... lo estoy haciendo otra vez. Dios, es tan difícil parar...

—Creo que podríamos conseguirlo —la besó en el cuello y le susurró al oído—. Quiero verte de verde, verde jade brillante.

Lucy bajó la cabeza para dejarle hacer.

—Creo que podríamos conseguirlo —repitió ella.

—Qué caritativa.

Hizo una pausa en sus caricias el tiempo necesario para guiar su pene hasta ella. Lucy lo acogió rodeándolo, apretándolo, y él pudo apenas contener una maldición.

Tantas veces se había imaginado cómo sería tener a Lucy en su cama... pero ni una sola de sus fantasías se había acercado a la realidad. Era la perfección. Cada movimiento, cada palabra, cada suspiro... los guardó todos en la memoria. Disponía de un tiempo limitado para acumular lo necesario para llenar toda una vida.

Una preocupación para otro día.

Aquella noche, estaba dentro de Lucy.

Lo de mañana, podía esperar a mañana.

Gideon estaba sentado en el salón de Lucy comiendo sobras recalentadas. Ella estaba sentada con su gato en el regazo y una manta brillante por los hombros mientras intentaba ordenar la comida de su plato de modo que pudiera comérsela. Gideon alargó el brazo y le quitó el gato de las piernas.

O lo intentó, porque Garfunkel no tenía intención de ir a ninguna parte en contra de su voluntad y para ello maulló de tal manera que le puso el vello de punta. Antes de que pudiera reaccionar, el animal bufó y le clavó las garras en el antebrazo. Soltó una palabrota, pero resistió las ganas de dejar caer a aquella horrible bestiecilla. Lo sujetó hasta que estuvo cerca del suelo.

—¡Dios mío! —Lucy dejó a un lado la comida y le agarró la muñeca—. ¿Cómo se te ha ocurrido?

Él apretó los dientes mientras ella le limpiaba los arañazos, que se inflamaban rápidamente, con una servilleta.

—Me ha parecido que comerías más fácilmente si no te ocupara tanto sitio en las piernas.

—No te equivocabas, pero por si no te has dado cuenta, Garfunkel es muy territorial. Y no le gustan demasiado los hombres.

—¿Tú crees? —le quitó la servilleta y se apretó el brazo con ella—. No pasa nada. Tendría que habérmelo imaginado.

En su estilo de vida no había sitio para una mascota, pero de haberlo, sería un perro, sin duda. Los gatos solían ser un poco cabrones en general, y tenía la sensación de que si adoptaba uno, sería el más cabrón de todos. Cosa del karma.

Aunque Garfunkel era un serio aspirante al título.

—Lo siento mucho.

—No pasa nada —se sentó junto a ella en el sofá con su plato de comida—. ¿Cómo te sientes?

—No estoy herida —respondió, y apoyó la cabeza en el respaldo del sofá para dedicarle una sonrisa adormilada—. Me había olvidado de lo relajante y bueno que podría ser el buen sexo.

Prefirió contener el comentario que se le vino a la cabeza. Era el orgullo lo que le habría empujado a decirlo y no tenía derecho. No en la situación actual. Estaba allí para un fin en concreto y no podía permitirse olvidarlo ni un momento. Lucy no iba a ser para él de modo permanente. Aquello era solo una ventana a lo que podría haber sido en otra vida, si las cosas hubieran ocurrido en una secuencia diferente. Pero no había sido así, y por eso Lucy y él estaban allí.

—¿Qué te ha hecho elegir a esos hombres en concreto?

Tardó unos segundos de más en seguirla en el cambio de tema. No quería hablar de otros hombres teniendo aún su cuerpo en el recuerdo y su olor en la piel. Le parecía que estaba mal en muchos sentidos. Le parecía una intrusión.

Pero en realidad no lo era.

Lucy le había pedido una serie de cosas y lo del sexo había sido un pensamiento posterior, y que para él no fuera un pensamiento posterior no le daba derecho a reprocharle que siguiera con su idea inicial en la cabeza, así que hizo cuanto pudo para seguir adelante.

—Todos son hombres ambiciosos que la gente dice que son sinceros, y tienen la edad suficiente como para pensar en sentar la cabeza. A Mark Liam yo mismo le busqué el puesto de trabajo que tiene actualmente, así que hice toda la investigación necesaria ya entonces. Tienen historias sólidas. Nadie los califica de falsos o de abusivos en ningún sentido. Son tíos majos, tan majos como el que más.

Se había asegurado. Incluso teniendo solo veinticuatro horas para hacerlo, los había investigado a fondo, llegando incluso a llamar por teléfono a varias antiguas novias, aunque no estaba dispuesto a revelárselo. Ninguna de ellas había dicho nada que hubiese disparado las alarmas.

Pinchó un guisante con el tenedor.

—¿Y Aaron?

—Es el mejor de los mejores. El año pasado intenté sondearlo para uno de mis clientes y ni siquiera me dio la hora.

Ella lo miró alzando las cejas y él se removió inquieto.

—Por supuesto hay más razones detrás de esa reacción, pero tiene una reputación excelente, y Roman es amigo suyo.

No le gustaba ver aquella expresión en su cara, como si se estuviese resignando a vivir la vida a medias.

—Lucy, si quieres cambiar la dirección de

todo esto, podemos hacerlo. Aunque tengas las citas con estos hombres, no hay nada escrito en piedra.

—Sé que tienes buena intención, pero te agradecería mucho que dejases de intentar convencerme para que me olvide de esto.

Gideon intentó controlar su temperamento, pero se había contenido demasiado aquellos dos últimos días. Demasiado. No era su forma de ser habitual, y le pesaba ya mucho.

—No estoy intentando convencerte de que dejes esta mierda. Lo que hago es darte opciones. Y si quieres tener una posibilidad de que esto funcione, tienes que dejar de ponerte tan a la defensiva. Te estoy ayudando con esta locura, así que tienes que echarme un hueso de vez en cuando.

Ella dejó su tenedor.

—Creo que deberías marcharte.

Mierda. Iba a disculparse, pero se detuvo. Lucy podía ser frágil en cierto sentido, pero no estaba rota. Debía tenerlo presente y no tratarla con guantes. Sin embargo, dejar que cometiese el mayor error de su vida porque se sentía culpable por el fracaso de su última relación era una verdadera mierda.

No podría decir que supiera cuáles eran sus opciones, pero tenía que averiguarlo, y pronto.

Mientras, mejor que saliera de allí lo antes posible, antes de que terminase diciendo algo que acabasen lamentando los dos. Se levantó y se abrochó los últimos botones de la camisa.

—Mañana te escribiré un correo con los detalles.

—Bien.

Seguía sin mirarlo.

Dudó, pero no había nada más que decir. El sexo había cambiado las cosas. Tener una prueba fehaciente de lo honda que era la conexión que había entre ellos había bastado para dejarlo aturdido. Ella también tenía que haberlo sentido. No cabía otra posibilidad.

Solo faltaba lograr que lo admitiera.

7

—Perdona... ¿acabas de decir que tienes una cita?

Lucy hizo girar el vino blanco sin mirar a su hermana pequeña.

—No sé por qué te sorprendes tanto.

No había querido confesar su plan, pero le estaba poniendo el cuerpo del revés no poder hablar de ello al menos con una persona. Gideon no contaba, sobre todo porque sus reacciones eran consistentes con lo que ella esperaba y sus propias reacciones no cooperaban precisamente.

—Porque lo estoy. Todo era trabajo, trabajo, trabajo. ¿Cuándo has tenido tiempo para organizar una cita? —Becka se inclinó y tomó una patata del plato que había en el centro de la mesa—. Y no es una pulla. Son hechos. Estoy en tres de esas guarrerías de webs de citas y me cuesta Dios y ayuda encontrar tíos que no sean candidatos a ¡oh, con lo majo que parecía!

Lucy suspiró.

—No todos pueden ser asesinos en serie, Becka.

—Con uno que haya, basta —frunció el ceño—. Además, no estamos hablando de mí, sino de ti.

Ahora que había llegado el momento de hablar, no sabía por dónde empezar. O si debía confesarlo. De hecho, si no hubiera quedado antes con su hermana a tomar una copa, estaría en casa, llorando. Habían pasado dos días desde que había visto a Gideon y, aparte de unos cuantos correos confirmando su primera cita, no habían hablado. Sabía que se había comportado fatal con él, pero no era propio de Gideon evitar el conflicto.

Y no es que tuviese que haber un conflicto. No lo había. Simplemente no quería que pensara que el sexo que habían tenido juntos le daba permiso para obligarla a renunciar a su plan. Había tomado la decisión. Tenía que respetarlo. Si por ello decidía que no quería continuar con sus lecciones... bueno, pues que así fuera.

«A menos que no quiera continuar por otra razón...».

—¿Estás bien?

Parpadeó e intentó centrarse en el rostro de su hermana. Becka se había cambiado el color del pelo, y ahora lo llevaba de un azul brillante que era exactamente el mismo que el de sus ojos. El *piercing* que llevaba en un labio brillaba a la luz del pequeño bar de *hipsters* donde siempre se reunían. Había hecho de su look alternativo todo un arte. Nunca tenía problemas con los hombres, por mucho que se lamentara de sus citas.

Lucy intentó sonreír.

—Es solo una crisis de fe. Ya sabes...

—No hagas esto. Si no quieres contármelo, genial, pero no me des palmaditas en la cabeza. Ya no tienes que protegerme, Lucy. Lo sabes, ¿no?

—No es que pretenda protegerte.

Y no lo era. Habían tenido una buena niñez. Unos padres distantes, pero decentes. Un estilo de vida de clase media. No había ocurrido nada traumático que pudiese haber desestabilizado sus vidas.

Pero Becka seguía siendo su hermana pequeña. De niñas, era la tímida de las dos, el ratón de biblioteca, un poco rara para encajar con el resto de críos de su curso, lo cual la había hecho pasto del acoso escolar, y como sus padres no se habían dado cuenta, Lucy se había cuidado de ella. Y desde entonces, no había dejado de hacerlo. Aunque últimamente Becka peleaba sus propias batallas.

Pero su hermana tenía razón. Contener el torbellino que llevaba dentro no le estaba haciendo ningún favor. Había hablado de ello con Gideon, pero no era precisamente imparcial. Tampoco Becka lo era.

—Es que... sé que han pasado dos años, pero sigo teniendo los comentarios de Jeff dándome vueltas por la cabeza. Es patético, y debería haberlo superado ya, porque a él sí que lo he superado. No sé qué me pasa.

—No te pasa nada —Becka le rellenó la copa de vino—. No es como si hubieras tenido una relación de un mes y que el mal rollo te estropeara la vida. Jeff y tú estuvisteis juntos, ¿cuánto? ¿Cuatro años? ¡Ibas a casarte con él! —entornó los ojos—. Aunque más le vale que nuestros caminos no vuelvan a cruzarse, porque uno de estos días me voy a liar a darle patadas en el culo.

—¡Becka!

—Lucy —dijo, imitando su voz—. Pero ese día no es hoy. Yo creo que estás teniendo una reacción normal, y ya está. ¿Por qué quieres hacer esto ahora? Lo de las parejas está ahí, pero imagino que no te vas a meter en la cama con esos tíos para hacerles el rodaje, ¿no? —sonrió—. Aunque no está mal la idea.

Intentó imaginárselo, salir solo una noche con cada uno de los tíos de la lista de Gideon, pero de inmediato rechazó la idea.

—No.

No le parecía bien, y tampoco quería pasar mucho tiempo pensando por qué. «Le prometí a Gideon que las relaciones serían exclusivas». Eso era. Sin duda.

—Pues deberías probarlo —Becka tomó unas cuantas patatas más—. Vas a estar bien, te lo prometo. Lo de salir con tíos es raro, y es difícil llegar a conocer a la gente, pero tienes a una celestina en tu rincón. Todo saldrá bien.

No podía decirle a su hermana que Gideon Novak era la celestina. Becka había estado con él en varias ocasiones y le daría un ataque si lo supiera, y ya que habían conseguido mantener aquella conversación sin que su hermana pensara que había perdido la cabeza, preferiría seguir así.

—Seguro que tienes razón.

—La tengo.

Su teléfono sonó y el corazón le dio un vuelvo al ver el nombre de Gideon en la pantalla.

—¿Diga?

—Me reuniré contigo diez minutos antes. ¿Estarás preparada?

Parpadeó.

—Perdona, ¿qué?

—La cita, Lucy. Dime que no te has olvidado.

La irritación que percibió en su voz le molestó.

—Por supuesto que no, pero no esperaba que tú estuvieras presente —ya le ponía bastante nerviosa salir con Mark Williams para tener que hacerlo encima bajo la atenta mirada de Gideon—. Eso es inaceptable.

—Son mis reglas. Tendrás que estar preparada diez minutos antes —dijo, y colgó.

Lucy dejó el teléfono despacio sobre la mesa y miró a su hermana, que por supuesto, la observaba.

—¿Qué?

—Esa película ya me la sé. La de dejar despacio el teléfono por no lanzarlo contra la pared. ¿Quién te ha cabreado así?

—Es una larga historia, y por desgracia, tengo que marcharme para no llegar tarde.

«Para no llegar tarde a llegar antes. Lo mato». Sacó el monedero e hizo una seña a la camarera.

—¿A la misma hora la próxima semana?

—Claro. Tú eres la que tiene los horarios de locura —contestó, y apuró su bebida—. Y sea quien sea el que te haya llamado, dale caña, hermanita.

—Pienso hacerlo.

Dejó el dinero en la mesa y se levantó. Aceptaba la dirección de Gideon en la alcoba porque eso era exactamente lo que le había pedido. Aceptaba su lista de hombres por la misma razón. Pero se negaba a aceptar que tomase el control de los demás aspectos de aquella búsqueda de pareja.

Vetaba y elegía a los candidatos, sí, pero solo era cosa suya y de cada uno de aquellos hombres individualmente ver si había algo que pudiera funcionar. El papel de Gideon terminaba en el mismo segundo en que el otro hombre y ella llegasen a un acuerdo, a pesar de que esa idea le pusiera patas arriba el estómago.

No importaba.

Lo que sí importaba era que estuviese intentando pasar por encima de ella como una locomotora. Tenía que disponer de libertad para poder digerir la idea de pasar el resto de su vida con el hombre sentado al otro lado de la mesa, y no podía hacerlo con Gideon pegado a la espalda porque tenía la impresión de que acabaría comparándolo con todos y tergiversaría su percepción.

Porque ¿quién podría compararse con Gideon Novak?

Gideon miró el reloj por tercera vez. ¿Dónde demonios se había metido? Se volvió a mirar calle abajo justo cuando Lucy giraba en la esquina. No parecía preocupada por llegar tarde, ni particularmente contenta de verlo. Señaló su reloj.

—Teníamos un acuerdo.

—Falso. Tú me dijiste algo, y yo no estuve de acuerdo.

Se cruzó de brazos, lo que le hizo reparar en su vestido.

—¿Qué llevas puesto?

Era una cosa de encaje azul pálido que daba la ilusión de mostrar más de lo que enseñaba en realidad. Se le ceñía al cuerpo y los orificios del encaje mostraban un forro del mismo color que la piel que, al primer vistazo, daba la impresión de que estaba desnuda.

Le encantaba.

Le reventaba.

—Un vestido —contestó ella, con el ceño fruncido—. No me hables en ese tono sobreprotector, Gideon. Es un buen vestido.

—Es inapropiado para una primera cita. Se

va a sentar al otro lado de la mesa y a pasarse la noche pensando en follar contigo.

Lucy sonrió, y sus labios color ciruela reflejaron la negrura de su pelo, que llevaba suelto en suaves hondas sobre los hombros.

—En ese caso, está cumpliendo su función. Ahora, si me haces el favor de quitarte de en medio, ya sigo yo a partir de aquí.

Pasó a su lado y entró al restaurante.

Unos celos ardientes y venenosos le bajaron por la garganta. No tenía derecho, igual que nunca lo había tenido, pero eran mil veces más intensos ahora que habían puesto el sexo sobre la mesa. Gideon entró tras ella y sujetó su codo con la mano para guiarla aparte, al pequeño pasillo que daba al guardarropa.

Allí la luz era más suave que en la entrada, más íntima. Apoyó las manos en la pared, a ambos lados de sus hombros.

—Joder, me vuelves loco.

—Pues ya somos dos —replicó, clavándole un dedo en el pecho—. Es posible que tengas la sartén por el mango en algunas cosas, pero tienes que darme espacio para respirar. Tener una fecha en el horizonte ya me va a poner los instintos patas arriba, y no necesito que tu presencia constante haga lo mismo.

Ya pensaría más tarde en eso. En aquel momento solo podía centrarse en la primera parte de la frase.

—Si la fecha es demasiado apretada, retrásala. Has sido tú quien la ha fijado.

—Se queda así —alzó la cara—. Ya llego tarde a la cita, y no quiero tener esta conversación por enésima vez. Limítate a darme tiempo para respirar.

Se separó de la pared aunque era lo último que quería hacer. Sabía que no debía presionarla, pero no podía evitar hacerlo. La deseaba y ella lo deseaba a él, al menos físicamente.

«¿Y si pudiera ser más que solo físico?».

«¿Y si fuera en serio?».

El pensamiento lo dejó paralizado.

Vio que Lucy saludaba a la maître y la seguía hacia el fondo del restaurante, pero era incapaz de moverse. Todo aquel tiempo había dejado que Lucy llevara el control de las cosas, al menos hasta cierto punto, ya que sabía del daño que Jeff le había hecho y del que se culpaba, al menos un poco. Esa culpa era la misma razón por la que no la había obligado a enfrentarse al hecho de que había algo más que amistad entre ellos.

Pero ¿y si lo hacía?

Podía ir a las claras, y Lucy le diría que se perdiera, y con buenos motivos. Tenía el punto de mira puesto en el premio y no iba a detenerse por una fuerza externa, aunque esa fuerza fuese él.

Si pudiera hacerla cambiar de opinión, sería otra historia.

Gideon sonrió.

Que tuviera su cita con Mark. El tío era majo, pero él se la llevaría a la cama hasta que estuviera tan llena de él que se olvidara hasta de su nombre.

Un hombre levantó la cabeza cuando Lucy se acercó a la mesa que la maître le había indicado. Tenía aire de *hipster* y resultaba mono, con una barba recortada y gafas que habrían parecido raras cinco años atrás pero que ahora parecía llevarlas todo el mundo. Lo único que le faltaba eran unos tirantes y una pajarita, pero en su lugar llevaba camisa abotonada hasta arriba y pantalones de vestir. Cuando se levantó para ofrecerle una silla, pudo ver que tenía una espalda ancha y unos músculos bien definidos.

«Demasiados músculos. Demasiado vello facial. Ay, Dios... ¡basta! ¿Pero qué me pasa?».

Él ocupó su sitio y la sonrió. Tenía unos dientes muy blancos y bien colocados.

—Lucy, supongo. Si no, esto iba a ser muy raro.

Eso la hizo reír.

—Sí, soy Lucy —le ofreció una mano—. Y tú debes ser Mark.

—El mismo.

Su apretón de manos fue firme, y eso le gustó. Muchos hombres, sobre todo aquellos que trabajaban en grandes corporaciones, tendían a estrecharle la mano como si temieran romperla, y eso la ponía enferma.

Mark se echó hacia atrás y la miró fijamente.

«Otro punto a su favor. No me mira las tetas».

Tenía que dejar de analizar cada segundo de aquella cita. Mark no era Gideon, vale, y eso no tenía por qué ser una marca en la columna de los negativos.

Pero es que resultaba difícil centrarse pudiendo oler aún la colonia de Gideon de cuando la había empujado contra la pared unos minutos antes. No era tan almizclada y fuerte como la de muchos otros hombres que conocía, era ligera, limpia y le recordaba a... no sabía qué le recordaba.

«¡Céntrate!».

Sonrió educadamente.

—Gracias por acceder a esta cita.

—Cuando Gideon me llamó y me explicó la situación, admito que no me lo creí —sonrió—. Y luego le pregunté qué te pasaba.

Ella se tensó y se reprendió por hacerlo. Estaba bromeando. No pensaba de verdad que le pasara nada malo.

—Como puedes ver, no me falta ningún diente.

—Ni tampoco belleza ni éxito —su sonrisa fácil hizo que las palabras fueran más que un cumplido vacío—. He oído hablar de matrimonios de conveniencia, pero supuse que era solo cosa de ficción. Esta situación es un poco rara.

—Eso no puedo rebatirlo —supo que era mucho pedir en cuanto llamó a Gideon para poner el plan en marcha, pero eso no cambiaba el hecho de que no le quedase más opción—, pero tengo que preguntarte algo: si te parece tan raro, ¿por qué estás aquí?

Él suspiró.

—La charla insustancial no es lo mío, ¿verdad? He empezado demasiado fuerte.

—No me importa. Esta situación no es precisamente convencional.

Apreciaba su franqueza, aunque había algo que faltaba en aquella interacción y que no lograba identificar. Mark era un tío atractivo, eso no se podía negar, pero... No podía decir qué pasaba, pero algo no iba bien.

—En cualquier caso, he accedido a esto porque llevo años trabajando ochenta horas a la semana, y me temo que voy a seguir así. No sé si has ido tú a algún bar últimamente, pero conocer a gente en bares es un chiste. Todo el mundo está con el teléfono, o con amigos, o a su rollo. Las webs de citas son algo aún peor, en gran parte porque las mujeres tienen tantos encuentros de pesadilla que se vuelven distantes y tensas. Resulta muy difícil conocer a alguien cuando esa persona está convencida de que le vas a dar la vuelta a la tortilla y vas a acabar enviándole una foto de tus genitales o a salir corriendo —se encogió de hombros—. Al final, todo es cuestión de tiempo. No dispongo de mucho tiempo para conocer gente nueva y andar entrando por el aro de las primeras citas y de las segundas sin parecer demasiado ansioso... —suspiró—. Lo siento. Es que es un tema muy delicado para mí.

Allí había una historia. Puede que varias.

La camarera apareció para tomar sus comandas y rápidamente desapareció. Lucy se inclinó hacia delante.

—Cuéntame algunas de tus historias.

Él enarcó las cejas.

—Si hubiera un guion para las primeras citas, estoy seguro de que no incluiría hablar de los encuentros con otras mujeres.

—No creo que esta cita pudiese figurar en ningún guion —sonrió—. Mi hermana pequeña lo sabe todo de las web de citas, y cuenta historias increíbles.

—Ojalá pudiera decir que se lo inventa todo —Mark se relajó un poco. No se había dado cuenta antes de que estuviera tenso. Sonrió—. Si es la mitad de guapa que tú, habrá visto más de lo que quisiera.

—Seguro.

Lucy sabía que Becka se guardaba parte de lo que le había ocurrido, y que solo compartía con ella las historias divertidas. Eso era precisamente lo que la delataba, que solo parecía haber tenido historias divertidas. Nada oscuro, nada preocupante. Nada que indicase que había conocido a alguien que tuviera más que un interés pasajero por ella.

—Háblame de ello —lo animó.

Mark dudaba, analizando su expresión, pero debió ver solo interés porque se echó a reír.

—Preferiría saber más de ti. Gideon me ha dicho que eres abogada.

—Abogada defensora.

Se preguntó qué les habría dicho tanto a Mark como a los demás para que accedieran a conocerla. Sobre el papel debía tener buena pinta. Al menos en eso podía confiar, ya que no en otros aspectos más románticos de su vida.

Pero muchas mujeres tenían buena pinta sobre el papel y no se acercaban al matrimonio de un modo tan extraño.

Mark se inclinó hacia delante.

—Desde que era un crío, me he sentido fascinado por los tribunales. Demasiados maratones de *Ley y orden*.

—En la vida real no se parece mucho. Hay una pila de papeles que tramitar que no tiene nada de glamuroso, y la investigación previa puede ser tan tediosa que en más de una ocasión he creído morir, pero es cierto que estar en el tribunal es muy estimulante. Es como una partida de ajedrez pero con apuestas más altas. No lo cambiaría por nada del mundo.

Llegó la comida y la conversación continuó con fluidez. De su trabajo pasaron al de él como experto en seguridad cibernética, y hablaron un poco de su niñez. Mark era tan agradable como guapo, y Lucy esperó toda la cena a sentir que el corazón se le acelerase al ver su sonrisa, o que su mente divagara hacia cómo sería estar desnuda con él, pero solo experimentó la sensación de estar pasando el rato con una conversación agradable.

Nada apasionante.

Era algo que ella misma había pedido, pero no pudo evitar compararle con Gideon. Eran distintos en muchos sentidos. La constitución de Mark era delgada —aunque estuviera bien musculado—, mientras que Gideon parecía un vikingo que hubiera extendido el pillaje al mundo corporativo. Sus hombros creaban una uve que se cerraba en la cintura, y nunca podría comprarse un traje en una tienda cualquiera y que entrasen los músculos de sus muslos.

Mark era atractivo, pero le faltaba un componente vital que no terminaba de identificar. Le faltaba sensualidad. Estilo. Algo que desprendiera vida.

O quizás estaba intentando racionalizar algo que no podía ser racionalizado. No había conexión. No es que le pasara algo a ella, o a él. Simplemente no estaba presente.

Mark también debía haberse dado cuenta porque pagó la cena y se recostó en su silla con una sonrisa triste.

—Ha estado bien, pero no vas a pedirme una segunda cita, ¿verdad?

Le gustaba su franqueza. Ojalá hubiera alguna clase de atracción entre ellos.

—No puedo estar segura.

—Lo entiendo —se levantó y fue a apartarle la silla—. Me gustaría mucho que nos conociéramos más... como amigos.

Eso era exactamente. Había disfrutado de la cena, y no le importaría pasar más tiempo con él, pero no se imaginaba a sí misma caminando hacia un altar en el que él la estuviera esperando.

—Gracias por una noche maravillosa.

Mark la besó en la mejilla.

—Eres especial, Lucy Baudin. Espero que encuentres lo que andas buscando.

—Tú también lo eres. Esa chica está ahí fuera. No desesperes.

Le estrechó la mano.

—Buenas noches, Lucy.

Lo siguió hasta la puerta y dejó que parase a un taxi para ella, y cuando iba ya de camino a su casa, sacó el móvil para escribir a Gideon. *Me voy a casa. Llegaré en treinta minutos*

El estómago le dio un vuelco y apretó las piernas. No había duda de lo que iba a ocurrir en cuanto él entrase por la puerta, y la piel se le acaloró solo con pensarlo.

No podía esperar.

8

Gideon entró en tromba en casa de Lucy sin llamar y la encontró paseándose de un lado al otro del salón con nerviosismo, casi retorciéndose las manos, y se paró en seco.

—¿Qué ha hecho?

Ella abrió los ojos de par en par.

—¿Perdón?

—Mark. Ha tenido que hacer algo —dijo, moviendo una mano por el aire señalando su estado—. Dime qué ha pasado y yo me ocuparé.

Mark le había parecido lo bastante seguro para una primera cita, pero no debería haberse fiado. Si se hubiera quedado, podría haber intervenido.

Lucy lo miraba parpadeando y acabó echándose a reír.

—Ha sido el perfecto caballero.

—No tienes por qué andarte con paños calientes. Es mi trabajo asegurarme de que tienes citas sólidas, y si no es así, necesito saberlo.

No quiso recordar que casi había deseado que algo saliera mal. Mark era jodidamente perfecto. Si no hubiera estado prácticamente casado con su trabajo, ya habría encontrado a una chica y estaría casado y con un par de hijos.

Se acercó a él y le puso una mano en el pecho.

—Gideon, basta. No ha pasado nada. Hemos tenido una agradable conversación y hemos decidido dejarlo ahí.

Dejarlo ahí.

Como un idiota, no se había parado a pensar lo que iba a pasar durante y después de esas citas. Los celos le abrasaron la garganta y, a pesar de que intentó mantener el control, las palabras se le escaparon.

—¿Te ha dado la mano?

—Pues... no sé si puede llamarse así, pero...

—¿Te ha ayudado a ponerte el abrigo? —dio un paso hacia ella, acorralándola, incapaz de parar—. ¿Te ha besado?

Imaginarse a Mark en la misma posición que tenía él en aquel momento, inclinándose hacia ella para besarla en la boca, le estaba volviendo loco.

Y ella se estaba dando cuenta. Mierda.

—¿Qué pasa? —le preguntó, frunciendo el ceño.

—Nada —respondió. «¡Y todo, joder!».

La besó para que no dijera nada más. Lucy

respondió de inmediato, deslizando las manos por su pecho y rodeándole el cuello, su cuerpo fundiéndose con el suyo. Que se plegara a él tan inmediatamente debería haberlo calmado.

Demasiados debería en su relación con Lucy Baudin.

Tiró de su vestido, se lo sacó por la cabeza y la tumbó en el sofá, y tuvo aún la presencia de ánimo necesaria para no dejar caer todo su peso sobre ella.

—Esto es lo que quieres.

—No ha sido una pregunta, pero sí —tiró de su camisa para sacarla de los pantalones y comenzó a desabrochar botones—. Quiero sentirte.

Metió las manos debajo de sus nalgas.

—Entonces, siénteme.

Le hizo abrir las piernas e introdujo un dedo en ella, a lo que Lucy respondió con uno de esos gemidos tan sensuales que él no podía resistir. Ella, de un tirón, separó los delanteros de su camisa para bajársela de los hombros, arrancando algunos botones en el proceso.

—Te necesito, Gideon.

Daría hasta su último céntimo por oírle decir esas palabras todos los días de su vida. No era su destino, pero desde luego iba a forzarla a que se las dijera con tanta frecuencia como fuera posible mientras estuvieran juntos.

—Guíame. Háblame.

—Yo... eh... —cerró los ojos un instante mientras él le frotaba el clítoris con el pulgar.

Cuando volvió a abrirlos, había determinación en ellos—. Te quiero en la boca.

Se quedó inmóvil.

—Lucy...

«Esto es como un sueño. Una fantasía que ha sabido verme dentro de la cabeza».

Vio el momento exacto en que le flaqueó la confianza y contuvo una maldición. Estaba tan decidido a dárselo todo que estaba pasando por alto los signos.

Gideon se sentó junto en ella en sofá y le puso la mano en el hombro para que no se bajara al suelo.

—Abre mis pantalones.

Lucy no dudó. Bajó la cremallera y sacó su pene, lo acarició una vez y se lo llevó a la boca. Gideon esperaba que fuera una exploración cauta, pero fue a por él como si estuviera desesperada por tenerle.

Tan desesperada como él lo estaba por ella. Apartó su pelo para poder ver cómo su pene desaparecía entre sus labios púrpura, una imagen que nunca creyó que llegaría a presenciar. Ella abrió los ojos y le dedicó una mirada complacida, y él no pudo soportarlo más. Tiró de su vestido para dejar su culo al descubierto, apretar sus nalgas y hundir dos dedos en ella.

Primero abrió los ojos de par en par, luego los cerró y succionó con más fuerza, más rápido.

—¿Te gusta? ¿Te gusta que yo juegue con tu precioso coño mientras tienes mi polla en la boca?

No le bastaba. Estaba tan desesperado por

ella que sentir cómo se corría en su mano no iba a ser suficiente. Seguía pensando en que había llevado puesto aquel vestido para Mark, que se había reído de los chistes de ese gilipollas y que le habría inspirado fantasías para llenar toda una vida.

—Dame un poco más.

Y alzándola por las caderas, la colocó de modo que las rodillas se frenaban en el respaldo del sofá, una pierna a cada lado de su cabeza. Esperó a que ella volviera a succionar para subir con los labios por la cara interior de su muslo hasta llegar a su coño.

—Qué preciosidad —murmuró, y la lamió una vez.

O ese era el plan.

Pero es que estaba tan mojada, y sabía tan dulce, que perdió el precario control que mantenía y agarró sus muslos para abrirlos más y al mismo tiempo acercarlos todavía más a su boca en un mismo movimiento. Lucy gimió con su pene en la boca y aquel sonido lo volvió aún más loco. Lamió y succionó sus pliegues, gimiendo contra su piel ardiente. «Tengo la cara hundida en su coño. Yo. No ese gilipollas con el que ha ido a cenar».

Lucy metió la mano entre sus piernas y agarró sus testículos, devolviéndolo de golpe al presente.

—¿Te gusta? —le preguntó.

—Me vuelve loco. Me gusta absolutamente todo lo que me haces.

Su mundo se redujo a su sabor y a la sensación de su boca en él. Sus gemidos, sus ruidos lo excitaban, borrando cada pensamiento racional de su cabeza.

Necesitaba su orgasmo. Necesitaba reclamarla.

Lucy no podía decir si estaba arriba o abajo, y no solo porque Gideon la tuviera en la posición más imposible y erótica. Apenas había llegado a casa unos minutos antes que él y ahora la tenía del revés en el sofá, con la cara metida entre sus piernas mientras ella le hacía una mamada.

Se metió más hondo su pene. La volvía loca.

Por una vez, quería devolverle el favor.

Apretó sus testículos y él hizo un sonido que ella sintió en la garganta. Nada importaba, nada que no fuera el siguiente paso de su lengua por su clítoris y el modo en que sus dedos se le clavaban en las caderas, sujetándola.

El orgasmo la arrolló de un aliento al siguiente, y succionó con desesperación, necesitando que Gideon avanzase a su lado a cada paso. Sabía que se estaba reteniendo, intentando durar más que ella, como había hecho desde que habían empezado, así que o hacía algo drástico, o los trasladaría a ambos a otro sitio y no tendría la oportunidad de terminarlo.

Así que jugó sucio.

Presionó con dos dedos su perineo. Había

leído en muchos libros que era un punto caliente para muchos hombres y mujeres, pero nunca había tenido el valor de probar.

La respuesta de Gideon hizo que valiera la pena el riesgo. Arqueó la espalda y sus testículos se retrajeron. La respiración le salió entre los dientes.

—Mierda... no puedo contenerme.

Succionó más. No quería levantar la cabeza para decirle que se dejase ir. Quería eso. Lo necesitaba.

Él dudaba, pero ella hizo movimientos circulares con el dedo corazón y con eso bastó. Gideon maldijo entre dientes y sus manos sufrieron un espasmo al tiempo que elevaba las caderas hacia su boca. Ella lo recibió y lo hizo entrar aún más. Murmuró su nombre al llegar al orgasmo. Lucy bebió y siguió succionado hasta que él se estremeció y la bajó al sofá.

Solo entonces levantó ella la cabeza.

La expresión de la cara de Gideon solo podía ser descrita como de absoluta sorpresa. Abrió la boca, la cerró y movió la cabeza.

—Ven aquí.

Sin esperar a que respondiera, la tomó en su regazo y la apretó contra sí.

Ella apoyó la cabeza en su hombro.

—Ha sido...

—Sí.

¿Cómo ponerlo en palabras? No era la más experta de los dos, pero tampoco era tonta. No había sido como en otras ocasiones. No había lección alguna que Gideon quisiera enseñarle. Había entrado por la puerta como un novio celoso y le había regalado uno de los orgasmos más devastadores de su vida. Y ahora la tenía en brazos como si... sintiera algo.

«Pues claro que siente algo. No habría accedido a esto si no fuera así».

Que la considerara una amiga no quería decir que las líneas se hubieran borrado para él.

Se aferró a ese pensamiento con una terquedad nacida de la desesperación. Tenía un plan, y sabía a aquellas alturas que no debía desviarse. La última vez que lo había hecho, había terminado con Jeff, y esa experiencia la había destrozado emocionalmente.

Y la habría destrozado también profesionalmente si hubiera procesado el dolor de otro modo que no hubiera sido transformándolo en fuerza.

Gideon le acarició la espalda.

—¿Te he hecho daño?

—¿Qué? No.

Lo miró a la cara. Ya no parecía tan sorprendido, y ahora había un brillo de culpa en sus ojos oscuros que le dolió en el corazón.

Esa era la otra razón por la que no podía permitir que se desdibujase la línea que había entre ellos. Gideon era un amigo por el que albergaba un sentimiento, un amigo capaz de hacer vibrar su cuerpo, pero él nunca se perdonaría por el papel que había jugado en la mierda de Jeff.

Jamás podría mirarla sin verla como la prometida de su amigo. La chica a la que debería haberle contado que la estaban engañando. Algo que todo el mundo sabía.

Gideon frunció el ceño.

—Dime qué te ha hecho poner esa cara.

—Nada.

Lo último que quería hacer era meter a Jeff en aquella habitación. Ya era bastante borrar su recuerdo sin invitarlo a entrar. Había estado a punto de ovillarse allí con Gideon, pero el momento había pasado. Mimos y palabras dulces no era de lo que iba todo aquello.

Se levantó y le temblaron las piernas.

—Dame unos minutos, que me cambio.

—Claro.

Entró en su habitación y se puso unas mallas y un jersey largo. Era quizás demasiado cómodo, pero tal y como él había puntualizado antes, no se trataba de seducir. Si quería que se vistiera para el papel se lo pediría. Cerró la puerta tras de sí y volvió al salón.

—Tengo que ir de compras.

—¿En este momento?

—¡No seas tonto! Por supuesto que no.

Su risa sonó un poco forzada porque lo era. Sacó una botella de vino del armario y dos copas.

—¿Vino?

—Sí.

Sirvió sin mirarle.

—La cita con Mark no ha estado mal, pero

creo que es mejor que conozca al resto de los hombres de tu lista. Quiero estar lo más preparada posible, y creo que ya te he dicho antes que no tengo nada seductor que ponerme.

Gideon soltó una única carcajada.

—Tú misma eres ya suficientemente seductora, Lucy.

No lo pillaba, aunque en realidad no esperaba que lo pillase. Le ofreció una copa y tomó un sorbo de la suya.

—Puede que te suene un poco raro lo que te voy a decir, pero yo visto bien.

—Ya me he dado cuenta.

Pasó por alto su respuesta.

—Vestirse para enfrentarse a un juez o a un jurado, o a ambos, es aterrador. También es muy emocionante, pero dar ese primer paso es como saltar de un avión solo con la esperanza de no haber olvidado el paracaídas. O para ser más exacta, es como presentarte en el lugar del duelo solo esperando haber preparado bien las armas y que funcionen como es debido. Sé que suena muy dramático, pero así es como me siento yo. Mi ropa es tanto una armadura como el arma en sí. Me permite dar ese primer paso sin temor a abrirme la crisma. Y en el dormitorio voy a necesitar eso mismo.

Ya lo había dicho. Ahora podía reírse en su cara si quería, pero al menos estaba siendo sincera.

Pero no se rio. La miró con esos ojos tan oscuros meditando las implicaciones de lo que había dicho. Había revelado más de sí misma en aquel leve comentario de lo que había dejado al descubierto en mucho tiempo. Becka lo sabía, por supuesto —era ella a la que Lucy arrastraba siempre para ir de compras—, pero todo el mundo en el bufete daba por sentado que le volvían loca la ropa cara y la moda.

—¿Tienes tiempo libre dentro de dos fines de semana? —preguntó él tras tomar un sorbo de vino.

¿Dentro de dos fines de semana? Pero si era jueves.

—¿Dentro de ocho días?

—Soy bastante capaz de contar, Lucy —dejó la copa—. Mañana conocerás a Aaron Livingston en el evento semanal que organiza Roman. Yo voy a estar fuera de la ciudad casi toda la semana reunido con varios clientes potenciales.

La desilusión se le agarró en el estómago, pero hizo lo posible porque no se notase. Claro que Gideon no estaba centrado únicamente en ella. Si recordaba bien, solía llevar varios clientes el mismo tiempo y no había razón para esperar que fuese a hacer un cambio a su regla.

También significaba que iba a pasar toda una semana sin verlo.

Sin clase siete días.

«Basta».

Sonrió.

—Estoy libre dentro de dos fines de semana, a excepción de una comida que tengo con Becka.

—Iremos de compras después.

Lo que le daría la oportunidad de ingerir suficiente alcohol para no sentir tanto miedo de imaginarse eligiendo lencería con Gideon.

—De acuerdo.

—Mañana ponte algo apropiado —recalcó él, mirándola a la cara.

Y sus nervios desaparecieron de inmediato.

—¿Perdona?

—Sabes perfectamente que esta noche has estado jugando con fuego poniéndote ese vestido. No sé cómo el imbécil de Mark ha podido tener quietas las manos. Un milagro. Ningún otro hombre lo habría logrado.

Lo que quería decir que él no. Algo que había demostrado de sobras entrando como una exhalación por la puerta y devorándola allí mismo en el salón. «Claro que yo también he devorado lo mío».

Pero no era de eso de lo que estaban hablando, y no le gustaba su actitud. El objetivo de todo aquello era ponerla en el mercado —a falta de otro término mejor—, y estaba actuando como si considerase que había estado fuera de lugar. No era un vestido que habría llevado a trabajar, pero no era ni mucho menos indecente, y él estaba reaccionado como si se hubiera colocado un minivestido con todos sus atributos al aire.

—Llevaré lo que me parezca oportuno.

—No. Llevarás algo que no sea sexy.

—¡No hablarás en serio! Soy más que capaz

de vestirme. A excepción de la lencería, ni quiero ni necesito tu opinión.

Gideon dejó su copa y se acercó con expresión reprobadora para detenerse apenas a unos centímetros de ella.

—Como lleves algo parecido a lo que te has puesto esta noche, no te va a gustar el resultado.

Casi no podía respirar de tan cerca como lo tenía.

—¿Y qué vas a hacer, Gideon? ¿Darme una azotaina poniéndome sobre tus rodillas?

—Exactamente eso —bajó las dos manos y las colocó junto a su cuerpo, pero sin tocarla—. Y cuando te haya azotado ese culito que tienes, te colocaré en la superficie más cercana que encuentre y te follaré, salgas o no con otro tío.

9

—Como sigas mirando así la puerta, vas a espantar a los invitados.

Gideon no apartó la mirada de la puerta. No podía relajarse. La verdad es que no había logrado hacerlo desde que la noche anterior salió del piso de Lucy con sus palabras resonándole en los oídos.

No habían hablado durante el día. Solo le había enviado un mensaje de texto con la dirección y la hora de la cita, y ella le había contestado confirmando su asistencia.

Pero cómo fuera a presentarse era lo que le estaba volviendo loco.

En realidad no sabía lo que quería que ocurriese. Lo mejor sería que le hubiera hecho caso y trajera algo que no llamara de esa manera la atención sobre su cuerpo.

Pero en parte también quería que lo desafiara, que lo obligara a cumplir su amenaza. Con ello cruzaría la línea y lo sabía, pero eso ya había dejado de importarle.

Si la cita de Lucy con Mark había dejado algo claro era que no podía soportar imaginársela con otro.

Se había hecho a un lado por Jeff, pero en aquella ocasión no iba a hacerlo. Otra vez, no.

Ninguno de aquellos gilipollas iba a sentir por ella lo que sentía él. La química que había entre ellos había estado a punto de prenderle fuego al apartamento, y ambos sentían algo el uno por el otro, y eso era algo que ella quería con el marido que escogiera.

Él era la mejor elección, y tenía que encontrar el modo de que se diera cuenta.

—Mierda... —murmuró Roman, y se colocó delante de Gideon para no dejarle ver la puerta—. No me montes un numerito, por favor. He invitado a Aaron de buena fe y parece que fueras a arrancarle la cabeza a quien se atreva a mirarte mal.

—No voy a montar ningún numerito.

Siempre y cuando Lucy no lo pusiera a prueba.

—Pues por la cara que tienes creo que mientes —respondió, guardándose las manos en los bolsillos—. Ya has cruzado la línea con Lucy, ¿verdad?

Tantas eran las líneas que había cruzado que había perdido la cuenta, pero estaba claro que Roman no lo sacaba a colación gratuitamente.

—Quítate de en medio —le dijo, moviendo la cabeza hacia un lado.

—No. El numerito.

Roman se quitó del medio y Gideon se quedó inmóvil. Lucy atravesaba la zona de las mesas hacia la parte VIP, llevándose consigo muchas miradas. Traía un vestido negro corto, pero describirlo así no le hacía justicia. Era tan corto que hacía que sus piernas, ya largas de por sí, lo parecieran todavía más. No tenía hombros, y el cuerpo palabra de honor añadía curvas extras a su cuerpo. Llevaba el pelo suelto, cuidadosamente peinado en ondas despeinadas que le hicieron pensar en sexo, y los labios pintados de un rojo sangre que hicieron que la imagen que tenía en la cabeza llegase a las partes implicadas de su cuerpo.

Lucy saludó a la persona que controlaba el acceso a la zona VIP y caminó directa hacia él. Cuando la tenía ya más cerca, se dio cuenta de que el tejido del vestido llevaba pequeñas cuentas cosidas, lo que añadía aún más movimiento a sus pasos.

Sin apartar la mirada de ella, le entregó la cerveza a Roman.

—Enseguida volvemos.

Roman farfulló algo entre dientes.

—Sea lo que sea lo que le vayas a decir, hazlo rápido. Aaron llegará en treinta minutos.

Treinta minutos era tiempo más que suficiente para dejarle claro lo que pensaba. Se levantó y dio varias zancadas de depredador hacia ella.

—Sígueme. Ahora.

Ella se humedeció los labios.

—¿Y si no quiero?

—¡Hazlo!

Dio media vuelta y enfiló hacia el pasillo que conducía a los lavabos y a las dos habitaciones destinadas a reuniones y fiestas privadas. En una había una mesa y sillas, y él la había usado en más de una ocasión. La otra tenía varios sofás que le conferían un aspecto más informal.

Eligió la sala de juntas.

Abrió la puerta y entró. Lucy también. Cerró la puerta a su espalda.

—¡Esto es ridículo! —protestó ella.

—Si lo pensaras de verdad, no estarías aquí.

La agarró por las caderas y tiró de ella. Su cuerpo se volvió maleable de inmediato, aunque los ojos le echaban chispas. Gideon metió las manos bajo el vestido y se quedó paralizado.

—¿Pero qué...?

—¿Mmm?

—Sabes perfectamente de qué te estoy hablando —dijo, y le levantó el vestido aunque no necesitase hacerlo—. Has venido con ese vestido de calienta pollas y no llevas bragas —los celos y el deseo se enredaron en su interior—. ¿Es que ibas a hacerle un numerito a Aaron?

—¡Vamos, Gideon! Lo que estoy es demostrándote una cosa, y es que tú, Gideon Novak, no vas a tomar ninguna decisión por mí. Te agradezco la ayuda, pero eso es todo.

No quería saber nada de él.

Era bueno para follar con ella, pero no lo bastante para lo demás.

Controló con mano de hierro su temperamento porque tener una pelea allí no era una opción para ninguno, por no hablar del hecho de que no tenía derecho a estar enfadado. Ella le había dejado bien claros los términos del contrato el primer día, y si decidía ignorarlos era cosa suya, no de Lucy.

Pero ser consciente de ello no hizo que aquella situación de mierda fuese más fácil de tragar.

Dio un paso atrás.

—La mesa. Inclínate.

—¿No hablarás en serio?

—Tan en serio como un ataque al corazón. Te advertí de lo que iba a pasar si aparecías así, y tú estuviste encantada de recoger el testigo. Las decisiones tienen consecuencias, Lucy. Y esta es una de ellas.

Ella dio un paso atrás hacia la mesa. Dos pasos.

—¿Las consecuencias son que me vas a poner el culo colorado y a follarme después?

«Quiere que lo haga».

Saberlo no aminoró su rabia. Más bien al contrario. Quería que lo hiciera, pero no lo quería a él.

—La mesa.

Lucy se dio la vuelta y, tan formalita como una princesa, se inclinó sobre la mesa. Debió pensarlo mejor porque, a continuación, se tumbó más sobre la pulida superficie de madera, quedando en una posición que dejaba su trasero al aire y que hacía que la falda de su vestido se subiera para que él pudiera ver lo mucho que le ponía la situación.

—¿Qué es lo que más te pone? —él estaba entre la puerta y ella, y le levantó uno poco más el vestido—. ¿La azotaina, el desafío o saber que estamos en una habitación abierta en la que puede entrar cualquiera...? Incluido el gilipollas que ha quedado contigo.

Ella subió un poco más el trasero y a él se le hizo la boca agua. Pero fueron sus palabras lo que sellaron su suerte.

—Todo.

«Fóllame».

Apoyó una mano a la altura de sus riñones.

—Prepárate.

No estaba para jueguecitos, y no creía que Lucy quisiera más que un poco de juego rudo, así que le dio un azote que quería que picase pero sin dejar dolor más que un instante.

Ella gimió.

Gideon fue alternando los azotes hasta llegar a tres, lo bastante para enrojecer las nalgas pero nada más. Luego deslizó una mano entre sus piernas y gimió al encontrarla mojada.

—Me vas a matar.

Sacó de la cartera el condón que había guardado aquella mañana. El ruido del envoltorio al rasgarse sonó extraño en el silencio de la habitación, pero él apenas pudo oírlo por encima del rugido que tenía en los oídos. Separó sus piernas y colocó su pene en la entrada.

—La próxima vez, obedece.

—No es probable.

Con el antebrazo se tapó la boca cuando él entró sin contemplaciones.

Qué mierda... cuánto le gustaba ver que ella empujaba hacia atrás. Había sido tan tímida en sus primeros encuentros. Aquella intensidad era más propia de la Lucy que conocía. Se agarró a sus caderas y salió casi del todo antes de volver a entrar. Era bueno —jodidamente bueno—, pero no satisfizo la rabia feroz que había estado acosándole durante veinticuatro horas.

Salió de ella y la volteó. Apenas se había apoyado ella en sus hombros cuando la sentó en el borde de la mesa. «Mejor así». Pero no era suficiente. Tiró del vestido y le desnudó los pechos.

—Joder, Lucy...

Volvió a separarle las piernas y se hundió en ella, con la mirada clavada en sus pequeños senos y en cómo se movían con cada envite.

Pero no bastó para borrar la imagen de ella con aquel vestido puesto mientras charlaba con Aaron.

«No tienes derecho a estar celoso».

«Me importa un comino si tengo derecho o si no».

—Acaríciate. Quiero que te corras estando yo dentro.

Y siguió agarrándola por las caderas cuando ella bajó la mano para tocarse el clítoris. Con cada movimiento se topaba con su mano, y la sensación era tan insoportablemente erótica como verla tocarse mientras la estaba follando.

Sintió cómo se tensaba antes de oírla gemir al correrse. Intentó aguantar, pero no había modo de resistirse a la intoxicación que era Lucy, y se corrió también él con una maldición. Se quedó sin respiración y tuvo que agarrarse a la mesa para que las piernas no le fallaran.

Nunca había sido así para él. Tenía sentimientos hacia las mujeres, incluso había llegado a querer a alguna, pero la locura que Lucy instalaba en él sin tan siquiera pretenderlo le estaba desquiciando.

Se quedó mirando sus ojos azules brillantes. ¿Cómo demonios iba a salir a aquel club y fingir que no acababa de estar dentro de ella?

En cuanto recuperó el control de las piernas, Lucy se bajó de la mesa y se arregló el vestido. Sabía que Gideon la observaba, pero lo ignoró mientras se ponía las braguitas que había guardado antes en el bolso. Se aseguró de que quedaran bien puestas, sin dejar nada a la vista, se incorporó y se quedó inmóvil.

—¿Qué?

—Has sacado unas bragas del bolso.

Sintió que se sonrojaba, pero no bajó la mirada.

—Pues sí.

Gideon no se movió, pero parecía a punto.

—No sé si sentirme impresionado o cabreado. Me has puesto un cebo.

—Pues sí —repitió—. Y además, quería demostrar algo. No voy a permitir que controles todos los aspectos de estas citas, pero lo que hay entre nosotros no tiene nada que ver con eso. Mientras dure, soy tuya.

Las palabras le parecieron hilarantes, como si estuviera declarando más de lo que pretendía en realidad, pero no podía retirarlas sin que pareciera ridículo, y sin que les diera más peso de lo que merecía. «Es la verdad. En exclusiva».

Pero solo sexualmente. No había, no podía haber más entre ellos. Tenía su plan, y Gideon no había tenido una relación que durase más de dos semanas durante los seis años que hacía que lo conocía. Aunque estuviera dispuesta a ceder en ello —y no podía permitirse hacerlo—, Gideon perdería el interés en el momento en que ella lo necesitase de verdad.

No iba a cambiar de plan. Aunque sexualmente encajasen más de lo que se habría atrevido a soñar, eso no significaba nada en el gran esquema de las cosas. Ya había permitido que una buena química la apartase del camino —o lo que le parecía que era buena química. Y no podía volver a hacerlo, aunque tuviera la sensación de que todo aquello era tan distinto a las ocasiones anteriores como la noche del día.

—Mientras dure, eres mía.

Sonaba gracioso dicho por él. O quizás fueron las mariposas que tenía en el estómago.

No podía sonreír, así que asintió.

—Y ahora, ¿podemos salir y conocer a ese tío? Además, no he visto a Roman en años, y me has hecho venir aquí tan rápido que solo he podido decirle hola.

Por ridículo que fuera, la cuestión era que lo que había terminado echando de menos de Jeff era estar con sus amigos.

Gideon había desaparecido en cuanto rompieron, y el resto del grupo no había hecho más que un esfuerzo mínimo para mantenerse en contacto. Para ser justos, ella tampoco había hecho mucho. Era duro mirarlos a la cara y saber que todos ellos habían sospechado de las actividades extracurriculares de Jeff antes que ella.

«Ya no importa. No voy a dejar que importe».

No esperó a que Gideon contestara. Salió por donde habían entrado. No podía hacer nada con el rubor de las mejillas, pero deliberadamente se había arreglado el pelo con descuido, por si Gideon cumplía sus amenazas. No iba a admitirlo en voz alta, pero estaba encantada de que lo hubiera hecho. Las dos primeras veces que había estado con él habían resultado maravillosas, pero lo de la noche anterior y lo que acababa de ocurrir le había parecido que revelaban al Gideon auténtico. Al hombre que había tras aquel exterior cuidadosamente controlado.

Quería más.

De hecho, lo último que deseaba hacer era precisamente lo que estaba haciendo: volver a la zona VIP. Habría sido mucho mejor salir por la puerta de atrás con Gideon, irse a su apartamento o al de ella y aliviar la tensión que seguía creciendo entre ellos cuantas más veces se acostaban juntos.

Pero no era una opción.

Hizo caso omiso de la mirada que Roman lanzó por encima de su hombro hacia el punto en el que sin duda Gideon debía acabar de aparecer. Lucy le dedicó una brillante sonrisa.

—Roman, ¿qué tal estás?

—Bien. Muy bien.

Roman tomó su mano y se acercó casi demasiado. Estaba serio y parecía tenso, y sus palabras no sirvieron precisamente para disipar la sensación.

—Lo siento mucho —susurró—. Si hubiera sabido que iba a estar aquí, te lo habría hecho saber.

Su cerebro saturado de placer tardó unos segundos en caer en la cuenta. No hablaba de Aaron, sino de Jeff.

Se dio la vuelta tan despacio como en una película de miedo hacia el sonido de una risa que le era dolorosamente familiar. Jeff estaba sentado junto a una guapa pelirroja y toda su atención parecía puesta en ella. Hacía dos años que no lo veía —desde que le había lanzado hasta el último objeto de su propiedad por la ventana del apartamento del segundo piso que ocupaban—, y le molestó ver que estaba guapo. No había ganado peso de más, ni tenía hinchazón alguna en la cara que pudiera indicar un consumo abusivo del alcohol, ni tampoco su aspecto era desaliñado.

De hecho, estaba mejor que nunca.

Ella, sin duda, tenía exactamente el aspecto de alguien que acababa de dedicarse a actividades ilícitas en la parte de atrás. Porque eso era exactamente lo que había estado haciendo.

Miró a Roman. No sabía qué tenía que decir o hacer. Jeff aún no la había visto, pero no tardaría en hacerlo, y ella no estaba preparada. Había luchado para superar el daño que le había hecho, pero ocupar el mismo espacio que él bastaba para volver a ponerle la verdad ante los ojos.

Seguía tomando decisiones por culpa de él.

Sintió una mano en la espalda y el perfume fresco de Gideon la envolvió. Se colocó delante, bloqueando la vista de Jeff. Si ella parecía descolocada, él echaba fuego por los ojos.

—Oye, tío, como acabo de decirle a Lucy, yo no sabía que iba a estar aquí. De lo contrario, os habría avisado. Se ha presentado sin más.

Lucy se puso una mano en el pecho. «No puedo respirar». Una mano invisible la apretaba, cerrándose con cada exhalación, hasta que unos puntos negros bailaron ante sus ojos. Dos años habían pasado y seguía teniendo todo el poder del mundo sobre ella. Era odioso. Él era odioso.

—¡Vaya por Dios! Mira lo que el gato ha traído hasta aquí.

La voz de Jeff surgió directamente detrás de Gideon.

Roman y Gideon la miraron con idéntica expresión en la cara: preguntándole cómo quería manejar aquello. Bastaría con que parpadeara para que Gideon la sacara de allí sin dudar, y Roman impediría que Jeff los siguiera si intentaba hacerlo.

Pero precisamente era de eso de lo que estaba cansada: de dejar que Jeff dictase cómo tenía que manejar una situación determinada, así que se irguió y asintió levemente. Gideon frunció el ceño, pero tanto Roman como él se separaron, ocupando posiciones de frente a Jeff y dejando solo unos centímetros entre ellos, de centinelas entre ella y su ex.

A pesar de su tono complacido, los ojos de Jeff eran fríos. La pelirroja que se colgaba de su brazo tampoco parecía contenta, y Lucy perdió unos segundos preguntándose qué iba a contarle después sobre aquel encuentro. Pero no importaba. Jeff no importaba.

O no debería.

Aplicó toda su considerable fuerza de voluntad por parecer sorprendida.

—Jeff... no tenía ni idea de que siguieras viniendo por aquí.

—De vez en cuando.

La mirada que dedicó a los hombres que la flanqueaban fue letal.

Al parecer, su amistad había durado poco. Sabía que había ocurrido con Gideon, pero le reconfortaba pensar que Jeff se había sentido tan abandonado como ella, aunque fuera a pequeña escala.

No añadió nada más, así que dijo lo primero que se le vino a la cabeza.

—Tienes buen aspecto.

—Estoy bien. Mejor que nunca, la verdad —miraba a Roman y a Gideon—. A los tres se os ve muy unidos.

No se podía malinterpretar el tono en que había dicho aquellas palabras. En realidad preguntaba ¿a quién de los dos te estás tirando?

«Le estás dando demasiada importancia. Contrólate».

Gideon la sorprendió acercándose a ella y poniéndole la mano en la espalda.

—Ya nos íbamos.

La máscara de Jeff cayó al fin y frunció el ceño, un gesto que siempre había sido el precursor de la bronca que se acercaba. Una bronca que ella nunca tenía posibilidad de ganar. Jeff pareció darse cuenta por primera vez del vestido que llevaba. La miró de arriba abajo despacio, deteniéndose en sus pechos y en sus labios inflamados.

—Gideon y tú, ¿eh? Muy indignada cuando rompiste nuestro compromiso, y ahora resulta que te estás tirando a mi mejor amigo. Eres una tía con clase, Lucy. Con mucha clase.

Por mucho que se dijera que su opinión no

le importaba, sintió como si le hubiera dado un puñetazo en el estómago.

—No es así.

—Es exactamente así —intervino Gideon, pasándole el brazo por la cintura—. La cagaste y la perdiste, y eso solo es culpa tuya, así que deja de mover la mierda —y mirándola a ella con expresión dura, preguntó—: ¿Nos vamos?

—Por favor.

No quería quedarse allí más de lo estrictamente necesario. No haber salido corriendo a la puerta era todo un logro. Gideon asintió y miró a Roman.

—Hasta la próxima.

—Claro.

No le dio oportunidad de decir nada más antes de salir de la zona VIP y por la puerta principal, aunque, en realidad, ¿qué más había que decir? Cualquier cosa habría sonado a la defensiva, como si hubieran hecho algo malo.

«Bueno, me estoy acostando con él. Pero no estamos saliendo. Y aunque lo estuviéramos... ya han pasado dos años».

Dos largos y solitarios años.

—Ha sido horrible —dijo cuando dejaron el club atrás.

—Lo siento —contestó él, y sintió que tenía la mano tensa, como si no supiera si debía acercarla a ella o soltarla—. No sabía que iba a presentarse. Si lo hubiera creído posible no te habría llevado.

—No pasa nada.

Sí que pasaba, pero debía ser más fuerte. No podía permitir que un encuentro con su ex la pusiera de rodillas.

En realidad, ni siquiera Jeff era el problema, sino el hecho de que bastase una mirada suya, una frase construida con palabras escogidas podía desencadenar todas las inseguridades que tanto esfuerzo le costaba superar. Él no era el problema. Lo era ella.

—Sí que pasa —contestó él mientras paraba un taxi—. ¿A tu casa o a la mía?

Si ella se lo permitía, analizarían lo ocurrido. Gideon podía ser un poco áspero, o tener el temperamento de un vikingo, pero siempre era cuidadoso con ella.

Excepto cuando lo presionaba demasiado y se olvidaba de que debía manejarla con guantes.

Esta noche no iba a haber castigo. Le serviría una copa, la haría sentarse y le exigiría total honestidad sobre lo que tenía en la cabeza. Le haría hablar de sus problemas y haría cuanto estuviera en su mano para ayudarla a arreglarlos. O, peor aún, sería maravillosamente comprensivo.

Pero ella... no podía.

Lucy no lo miró cuando abría la puerta del taxi.

—Si no te importa, preferiría irme sola a casa.

Tardó un instante en contestar, un segundo en el que le vio librar una batalla interior.

—Si eso es lo que quieres... —claudicó.

«No lo es».

—Sí.

Igual si ponía un poco de distancia, podría poner en claro sus pensamientos. Era tan difícil pensar teniendo a Gideon cerca...

Necesitaba tiempo.

Él dio un paso atrás, liberándola del debate interno sobre si le gustaría o no que insistiera.

—Escríbeme cuando llegues a casa.

—Bien.

Esperó a que se hubiera subido al taxi para decir:

—Nos vemos el sábado.

10

Gideon consiguió llegar al miércoles. Tres largos días en Seattle mientras se reunía con el primero de los posibles candidatos para uno de sus clientes. El tío era un genio de la publicidad, aunque había resultado ser un espíritu demasiado libre para el cliente de Gideon, bastante serio. No es que ese detalle pudiera dar al traste con la negociación, pero había que tenerlo en cuenta.

Se quitó la chaqueta del traje y miró el teléfono. Lucy no había llamado ni había escrito después del breve mensaje informándole de que ya estaba en casa, y él se había marchado de Nueva York decidido a darle el espacio que obviamente quería, pero tres días fuera de la ciudad no le habían aportado claridad.

Lo que estaba era huyendo.

Ver a Jeff la había destrozado, eso podía comprenderlo, y no quería derrumbarse delante de su ex. Lo respetaba.

Pero a él lo estaba dejando fuera.

Tiró la chaqueta sobre la cama y marcó su número antes de que pudiera pensar en todas las razones que certificaban que era una mala idea. No lo había reclutado para que la ayudase con sus problemas, sino para que le encontrase un esposo y le diera lecciones de sexo.

«Pues lo siento por ella. Me ha buscado y me ha encontrado».

—Lucy Baudin —contestó.

—Hola.

Hubo una pausa larga.

—Hola, Gideon.

La incomodidad que se instaló en su conversación antes de que hubieran intercambiado media docena de palabras fue asquerosa, y si no hacía nada para impedirlo, iba a llegar a ser dolorosa. Inaceptable. Nunca se había tropezado con un desafío que no estuviera dispuesto a enfrentar, y aquella simple conversación no iba a ser menos.

—¿Qué tal te va la semana?

—Larga, y solo es miércoles. Uno de mis clientes está siendo muy difícil, y estoy teniendo que dar muchas vueltas solo para ayudarlo, lo cual hace que todo sea un reto aún mayor.

—Encontrarás la solución.

—Siempre lo hago.

Se dejó caer en la silla que había junto al escritorio. Lucy se mantenía distante, educada, pero no había nada de la intimidad que habían empezado a construir. Ni siquiera se había dado cuenta de esa dulzura hasta que desapareció.

«Un modo de volver a ponerlos a ambos en tierra firme».

—¿Estás en casa?

—Sí. Aquí ando, con Garfunkel y revisando las cuentas del cliente con el que estoy trabajando ahora. Y tomándome una copa de vino. Esta clase de investigación necesita vino.

—Por supuesto —se recostó en la silla y se quitó los zapatos—. ¿Qué llevas puesto?

Su risa sorprendida fue música para sus oídos.

—¿Sexo telefónico? ¿En serio, Gideon? ¿No es un poco infantil?

—Ya hemos tenido esta conversación.

—Supongo.

—Ahora que lo pienso, no me digas lo que llevas puesto. Enséñamelo. ¿Tienes el ordenador a mano?

—Siempre.

—Dame dos segundos.

Encendió su ordenador y se conectó a internet. Unos cuantos comandos después, estaba comunicado con Lucy en una videollamada.

Ella contestó con cierta inseguridad.

—Ahora puedo colgar, ¿no?

—Sí.

Dejó el teléfono y se puso cómodo. Estaba sentada en el sofá, rodeada de expedientes sobre los que descansaba su gato, y llevaba un top ajustado y un pantalón corto de pijama. La parte de arriba era lo bastante fina como para dejar entrever la sombra de sus pezones a través del tejido blanco y los pantalones cortos se ahuecaban a la altura de las ingles de un modo que se le hacía la boca agua.

—Hola.

—Hola —contestó con suavidad—. Bonita camisa.

—Gracias —se aflojó la corbata y la lanzó sobre la cama—. Tengo que dar el perfil, aunque este tío no es precisamente formal. Le encanta la franela, la gomina y los vaqueros ajustados.

—¡Pobre Gideon! —se rio—. Estarías guapísimo con una camisa de franela, pero te prefiero sin barba. Me reservo el juicio sobre los vaqueros ajustados, aunque ofrecen interesantes posibilidades.

El pene se le puso duro como una piedra al comprobar el deseo que calentaba su expresión, pero mantuvo el tono ligero.

—Me compraré algo así mientras esté aquí.

—No tienes que hacerlo.

—Lo sé.

Pero quería demostrarle que valoraba sus opiniones. Jamás había tenido una camisa de franela, pero si a Lucy le parecía que podía gustarle, se compraría una.

Notó las dudas en su lenguaje corporal y redirigió la conversación.

—¿Siempre te vistes así para estar en casa?

—¿Esto? Sí, supongo —se encogió de hombros—. Es cómodo.

—Es sexy que te mueres —dejó el ordenador sobre el escritorio y se inclinó hacia delante—. Bájate los tirantes. Quiero verte.

—¿Ahora? —miró a su alrededor, casi como si esperase que saliera de un armario o algo así. Se quitó un mechón de cabello oscuro de la cara—. No sé si estoy preparada para esto.

Era muy posible que no lo estuviera, pero si no quería hablar con él, mantendría el papel que le había asignado.

—Cierra los ojos —le ordenó, y esperó a que lo hiciera—. ¿Cómo te sientes cuando sacas de la ecuación todo lo que crees que deberías sentir?

—Bien. Entonada —dudó—. Algo intimidada. Es distinto cuando estás aquí conmigo, tocándome. No hay sitio para tener conciencia de mí misma.

—Yo llevo cinco días largos de cojones pensando en todas las cosas que quiero hacerte cuando volvamos a estar solos.

—Cosas... —se humedeció los labios. Era uno de los signos. Ah, sí, le gustaba cuando dejaba de acordarse de las razones por las que no debía.

Él siguió hablando en voz baja e íntima.

—¿Sabes esa salida que tenemos que hacer a comprar lencería? He estado pensando en sentarme allí y verte salir del probador con uno de esos conjuntos. Igual me haces sufrir haciéndome esperar.

—Es probable —contestó, y con un solo dedo se bajó despacio un tirante y después el otro. La curva superior de sus pechos retuvo el tejido y él tuvo que morderse los labios para no dejar escapar un juramento.

—Exactamente así. Ya sabes lo mucho que lo deseo, que te deseo, pero creo que tienes algo de sádica, porque te gusta hacerme sufrir. Volverme loco.

—Sí —sonrió—. Eres siempre tan ordenado, tan comedido... me gusta ver qué pasa cuando saltan las correas.

Y a él le gustaba que le gustase. Se pasaba la mayor parte de sus días consciente de cómo se presentaba a todo, desde su tono de voz, su aspecto y su forma de caminar, podían ser interpretados por clientes y posibles representados. Nunca se permitía relajarse, porque incluso en un entorno social, nunca se sabía quién podía estar mirando.

Pero en aquel momento, no había nadie allí, nadie excepto Lucy y él.

—Si yo estuviera allí, te bajaría un poco más el top ese. Sí, así —con la boca seca vio cómo se lo bajaba justo por debajo de los pezones, y después, del todo—. Exactamente así.

—Esto suena tan sucio... —abrió los ojos y apretó los labios—. ¿Tú harías...?

—Dime lo que quieres y es tuyo —ansiaba sus palabras tanto como su contacto. Lo segundo iba a estar fuera de su alcance durante unos días, pero lo primero... lo primero se lo dio tras un breve instante de duda.

—Desabróchate la camisa —se inclinó hacia delante y sus pechos botaron un poco—. Me encantan tus hombros. Los trajes no dejan ver lo musculados que los tienes, y verte sin camisa es como un regalo de cumpleaños.

Se incorporó para poder quitarse la camisa y dejarla caer al suelo. Se miraron el uno al otro durante unos segundos, Gideon bebiendo de ella, y Lucy parecía hacer lo mismo. Habló en cuanto vio aparecer la duda en sus ojos azules.

—Me parece que tus pechos necesitan algo. Acarícialos por mí.

Ella obedeció al instante y dio un paso más, pellizcándose los pezones.

—Sí... justo así.

—¿Estás...? ¿Querrías...?

Comprendió de inmediato lo que quería decir.

—¿Quieres mi pene?

—Sí. Enséñamelo.

Se revolvió un poco, acariciándose con más intención los pechos.

Inclinó la pantalla del ordenador para que la cámara recogiera su mitad inferior. Se movió despacio, provocándola, y se desabrochó los pantalones para sacar su pene erecto, que acarició lentamente, lo que le valió un gemido de Lucy.

—Te gusta.

—Me gusta mucho.

—Quítate los pantalones. Quiero ver cómo te acaricias ese precioso coño hasta que te corras para mí.

Aquella vez no dudó: soltó los pechos y se quitó los pantalones.

Él volvió a acariciarse lentamente.

—Abre las piernas... sí, así. Enséñame cómo te gusta, igual que hiciste la primera vez.

Ella colocó la mano entre sus muslos y separó los pliegues para poner un único dedo en su clítoris. Fue lo más devastador que había visto nunca.

Gideon observaba con avidez, absorbiendo cada detalle y grabándoselo en la memoria. Era una mierda no poder estar allí y tocarla, pero por otro lado lo estaba viendo todo perfectamente y la distancia le hacía apreciarlo de un modo diferente.

Era magnífica, joder.

Tras las primeras caricias tentativas, se rindió a su placer —al placer de ambos— y aceleró el ritmo. Dejó caer la cabeza en el sofá y su cuerpo se arqueó al hundir dos dedos en la vagina.

—Ojalá estuvieras aquí.

—El sábado. Haré que la espera haya valido la pena.

—No sé si hay algo que pueda hacer que la espera haya valido la pena —sus palabras sonaban entrecortadas y sus pechos temblaban a cada exhalación. Consiguió abrir los ojos—. Estoy a punto, Gideon. ¿Y tú?

Él llevaba estando al borde del precipicio desde que se había quitado los pantalones, y solo había conseguido contenerse por pura fuerza de voluntad.

—Yo también lo estoy —dijo entre dientes.

La presión subió en su espina dorsal, sus testículos se contrajeron y el pene siguió inflamándose al ver cómo se acariciaba ella hasta llegar al orgasmo.

Lucy dejó caer de nuevo la cabeza sobre el sofá, pero mantuvo los ojos abiertos mirándolo mientras se lo hacía con una mano. Su respiración se volvió aún más entrecortada.

—La próxima vez... —tuvo que volver a empezar—. La próxima vez, usaremos ese juguetito tuyo. Quiero ver cómo te lo metes, vibrando y volviéndote loca.

—Tú eres lo que me vuelve loca.

Arqueó la espalda y su cuerpo se quedó inmóvil cuando le llegó el orgasmo con su nombre en los labios.

Gideon no pudo contenerse más y se acarició más rápido y con más fuerza. Lucy levantó la cabeza justo a tiempo de ver cómo se corría en varios chorros que le caían sobre el estómago. Gideon vio cómo le marcaba el cuerpo y se preguntó cuándo demonios había pegado aquel cambio su vida. Tan solo un mes antes, se habría echado a reír si alguien le hubiera dicho que iba a participar en una videollamada en la que se iban a masturbar Lucy Baudin y él.

Y sin embargo... allí estaban.

Recogió la camisa para limpiarse con ella y la miró. Lucy se había tumbado en el sofá, y ella lo observaba con una sonrisa somnolienta.

—Tienes esa expresión en la cara.

Sonrió más.

—¿Qué expresión es esa?

—Una que dice que estás teniendo pensamientos sucios.

Y eso le gustaba. Mucho.

—Eso es porque estoy teniendo pensamientos sucios. ¿A qué hora vuelas el viernes? —preguntó sin pararse a pensar.

—Nuestra cita es... —no terminó. Una picazón de placer que nada tenía que ver con el sexo le acometió—. ¿Quieres verme el viernes por la noche?

—Si te parece bien. Sé que estarás cansado.

—Harían falta mucho más que unas horas de avión para que yo estuviera tan cansado como para no verte. Aunque no llego hasta después de las once.

Ella sonrió.

—Le dejaré la llave al portero.

«¡Sí!». Sabía de sobra que estaba leyendo más de la cuenta en esa decisión suya, pero es que era muy difícil no hacerlo. Una frase tan sencilla, más que cuanto habían hecho hasta aquel momento, indicaba su confianza en él.

—Me pasaré por mi casa para dejar los trastos y me voy para allá.

—Perfecto —se estiró—. Gracias por eso, Gideon. Por todo.

Era curioso, pero tenía la sensación de que debía ser él quien le diera las gracias a ella. Llevaba dejando pasar mucho tiempo y, para mal o para bien.

Lucy lo había despertado. Quería seguir hablando con ella, pero un rápido vistazo al reloj le hizo darse cuenta de que eran bastante más de las diez en la costa este.

—No dejes que esos expedientes te tengan despierta mucho tiempo.

—Creo que ya he terminado por hoy —tiró de los pantalones y se volvió a colocar cómodamente como estaba antes—. Es que he recibido una llamada de un tío guapo que hablándome me ha hecho llegar al orgasmo, así que ahora estoy muy relajada. Voy a darme una ducha y me meteré en la cama para leer un rato. Uno de mis autores favoritos ha sacado un libro y tengo muchas ganas de leerlo.

«Ojalá estuviera allí». No volvió a decirlo. Una cosa era decir esas palabras mientras se hablaba de sexo y otra completamente distinta pronunciarlas en aquel momento, cuando el deseo se había enfriado.

Pero era la verdad.

Le encantaría estar allí para acompañarla a darse una relajante ducha, charlar un rato de naderías mientras se preparaban para acostarse, meterse en la cama los dos, ella para leer su libro y él para contestar los últimos correos del día. Deseaba tanto poder hacerlo que la necesidad casi le impedía respirar.

Pero no podía decir nada de todo eso sin asustarla.

—Tendrás que contarme de qué va cuando nos veamos.

Lucy lo miró extrañada.

—¿Quieres que te hable de mi libro?

—Claro.

No solo porque era algo que a ella le interesaba y que le apasionaba, lo había sido desde que se conocían, pero antes los escondía debajo de un cojín cuando Jeff y él entraban en la habitación.

Jeff siempre hacía comentarios despectivos que camuflaba como bromas, y él debería haber prestado más atención a las reacciones de Lucy ante esos comentarios. Sabía que su amigo era un cerdo, pero no se había dado cuenta de la profundidad del daño que le estaba infligiendo a ella.

—Eres muy amable, pero no tenemos por qué hablar de mi adicción a las novelas románticas.

Mierda... ya estaba otra vez. Se inclinó hacia delante hasta que su cara llenó el monitor.

—No te lo preguntaría si no quisiera saber. Entre nosotros solo sinceridad, ¿recuerdas? Si te interesa, quiero conocerlo. Así de sencillo.

Lucy fue a decir algo, pero lo pensó mejor.

—Tiene sentido.

—Porque es la verdad.

Tuvo que contener su ira. Con fuerza. No era una ira dirigida a ella, y no era justo hacerle pagar a Lucy la ira que sentía hacia sí mismo y hacia Jeff.

—Disfruta del resto de la noche, Lucy.

—Tú también. Y si cambias de opinión respecto a lo del viernes, lo entenderé.

Dios... lo estaba matando.

—Nos vemos el viernes.

11

Lucy tenía intención de quedarse despierta hasta que llegase Gideon. Estaba segura de que los nervios la mantendrían alerta hasta su llegada, pero no había contado con lo largo que iba a ser el día.

Había empezado a las cinco de la madrugada. Una llamada de la oficina le informaba de que había una clienta nueva que necesitaba atención inmediata. A partir de aquel momento, todo se había ido complicando. La clienta, acusada de blanquear dinero, era de las muy especiales, así que Lucy había tenido que reorganizar toda su agenda para atenderla.

Y para rematar, los socios del bufete la habían arrastrado a la sala de juntas para que informara sobre los avances del caso, de modo que estaba exhausta. Aun así, sus otros clientes no podían quedar abandonados, así que había tenido que trabajar hasta tarde para asegurarse de que todo estuviera preparado para los tribunales el lunes.

Todo ello junto le había generado tal cantidad de cansancio que ni siquiera el último episodio de su drama médico favorito había podido vencer. Los ojos se le quedaban cerrados cada vez más tiempo entre parpadeos y lo siguiente que sintió fue el contacto de unas manos que subían por sus muslos.

Debería haberse llevado un susto de muerte, pero el olor de Gideon la envolvió, relajándola incluso antes de estar totalmente despierta.

—Puedo caminar —dijo cuando él la tomaba en brazos para levantarla del sofá.

—Sí, ya.

Caminó por el pasillo sin encender ninguna luz y entró en su alcoba. No había dejado ninguna luz encendida en su habitación, y Lucy lo lamentó cuando Gideon la dejó en la cama y se desnudó con movimientos rápidos y eficientes. Ella iba a hacer lo mismo pero él se le adelantó y le quitó la camiseta grande que llevaba. Como le estaba esperando, no llevaba nada debajo.

Oírle contener el aliento fue una recompensa en sí mismo.

—Eh —murmuró, deslizando una mano por su pecho.

—Eh —respondió él, guiándola a la cama. Rápidamente se puso un preservativo y se colocó sobre ella—. Parecías muy cómoda en el sofá.

—Y lo estaba —con las piernas le rodeó la cintura y lo beso en el cuello—. Así está mejor.

—Estoy de acuerdo.

Hundió las manos en su pelo y acercó su boca para besarla perezosamente, como si no tuviera ni idea de la necesidad que ella ya sentía crecer en el centro de su ser, una necesidad que solo Gideon parecía capaz de saciar.

—Iba a despertarte de un modo muy especial.

—Mmm... —respondió, colando una mano entre sus cuerpos para acariciarlo—. Este me gusta —colocó su pene en la entrada de su vagina—. Te necesito.

Entró en ella con un único movimiento y volvió a besarla estando los dos tan cerca como era posible estar. La presión creció entre ellos, pero su cuerpo más grande la retenía inmóvil, así que no podía hacer otra cosa que no fuera temblar. Incluso ese mínimo movimiento lanzó su deseo hasta que no pudo retener un gemido de necesidad.

—Gideon, ya...

—Sé que no debería decirlo, pero te he echado de menos un huevo esta semana.

La respiración se le quedó detenida en algún punto entre los pulmones y la garganta. Las palabras que se suponía que debía decir se le quedaron del lado equivocado de los labios. «Eso no es lo que somos tú y yo». Sería lo correcto, pero no era lo que debía decir... ni la verdad.

—Yo también te he echado de menos.

Por fin él comenzó a moverse contra ella. No era suficiente, pero la excitó aún más. Intentó arquear la espalda y luchar contra el peso de su cuerpo, y aunque no lo logró, cada segundo de la batalla fue magnífico.

—¡Más!

—Eres muy exigente —murmuró junto a sus labios—. He esperado siete largos días para volver a estar dentro de ti, y pienso tomarme mi tiempo para disfrutarlo —desplazó la boca por su cuello, y su barba de dos días le raspó sin herirla—. Me gusta tenerte así.

—¿Furiosa?

Él se rio, y el sonido reverberó en su cuerpo.

—Necesitada. Deseosa. A punto de suplicar.

—¿Lograría algo si suplicara?

Sus labios le rozaron el lóbulo de la oreja.

—No.

Lucy se estremeció. Era demasiado bueno, y quería más. Pero Gideon tenía razón. Estaba disfrutando cada segundo. Sus cuerpos húmedos del sudor que producía el movimiento que él seguía ejecutando y que la acercaba cada más al precipicio. Su pelvis estaba creando una fricción deliciosa contra su clítoris, y se descubrió hablando sin tener intención de hacerlo.

—Qué maravilla, Gideon. No te pares. No te pares nunca —apretó sus nalgas con las manos y disfrutó de oírle gemir en su cuello—. Me gusta...

—Lo sé.

Gideon deslizó una mano a la altura de sus

omóplatos y la otra la puso debajo de su cabeza. Creía que estaban tan pegados como podían estarlo dos seres humanos, pero él le demostró que se equivocaba. Lucy estiró las piernas para enganchar los pies en sus gemelos, aferrándose a él, y Gideon la besó como si no pudiera hacer otra cosa. Su lengua la acariciaba, se hundía hasta el fondo, lo mismo que quería que hiciera con lo demás. Justo cuando se adaptaba a su ritmo él se detenía y al instante volvía a empezar. La estaba volviendo loca.

Y lo sabía. Siempre sabía exactamente hasta qué punto estaba cerca del precipicio.

Gideon comenzó a moverse. Sus caderas repitieron los mismos movimientos que su lengua había ejecutado antes, acariciando y retirándose para después volver a empezar.

Ella no podía pensar, no podía moverse, ni siquiera podía respirar. Toda su existencia se concentraba en los lugares en que Gideon acariciaba y en el punto en que estuviera su pene. La presión crecía y crecía, transformándola en una criatura salvaje incapaz de albergar otro pensamiento que no fuera la llegada de su orgasmo.

El éxtasis la golpeó como un tren a toda velocidad y dejó escapar un grito que no sonó humano. Lo único que pudo hacer fue agarrarse a él hasta que sus movimientos se tornaron más duros y eléctricos, y su propio orgasmo llegó. Se dejó caer un poco a su lado, pero sujetó su pierna para colocarla sobre su cadera y no separarare.

—Menudo despertar —musitó ella mientras su latido recuperaba la normalidad.

—Cuánto me alegro de verte, Lucy.

Un comentario muy educado, teniendo en cuenta la postura que tenían en aquel momento. «Creo que prefería lo de que me echabas de menos».

Con la bendición del orgasmo aún nublando su juicio, no pudo bloquear el pensamiento que puso en palabras y que traspasó la línea que habían trazado en la arena.

—Quédate.

—¿Qué?

—Quédate —repitió, acariciándole un brazo—. Es casi de madrugada y no tiene sentido que busques un taxi para volverte a tu casa y tener que salir de nuevo dentro de unas pocas horas. Quédate... aquí, conmigo.

—¿Estás segura de que eso es lo que quieres?

No había un solo matiz en su voz que revelase lo que deseaba él.

—Sí. Si tú quieres, claro.

«Igual lo he malinterpretado todo».

Gideon le dio un beso devastador y se levantó de la cama.

—Dame un minuto.

—Claro.

Esperó a que entrase en el baño y cerrara la puerta para suspirar, mirando el techo. «¿Qué estoy haciendo?».

Estaba de vuelta antes de que hubiese podido reunir la energía necesaria para empezar a hacerse preguntas. Gideon agarró el edredón y esperó a que ella se colocara para taparlos. Lucy esperó tensa, pero él se limitó a colocarse tras su espalda y a pegarse a ella. A continuación, la besó en la nuca.

—Duerme —dijo.

Le parecía imposible, pero el calor de su cuerpo y la sensación de seguridad que emanaba de estar cerca de su cuerpo hicieron que sus pensamientos se detuvieran. Entre una respiración y la siguiente, se quedó profundamente dormida.

A Gideon le despertó el olor del beicon. Durante un momento de desorientación no supo dónde estaba, pero lo ocurrido la noche anterior acudió de inmediato a su memoria. Lucy. Su piso. Dormir allí. Se incorporó y se frotó la cara. «Le dije que la había echado de menos y me he quedado a dormir». Tantas buenas intenciones y estaba cagándola del todo.

Tan centrado había estado en sí mismo que no se había parado a pensar cómo estaría ella después de haberse encontrado de nuevo con Jeff. «Eres un cabrón». Pasó por el baño a lavarse los dientes lo mejor que pudo con un dedo y a ponerse los pantalones.

Encontró a Lucy en la cocina, abriendo una serie de envases de comida. Parecía fresca y feliz, el pelo recogido en una coleta baja, mallas negras y un jersey azul del color de sus ojos. Sonrió al verlo.

—Buenos días.

—Buenos días. ¿Qué es todo esto? —preguntó, señalando la comida.

—Creo que los dos estaremos de acuerdo en que cocinar no es una de mis habilidades, así que he salido un momento a buscar algo comestible —sacó dos tazas de uno de los armarios—. El café sí que soy capaz de hacerlo sola.

—Una habilidad de supervivencia.

—Exacto —le entregó una taza llena y se volvió de pronto, seria—. ¿Podemos tener el día de hoy para nosotros?

Gideon tomó un sorbo del café que prácticamente hervía y la miró. A pesar de que externamente parecía estar tranquila, había una innegable tensión en ella.

—¿Y después de hoy?

—Supongo que tenemos pendiente una conversación, pero hoy tenemos planes y no quiero estropearlos hablando de esto hasta el final. Soy feliz y quiero aferrarme a eso.

Lo cual quería decir que esa conversación no le iba a hacer precisamente feliz. Y al él tampoco. Gideon ya sabía lo que venía a continuación. Había revuelto las aguas presentándose anoche, y lo había llevado un paso más allá quedándose abrazado a ella mientras dormían. No habían vuelto a hablar de lecciones de sexo después de la primera vez, lo cual se suponía que era el objetivo de aquel ejercicio. Y además solo había tenido una cita.

Tenía que solucionarlo.

Preferiría arrancarse un brazo de un mordisco que organizarle más citas, pero le había dado su palabra. Lucy confiaba en él y no podía traicionar esa confianza. No podía volver a hacerlo.

Gideon se obligó a sonreír.

—Claro. Podemos hablar hoy.

Le apetecía tan poco esa conversación como parecía apetecerle a ella, de modo que no se iba a preocupar por pasar unas cuantas horas sin preocuparse en exceso por todo ello.

—Creía que comías hoy con tu hermana —añadió.

—Le han pedido que haga una sustitución y hemos tenido que cancelarlo —sonrió tímidamente—. Sé que habíamos hablado de vernos por la tarde, pero tengo todo el día libre si puedes.

—Yo también estoy libre.

Llevaba toda la semana esperando aquella cita, así que no había programado nada más.

Porque su encuentro era exactamente eso, una cita, aunque Lucy no se diera cuenta. «A lo mejor sí se da cuenta y por eso me está pidiendo que retrasemos la conversación hasta por la noche».

—Genial —respondió, esta vez con una sonrisa brillante—. Entonces, desayuna tú mientras yo me ducho —dijo, y empujó la comida hacia él antes de salir de la cocina con su taza en la mano.

Por un instante pensó en seguirla y hacer

que la ducha fuera algo memorable, pero si no se equivocaba leyendo las señales, Lucy necesitaba tiempo. De hecho, así había sido desde que empezaron: daba un paso adelante y necesitaba tiempo para aclimatarse. Y eso podía respetarlo. E iba a hacerlo. Si presionaba demasiado, o demasiado rápido, ella daría un respingo y huiría, y aquella vez no volvería a verla nunca. No era un riesgo que estuviese dispuesto a asumir, en particular en un momento como aquel en el que estaban cerca de algo que podía llegar a ser real.

Si es que ella acababa dando el salto de fe con él.

Desayunó y recogió. Ya no se oía el correr del agua en la ducha, así que se llevó la bolsa que traía el día de antes al dormitorio.

Lucy miró desde la puerta del baño. Se cubría con una esponjosa toalla que, aunque escondía sus curvas, dejaba al descubierto hombros y pantorrillas, algo que a él le llenó de deseo por tocarla.

—No pasaste ayer por tu casa, ¿no?

—No —corroboró. No tenía sentido negarlo. Quería verla —necesitaba verla, y los cuarenta minutos que le habría costado ir hasta su casa eran demasiado—. ¿Te importa si uso tu ducha?

—Claro que no. Toda tuya.

Se duchó rápidamente y pensó que estaría bien tener tiempo para afeitarse, pero al fin y al cabo no iba a ver a nadie de su ámbito profesional. Se detuvo delante de la maleta. Lucy llevaba ropa desenfadada antes, y quizás se sintiera incómoda si él se ponía el traje del día anterior.

Y además, se lo había prometido...

Cuando lo vio salir del baño, se quedó paralizada.

—Tú... perdona, es que creo que nunca te había visto antes así, desaliñado, ni siquiera en la universidad.

Él se miró. Llevaba vaqueros de diseño y una camisa de franela encima de una camiseta blanca.

—No voy desaliñado.

—Sí que lo estás —se acercó sonriendo—. Podrías estar en el porche de una casa de montaña, con una taza de café humeante en las manos mientras contemplas lo que sea que contemplen los leñadores —deslizó las manos por su pecho y sus hombros—. Me gusta.

—El desaliño me queda bien.

—No hace falta que lo digas con voz tan ronca —se rio, inclinándose hacia él durante una fracción de segundo, pero retrocedió—. Cuando quieras, nos vamos.

Llevaba una variante de lo que se había puesto antes: mallas oscuras, una camiseta negra larga, un jersey suelto y botas altas. «Desaliño» no era una palabra que utilizaría para describirla, pero con el pelo cayendo en ondas sobre los hombros parecía relajada. Serena.

Y a él le gustaba.

Gideon se calzó y salieron.

Una vez en la calle, Lucy se detuvo en la acera.

—Hace un día estupendo.

Una pista tan evidente no se le escapaba ni a él.

—Podemos ir caminando. Son unas cuantas calles.

—¿Seguro? No hemos hablado de qué otros planes tenías para hoy y...

—No hay otros planes —cortó—. He trabajado toda la semana para tener el día libre para ti, Lucy.

—Ah, bueno... eh... —miraba para todos lados menos a él—. Lo siento... es un poco raro, ¿no? No me lo ha parecido cuando te lo sugerí antes, pero creo que el sentido común ha acudido al rescate.

—Más bien los nervios —respondió, poniéndole una mano en la espalda—. Camina conmigo, Lucy. ¿Qué puede tener de malo?

12

¿Qué puede tener de malo?

Lucy se obligó a mirar a Gideon. Su expresión era más abierta de lo que lo había visto nunca, invitándola a dar el primer paso con él. El primer paso ¿para qué? Sugerirle que pasaran el día juntos le había salido sin pensar, pero mientras se duchaba, la importancia de lo que le había ofrecido, de aquel plan, había crecido hasta alcanzar proporciones épicas.

Parecía una cita.

Y se suponía que no debía salir con él, sino con los hombres que él le seleccionara.

Gideon no parecía particularmente preparado porque hubieran salido de los límites de su relación acordada.

Es más, le ofreció un brazo, el gesto tan antiguo y tan propio de él.

—¿Qué tal te ha ido el viaje? Aparte de sufrir

estando en una ciudad llena de espíritus libres, claro. ¡Pobrecito!

—Es muy fácil hablar desde aquí, segura en Nueva York. La gente de aquella costa no se parece en nada a la nuestra. Ellos charlan —fingió un escalofrío—. No durarías dos días.

—Al contrario. No soy ni tan antisocial ni tan borde como tú. Me iría bien.

—Ha sido un viaje productivo. Una de las personas que iba a proponer ha estado de acuerdo, y he conseguido encontrar una segunda opción en Portland. Las dos ciudades están llenas de genios de la tecnología, así que si puedo traerlas a las dos aquí, tendrán trabajo esperándolas.

Un aguijón de algo parecido a los celos se le clavó en la garganta. Se había pasado una semana entera en interminables reuniones entre Seattle y Portland, y muchas de esas personas con las que se había reunido eran mujeres. No tendría que importarle. No tenía ningún derecho sobre él. Podían ser fieles el uno al otro por ahora, pero lo suyo tenía una fecha de caducidad muy próxima. Y si le apetecía tener algo con una de esas mujeres, o con las dos, ella no tenía derecho a molestarse por ello.

Aunque saberlo no cambiaba el hecho de que le doliera el pecho al imaginárselo.

—Maisey Graham se casó con su novio del instituto un mes después de graduarse y él tiene negocio propio, así que cambiar de ciudad no es inviable para ellos. Jericha Hurley cumplirá dieciocho en dos meses y es un genio, así que hay un montón de empresas compitiendo por su atención.

«Lo sabe». El dolor del pecho empeoró.

—No es asunto mío.

—Sinceridad, Lucy.

No quería ser sincera. Lo que quería era esconder la cabeza en la arena. Cruzaron la calle y siguieron andando mientras ella intentaba aislar el verdadero problema. «Es fácil —me pone celosa imaginarlo con otras mujeres». Imaginarlo manteniendo largas reuniones, seguramente los dos solos, al otro lado del país...

—No es que piense que no vas a mantener tu palabra.

—Pero el temor sigue así —le apretó la mano—. Eso no es algo que se supera así como así.

Quizás debería haberlo hecho ya. Si hubiera puesto la mitad de esfuerzo que había invertido en su carrera en empezar a salir, lo habría superado ya. «O quizás ni siquiera me habría importado». No había modo de saberlo, y ya era irrelevante.

—Tenemos que arreglar esto —dijo Lucy

—¿El qué?

—Es un problema. No puedo casarme con alguien si la mera idea de que puedan estar a solas en una habitación con una mujer me va a meter en una espiral de celos. Son todos hombres de negocios, así que esa clase de situación va a ser habitual. No hay modo de evitarlo —se quedó dándole vueltas a la idea en la cabeza—. Podemos empezar en la tienda de lencería.

Guideon la dirigió hacia la fachada para no que no se quedaran en medio del tráfico de peatones y la sujetó suavemente de los hombros.

—Basta, Lucy.

—No utilices ese tono conmigo, que no estoy loca.

—Todo en esta situación está desquiciado. No, no te pongas a la defensiva, que tengo razón y lo sabes, y yo estoy aquí por mi propia voluntad, participando —parecía que quisiera imbuirle el buen juicio—. Me estás pidiendo que... ¿qué? ¿Qué tontee con alguien delante de ti? ¿O algo más?

«¿Más?».

Todo su cuerpo se revelaba ante la posibilidad de que Gideon pudiera hacer algo más con otra persona. «Estoy fuera de control».

—Si eso es lo que hace falta...

—No —espetó.

—¿Perdón?

Gideon negó con la cabeza.

—De ninguna manera. Si se te ocurre escoger a alguno de esos idiotas y flirtea con otra mujer delante de ti, o a tus espaldas, se acabó, Lucy, ¿me oyes? Esto no es normal, y nadie que respete a su compañera estaría dispuesto a ponerse en una situación semejante. Yo ni siquiera miraría a otra mujer si estuviera contigo, estando tú delante o sin estarlo.

—Pero...

—Pero nada. Hay un montón de zonas grises en las relaciones, pero esta no es una de ellas. A menos que haya circunstancias extremas en las que ambas partes estén de acuerdo, debe haber una línea clara que ninguno de los dos debe traspasar.

Ella lo miró fijamente.

Todo aquello era teoría, una especie de prueba, pero él hablaba como si se tratara de un ataque personal. «Porque lo es». No sabía qué hacer, así que le rodeó la cintura con los brazos y se pegó a él.

—Lo siento.

Gideon murmuró entre dientes pero la abrazó también.

—No hay de qué disculparse.

—Estoy borrando las líneas.

En realidad ya no sabía dónde estaban. Tener sexo era una cosa, aunque ella lo había disfrutado tanto que no había logrado prestar atención a lo que fuese que él le quisiera enseñar. En la que iba a ser su segunda cita estaba más excitada por castigarle a él que por conocer a su pareja.

Y ahora, se ponía celosa.

—Hablaremos de ello esta noche —dijo él, abrazándola con fuerza para después separarse y tomar su mano—. Vamos.

Lucy no sabía si esa conversación iba a ser enriquecedora o temible. Al sacar el tema, se engañó diciéndose que lo tenía todo bajo control. Apenas llevaban veinte minutos de aquel nuevo día y ya había metido la pata media docena de veces, así que lo más probable era que

Gideon la sentara y le explicase hasta qué punto había estado fuera de sí últimamente.

«Olvídalo. Ya te obsesionarás con cada palabra, con cada roce y con cada significado esta noche, cuando se haya ido».

Increíblemente eso le hizo sentirse mejor. O quizás fuera por caminar de la mano por la calle. Dos bloques más allá, la hizo detenerse frente al escaparate de lencería de una tienda.

—¿Sí?

El escaparate era una mezcla perfecta de buen gusto y sensualidad. Los maniquís se reclinaban en un sofá, dos de ellos con *bustiers* en tonos joya, pantaloncitos masculinos con volantes, ligueros y medias. Una llevaba un chal de encaje que parecía sacado de una película antigua en blanco y negro.

No podía esperar a meterse en el probador con Gideon.

Apenas entraron en la boutique, un torbellino de vendedora lo condujo a él a una zona privada de probadores y se llevó a Lucy.

El diseño del lugar estaba bastante bien pensado. Cada una de las tres puertas conducía a una pequeña zona de descanso y a un probador, todo ello diseñado para crear la sensación de un entorno íntimo para comprar la ropa más íntima.

De lo que no estaba seguro era de si aquel era el momento idóneo para jugar con la fantasía de Lucy de tener sexo en un probador. Era su intención en un principio, pero teniendo en cuenta la conversación que habían mantenido de camino a la tienda, las cosas habían quedado en aire. Ya la había presionado lo suficiente quedándose a dormir, y el hecho de que ella diera síntomas de celos era señal de que lo suyo iba más allá de la atracción sexual, pero era obvio que la desequilibraba y le hacía sentirse incómoda.

Se recostó y se pasó una mano por la cara. No sabía qué hacer. Su carrera se basaba en su capacidad de leer a la gente y de encontrar perfiles que encajasen, pero en lo tocante a Lucy, era como andar a tientas en la oscuridad. Se sentía como en el instituto, intentando expresar interés sin quedar en evidencia y sin pasar a ser el hazmerreír de todos.

Aunque las apuestas eran mucho más fuertes, claro.

La vendedora había metido a Lucy en el probador con tanta rapidez que no había visto más que un fogonazo de colores brillantes en las perchas antes de que se cerrara la puerta. La empleada, una gótica que debía medir un metro cincuenta, salió unos segundos después. Llevaba mechas púrpura y un aro en el labio.

—Si necesita otra talla o si se quiere probar otra cosa, dígamelo —ofreció—. Ahí hay un botón para llamarme. Si no, les dejaré solos.

—Gracias —contestó la voz de Lucy.

La vendedora se acercó a él.

—Una mujer muy especial.

—Sí —no le estaba diciendo nada que no supiera ya—. Gracias.

—Si necesita algo, dígamelo. Tenemos café y agua.

Esperó un segundo y luego se marchó.

Gideon esperó repiqueteando con los dedos en la rodilla.

Y siguió esperando.

Cinco minutos después su paciencia se había agotado, así que se levantó y fue a la puerta del probador.

—Lucy.

—¿Sí?

Parecía intranquila.

—¿Necesitas ayuda?

—No.

Se quedó mirando a la puerta con ganas de abrirla, pero no lo hizo y Gideon suspiró.

—¿Hay algún problema?

—No. Sí. No sé. Es que me siento muy ridícula.

Consideró y descartó varias respuestas, pero ninguna valía la pena como para ponerlas en palabras.

—Abre la puerta.

—No importa, Gideon. Ha sido una idea absurda. Deja que me cambie y hacemos otra cosa.

—Abre la puerta —repitió.

Oyó sus pasos acercándose y contuvo el aliento. Cuando la puerta se abrió, la imagen de sus fantasías se le apareció ante los ojos. Llevaba unas medias muy transparentes sostenidas por un liguero color esmeralda. Su encaje decorativo casi ocultaba el hecho de que las braguitas no dejasen nada para la imaginación. Y el *bustier* era una obra de arte que ofrecía sus pechos detrás de un delicado encaje que enmarcaba sus pezones como por accidente.

—Estás arrebatadora.

Ella puso los brazos en jarras, los dejó caer y acabó cruzándolos.

—Arrebatadora es una palabra fuerte.

—Encaja a la perfección —entró y cerró la puerta a su espalda, incapaz de apartar la mirada de ella—, pero si no te gusta, tenemos divina, exquisita y fascinante.

—¿Es que llevas un diccionario en el bolsillo?

—No lo necesito.

Hizo que descruzara los brazos para poder verla. Como con todo lo referido a ella, estaba aún mejor de cerca. Acarició sus costados y pasó un dedo sobre el liguero. Lo que descubrió le hizo arrodillarse delante de ella.

—Llevas las braguitas encima.

—Eh... sí —se sonrojó—. Ya había decidido quedármelo por el color, así que quería todo el efecto.

Solo había una razón por la que llevar las braguitas por encima del liguero, y era para poder quitárselas sin tener que desprenderse del resto de la lencería.

Metió dos dedos por dentro del elástico y la miró a la cara.

—¿Sí?

—Sí.

La palabra fue apenas un movimiento de aire entre ellos.

Se las bajó tomándose su tiempo.

—Esto te lo regalo yo. Y no me discutas.

—Es carísimo.

Él se agachó y ella levantó primero un pie y luego otro para poder quitárselo del todo.

—Vale hasta el último céntimo de su precio.

El liguero enmarcaba su coño a la perfección, un ofrecimiento al que no habría podido resistirse aunque lo intentara, y desde luego no estaba interesado en intentarlo. Se colocó una pierna encima del hombro, una postura que la dejaba por completo a su merced.

—Solo probar.

13

En el primer roce de la lengua de Gideon, Lucy olvidó todas las razones por las que aquella idea era cuestionable. Dejó de importarle. Lo único que importaba era su lengua describiendo círculos en su clítoris, como si tuviera todo el tiempo del mundo y no estuvieran en un lugar público.

Un lugar público en el que cada gemido y sonido podía ser oído por alguien que estuviese en el probador de al lado.

Se estremeció y oleadas de calor le recorrieron el cuerpo al pensar en que alguien podía estar escuchando. Que alguien podía saber lo que estaban haciendo. Que alguien pensara que Gideon se había excitado tanto que no podía esperar a llegar a casa.

Que tenía que poseerla en aquel momento, allí mismo.

Su mirada oscura se encontró con la suya.

—¿En qué estás pensando?

Estaba pensando que quería más. Quería ser sucia. Quería romper las reglas.

Tiró de sus hombros. Gideon se levantó sin decir una palabra y dejó que lo llevara a sentarse en el banco que estaba pegado a la pared del probador. En silencio vio cómo ella le bajaba la cremallera del pantalón y se sentaba sobre él. Sacó del bolso un preservativo y se lo colocó. Él abrió la boca, pero ella le puso un dedo sobre los labios.

Sus ojos brillaron al comprender lo que quería y una sonrisa perezosa hizo que su vagina se contrajera. Lucy le guio y se unieron.

—Alguien podría oírnos —le susurró al oído.

—Sí —la palabra fue solo un susurro. Tiró del *bustier* hacia abajo y le desnudó los pechos—. Espero que hayas cerrado la puerta. Como llame, se abrirá y le daremos el susto de su vida.

Sus pezones se endurecieron al imaginárselo. Daba igual que supiera con certeza que la puerta estaba cerrada. Se agarró a los hombros de él y empezó a moverse. Cada vez que se levantaba hasta que su pene estaba a punto de salirse, sus pechos le rozaban la boca y él los besaba, primero uno y luego otro.

Movimiento. Beso. Movimiento.

—Mira qué preciosa eres —dijo, girándole la cara para que se viera en el espejo.

Qué cuadro formaban. Él totalmente vestido, a excepción de su pene, que aparecía y desaparecía entre sus piernas. Ella casi desnuda, montándolo, su piel arrebolada de deseo. No podía dejar de mirar sus manos, de ver su cara mirándola a través del espejo.

—Somos preciosos.

Entonces le giró la cara para que lo mirase a él.

—Fóllame. Métete mi polla, pero no hagas ruido o Agnes nos oirá.

Sus palabras desataron un orgasmo que se había ido construyendo desde el momento que le había quitado las bragas. Lucy hundió la cara en su cuello y trató de ahogar el grito cuando se corrió. Gideon la hizo sentarse en el banco y cambió de posición: ella sentada, él de rodillas, su pene aún metido en ella.

Manteniendo sus piernas abiertas la folló. Lucy tuvo que agarrarse al borde del banco para evitar golpearse contra la pared con la fuerza de sus acometidas. Gideon no dejaba de mirarla, sus ojos llenos de algo que no podía identificar. Una expresión casi de dolor apareció en su rostro al correrse ahogando un juramento, aún moviendo las caderas, como si no quisiera parar.

Lucy se dejó caer contra la pared y se miró en el espejo. Gideon encorvado delante de ella, los ojos desorbitados.

—A tu casa. Ahora.

—Podríamos...

Pero no continuó. «A mi casa». A pesar del sexo que acababan de tener. Deseaba más. Quería sentir su piel contra la suya, tener el sabor de Gideon en la boca. Lo quería todo.

Asintió.

—A mi casa.

Iba a terminar de quitarse el *bustier* pero Gideon lo hizo por ella, lo dobló y lo dejó cuidadosamente sobre el banco. Luego hizo lo mismo con el liguero, las medias y las braguitas.

Le acarició las piernas y Lucy contuvo el aliento y arqueó la espalda. Vio cómo se dilataban sus pupilas, lo cual fue una recompensa en sí mismo.

—Vístete —dijo, levantándose.

Recogió la ropa y salió.

Permaneció sentada un momento más, hasta que logró reunir la energía para moverse. Menos mal que él se había contenido, o no habrían salido de aquel probador durante horas.

Se vistió rápidamente y se miró al espejo. Mejillas sonrojadas, ojos brillantes, piel húmeda. Estaba claro que Gideon y ella no habían estado rezando tras la puerta. Empezaba a ser una costumbre, y no es que le importase. Le ponía el gusanillo de saber que había gente que podía llegar a oírlos.

Y le gustaba aún más estarlo experimentando con Gideon.

Se quedó parada. Allí estaba. Lo que había tratado de no pensar desde su primera cita, incluso desde antes de su primera cita, si era sincera consigo misma. Siempre había habido una atracción palpitando entre ellos, aun cuando estaba con Jeff, pero se había asegurado de que no se notara porque tenía una relación.

Porque Gideon era un amigo, y si algo ocurría entre ellos, lo perdería.

Ahora Jeff no estaba entre ellos, y sus sentimientos hacia Gideon eran mucho más complicados. Había lujuria, desde luego. Su cuerpo deseaba el suyo como nunca antes le había ocurrido.

Pero es que había... sentimientos.

Se obligó a despertar. No importaba si había sentimientos o no. Ella había expuesto los términos y él los había aceptado. Cambiar las reglas sin decírselo sería perderlo, y no había recorrido tanto camino para fracasar ahora. Lo había echado terriblemente de menos aquellos últimos dos años, y la idea de volver a su vida sin él era como si se abriera un agujero en su pecho.

Gideon no era de los que se quedaban. Habían cambiado muchas cosas, pero no podía permitirse creer que eso hubiera cambiado también. Algún día sentaría la cabeza con la mujer adecuada, pero aún no había llegado ese momento. Aunque quisiera intentarlo con ella por su bien, lo suyo se autodestruiría más tarde o más temprano.

Se mirara como mirase aquella situación, el resultado final era el mismo: si cambiaba las reglas ahora, lo perdería. Pero si continuaba con el plan original hasta el final, quedaba una esperanza de mantener a Gideon en su vida.

Y estaba dispuesta a luchar por ello, aunque para lograrlo tuviera que hacerse daño a sí misma.

Respiró hondo y se irguió. «Puedo hacerlo». Abrió la puerta del probador y salió. Gideon estaba justo a la puerta de entrada de la tienda y se dirigió a él, con cuidado de no cruzar la mirada con la de Agnes. No había más gente en la tienda, pero habían estado demasiado tiempo en el probador para hacer otra cosa que no fuera exactamente lo que habían estado haciendo. «Céntrate, Lucy».

—¿A mi casa?

—He cambiado de opinión.

—Ah.

—Esa comida ha estado bien, pero no nos va a sostener para lo que tengo pensado.

Y le dedicó una sonrisa lobuna que la caldeó, aun cuando no quería leer demasiado en sus palabras.

«No nos va a sostener».

—¿Y cuál es el plan? —preguntó, dirigiéndole ella su mejor sonrisa.

Él se la quedó mirando fijamente un momento, casi como si pudiera ver a través de su fachada. Al final asintió.

—Comer. Luego nos iremos a tu casa para terminar lo que hemos empezado.

Entonces no había cambiado de planes, aunque sí iban a dar un rodeo. Intentó que su postura no delatara su desilusión.

—No estaría mal comer algo.

—Bien.

Gideon le puso la mano en la espalda y la guio fuera del edificio. Tomaron la calle sin hablar, ya que ella tenía la cabeza demasiado liada para pensar en conversaciones. Nada de lo que pudiera decir en aquel momento cambiaría la verdad, y el peso de esa verdad amenazaba con mandarla de nuevo a su escondite para parapetarse allí con Garfunkel y los expedientes para los que tenía que sacar tiempo en el fin de semana.

Su destino resultó ser un pequeño restaurante en la segunda planta de un edificio de apartamentos reconvertido. Habían dejado la mayor parte de las paredes interiores y la iluminación era muy suave, de modo que daba la sensación de que, aun siendo de día, allí era de noche. La maître los condujo a una sala que tiempo atrás debió ser un armario, aunque tenía dos puertas y espacio solo para dos en un banco.

Gideon esperó a que ella se sentara para hacerlo él. La maître se marchó y Lucy se dio cuenta de que sonaba una suave música de jazz.

—No sabía que este sitio existiera —comentó, acariciando el áspero tablero de madera.

—Es que es nuevo. Un amigo mío compró el edificio hace un par de años y terminaron de reformarlo hace unos meses. La planta baja está dividida entre una zapatería y una tienda de ropa, y el tercero es privado.

Tendría que echarle un vistazo a la zapatería... iba a girarse para mirarlo pero él habló antes que pudiera hacerlo ella.

—¿Qué ha pasado antes?

—¿Perdón?

—Sabes exactamente a qué me refiero. En el probador estabas perfectamente y ha sido salir, y has levantado un muro entre nosotros.

No quería hablar de eso, pero su gesto le era demasiado conocido.

No iba a haber modo de darle esquinazo como no fuera colarse por debajo de la mesa y salir corriendo.

—Tenemos límites claros —suspiró.

—Ajá.

Esa respuesta no le daba pistas sobre qué pensaba al respecto, así que insistió.

—Unos límites muy claros.

Gideon repiqueteó con los dedos en la mesa.

—¿El problema es que piensas que estoy poniendo en peligro esos límites, o son los límites en sí el problema?

Estupendo. Lo había expuesto todo sin tapujos.

—Valoro tu amistad. Sé que podría parecer lo contrario después de que hayan pasado dos años sin hablarnos, pero te he echado mucho de menos durante ese tiempo, y tengo la sensación de que estamos empezando a reclamar el terreno perdido.

—Y no quieres poner en peligro nuestra amistad.

—Exacto.

El camarero les trajo el agua y tomó nota de lo que quería beber.

—El tiempo que hemos pasado sin comunicarnos ha sido tan culpa mía como tuya. Dejé que la culpa me ganara la partida y me imaginé que no querrías verme la cara del mismo modo que no querías ver la de Jeff.

—Bueno... no te equivocabas —al menos, al principio.

Se sentía tan herida y estaba tan furiosa y avergonzada que no había querido ver a nadie durante meses. La única persona que no le había hecho caso a eso había sido Becka, e incluso ella había tenido que ir en su busca. Si Gideon lo hubiera intentado en aquella época, le habría dado con la puerta en las narices.

Cuando recuperó fuerzas para volver al mundo, descubrió que sus amigos habían seguido adelante sin ella, lo cual tenía sentido. Había perdido a la mayor parte de sus mejores amigos cuando empezó a salir con Jeff, un síntoma al que debería haber prestado más atención. Él no se había visto afectado por su ruptura y la mayoría de los amigos comunes eran de él, así que se habían quedado a su lado.

En realidad, había sido a Gideon a quien había echado de menos, pero no había sabido cómo localizarlo.

O si debía hacerlo.

«Pero ahora estoy aquí. Ahora estamos aquí».

—De todos modos, me siento como si acabase de descubrirte de nuevo.

—Y no pierdas esa perspectiva —lo dijo casi como si estuviera hablando consigo mismo—. Yo tampoco quiero perderla, Lucy. Yo también te eché de menos. Sigo echándote de menos, la verdad.

Lo miró boquiabierta.

—¿Qué dices? ¡Pero si estoy aquí!

—Sí, ya lo sé —contestó, apretándola contra su costado—, pero no hemos tenido una conversación de verdad desde que pediste que me sentara en tu despacho para que te ayudara a encontrar marido.

Lucy fue a decir que no, pero se quedó pensando.

—Pero hemos... hemos hablado.

Aunque no como lo hacían antes. Había noches en las que Jeff se quedaba dormido, o estaba ocupado jugando al juego de la semana, y ellos dos se sentaban y simplemente charlaban. Hablaban de sus cosas, de sus sueños. Siempre le había parecido lo propio de dos buenos amigos, pero desde que habían vuelto a encontrarse, no habían reestablecido la intimidad que tenían entonces.

Sexo, sí. Intimidad, no.

—Es posible que tengas razón. Lo siento, Gideon. Te he estado tratando como si fueras un gigoló.

—Y no voy a quejarme por eso —se rio—, pero echo de menos nuestra complicidad, Lucy. Quiero que me hagas sitio en tu futuro, sea cual sea.

Entonces fue ella la que se rio.

—Eres tan seguro de ti mismo como lo eras entonces.

—Dos años pueden hacer progresar a una persona, pero no pueden cambiarla.

De eso tenía miedo ella. Había peleado por deshacerse de la mujer tímida que era cuando todavía salía con Jeff, y lo había conseguido casi por completo, si no se reparaba en su ausencia de citas. Pero no podía deshacerse del miedo a ser, en el fondo, aquel animalito asustado que le permitía a su novio decirle cosas horribles y, lo que es aún peor, que se las creía.

—Debería habérmelo imaginado —dijo en voz baja—. Lo dije antes y lo digo otra vez —sabía que Jeff era un cerdo, pero no hasta qué punto. De saberlo, habría intervenido.

Negó con la cabeza.

—Si alguien debería haber visto los signos y debería haber hecho algo era yo. Me dejé convencer, y estuve a punto de casarme con él porque era demasiado terca y demasiado tonta para verle tal como era. Si vamos a repartir culpas, hay mucho que hacer —puso una mano sobre la suya—. Pero no quiero hablar más de Jeff. Ya ha ocupado bastante de nuestras vidas y no quiero darle ni un segundo más.

—Estoy de acuerdo —se acercó aún más—. Tengo la mujer más guapa de todo Nueva York sentada a mi lado en un restaurante. Se me ocurren mil cosas de las que preferiría hablar y hacer que perder el tiempo con un mierda como ese.

Lucy dejó una mano sobre su muslo y disfrutó del modo en que se tensaron sus músculos.

—Se me ocurren un par de cosas que añadir a la lista.

Estaban solos en aquella minihabitación dentro del restaurante. Podían hacer lo que quisieran debajo de la mesa y nadie se enteraría.

—Gideon... —ronroneó, subiendo la mano.

—¿Sí?

—¿Qué has estado haciendo desde que te vi la última vez?

Parpadeó varias veces, como si fuera incapaz de reconciliar la mano que no dejaba de ascender con sus palabras.

—Desde que tú y... pues decidí que ya estaba bien de andar picoteando aquí y allá, y me lancé a por las cuentas grandes de empresas que tenían reputación ya antes de que tú y yo naciéramos —sonrió—. Como no tenía nada que perder, decidí probar a llegar a las estrellas.

—Pues te has labrado una reputación impresionante.

Aunque su empresa no tuviera costumbre de encargar a los cazatalentos la búsqueda de personal, habría tenido que vivir debajo de una piedra para no haber oído hablar de Gideon. Suyos habían sido los contactos de varios de los más reputados directivos. Siempre encontraba al hombre o a la mujer perfecta.

«Que Dios ayude a la mujer a la que le eche el ojo. No tendrá ni una sola oportunidad de escapar».

Aquel pensamiento le resultó agridulce en extremo. Quería que fuese feliz... pero imaginarlo con otra mujer le provocaba ganas de lanzar cosas.

«Basta».

«Será tuyo mientras dure».

Pero ¿y si no?

14

Gideon insistió en el postre, aunque fuera solo por mantener las cosas un poco más. Ella debió pensar lo mismo, porque pidió un postre con un nombre particularmente delicioso.

—Antes has dicho que teníamos que hablar —dijo, enrollando un mechón del pelo de Lucy en su dedo.

—Sí.

Siempre le había gustado la franqueza de Lucy. Aun cuando se sentía incómoda con el tema —como con el sexo— hizo un esfuerzo por no andarse por las ramas y ser tan sincera como le fuera posible. Ahora, casi desearía que hubiera dejado pasar la tarde sin dar por buenas las palabras de aquella mañana. Tendría que haberlo sabido.

—Sí, tenemos que hablar.

—¿Empiezo yo o te arrancas tú?

Aunque se sintió tentado de dejar que empezase ella, era consciente de que eso era cobardía. Sabía lo que quería, y si quería tener una oportunidad, tendría que lanzarse a por ella sin dudar.

—Elígeme —espetó.

Ella parpadeó varias veces.

—¿Perdón?

—Olvídate de los otros tíos de la lista. No podrán hacerte tan feliz como yo, y lo sabes. Te conozco mejor que cualquiera, y encajamos a la perfección en la cama y fuera de ella. Elígeme.

«Te quiero. Siempre te he querido». No lo dijo. Ya había tentado demasiado a la suerte poniendo las cartas sobre la mesa. Si le decía algo así, saldría corriendo antes de que hubiese podido acabar la frase.

—¿Qué estás diciendo?

—Lo sabes perfectamente. Te deseo. Me deseas. Estamos bien juntos, Lucy, eso no puedes negarlo.

Se esforzó por no tocarla. Acorralarla sería un error, y usar el sexo para nublarle el entendimiento, una cabronada.

Si quería tener una posibilidad verdadera, tenía que hacerlo bien.

Lucy se tapó la boca con la mano.

—No sé qué decir...

Se había pasado de la raya. Ojalá pudiera separarse más, pero era imposible, así que sonrió.

—Está bien. Estamos bien.

—Yo creo que no —se pasó las manos por la

cara y había tanta desolación en su mirada que el corazón se le rompió—. Gideon, aun con todo lo que nos ha pasado, y con la separación de dos años, eres uno de los mejores amigos que tengo. Te quiero, y no sé lo que haría si volviera a perder tu amistad... pero tenemos diferencias irreconciliables.

—¿A qué te refieres?

Controló su reacción hasta que pudiera escuchar lo que tenía que decir.

—¿Cuándo ha sido la última vez que has salido con alguien más de unas semanas?

Se quedó inmóvil.

—¿Esa es la vara de medir que vas a usar contra mí? Vale. No he salido con nadie más de unas cuantas semanas. He estado centrado en mi carrera y, antes de eso, en la universidad —movió la cabeza. Estaba a punto de ebullición—. Es absurdo que esperes que encaje con tu limitado historial de citas, pero el mío no puede ser la razón de que no me consideres.

—Eso no es lo que quería decir —se sujetó un mechón detrás de la oreja—. Vale, sí que es eso un poco, pero el asunto sigue siendo el mismo. ¿Qué pasará si me olvido de los demás candidatos y te digo a ti que sí? ¿Piensas casarte conmigo? Porque ese es el objetivo. Incluso si estuvieras decidido a dar ese paso, ¿qué pasaría en unas semanas, en unos meses o en el tiempo que fuera, cuando te aburras... o que Dios no lo permita, conozcas a alguien de quien te enamores de verdad? No, no vale la pena correr el riesgo. Y tú también lo verías así si quitaras la emoción de tu reacción.

Ese era precisamente el problema: que no podía dejar la emoción fuera de la ecuación en todo lo que se refería a Lucy. Nunca había podido hacerlo.

—No voy a hacerte eso.

—Puede que no intencionadamente, pero al final lamentarás que te haya empujado a tomar esa decisión.

Respiró hondo.

—No me estás concediendo mucho crédito, Lucy.

Creía tenerlo todo controlado, y no podía decir nada para disuadirla porque podría utilizarlo como prueba de lo poco preocupado que estaba para esa clase de compromiso, o lo mucho que valoraba su amistad.

«Está angustiada porque siente algo por mí».

Eso lo animó.

Estaba siendo un poco codicioso, pero qué demonios... la idea de que pudiera estar con otro hombre le volvía loco. Tomó su mano. Estaba tensa.

—Me has planteado el peor escenario posible, y lo respeto. Ahora, déjame que yo te pinte otro cuadro.

Lucy dudó.

—Vale.

—Me escoges a mí. Nos casamos y nos vamos a vivir juntos. No ocurre nada malo. De hecho, nuestra calidad de vida mejora exponencialmente. Nos obligamos a tomar un respiro del trabajo cada año y viajamos un poco. Empezamos a trabajar en esa lista que sé que has confeccionado. Construimos un hogar. ¡Hasta puede que lleguemos a tener hijos! Y cada noche, solos tú y yo. Nada más.

Ella esbozó una sonrisa.

—Me gusta cómo has añadido el sexo a mi lista de deseos.

—Es que es importante —respondió, acariciando sus nudillos.

Quería tener la vida que había descrito. Quería poder escribirle un mensaje y salir con ella a cenar después del trabajo para luego volver paseando tranquilamente a casa y hacer el amor en cada superficie disponible. Quería disfrutar de las perezosas mañanas de domingo y de los fines de semana fuera. Quería poder llamarla cuando consiguiera una cuenta importante, o que lo llamara ella para celebrar su victoria en los tribunales.

Lo quería todo.

«¿Y si nos estalla en la cara?».

—¿Y si no? —siguió acariciándole los nudillos—. Pero vamos a plantear otro escenario. Escoges a otro. Nosotros dejamos de acostarnos, pero ya sabes que esa tensión no va a desaparecer. Tu nuevo marido —el término le hacía hervir el estómago— se da cuenta de la tensión y le hace sentirse incómodo. Porque ocurrirá, Lucy. Aunque el tío esté convencido de que es un matrimonio de conveniencia, le supondrá un problema.

—Pero...

—Confía en mí. Trazará una línea en la arena y te hará escoger de qué lado te quedas.

No le gustaba ver su expresión preocupada, pero no quedaba más remedio.

—Y lo elegirás a él. Tendrás que hacerlo.

El camarero llegó con los postres y los dejó sobre la mesa, vio la cara que tenían ambos y se retiró.

—Yo no... esto es demasiado —dijo Lucy, y con el tenedor pinchó distraídamente su crujiente de manzana—. Acabas de dejarme caer una bomba y ni siquiera sé cómo protegerme le cabeza.

—Entonces, no lo hagas.

—¿Qué dices?

—Que no tienes que tomar una decisión en este instante —apartó su postre—. Pero tienes que dejar de pensar que no soy una opción porque lo soy. Soy la mejor opción, joder.

—Arrogante hasta el final.

—Es que conozco mi valía. Y estoy todavía más seguro de lo bien que nos iría juntos. Lo hemos demostrado de sobras estas últimas dos semanas.

—Una de las cuales ni siquiera estabas en el mismo punto cardinal del país —adujo, pero se relajó apoyándose en su hombro—. Lo pensaré, Gideon. No sé... no sé si puedo prometerte algo más.

—No dejes que te derrote el miedo, Lucy. Ya has viajado antes por ese camino y sabes cómo termina.

***

El camino de vuelta a casa de Lucy pasó en una nebulosa. No podía quitarse las palabras de Gideon de la cabeza y su presencia a su lado eclipsaba todo lo demás. Lo hacía parecer tan sencillo... la cosa más fácil del mundo. Elígeme.

Pero no era tan fácil.

El cuadro que le había pintado era muy atractivo. Más que atractivo. Ansiaba esa vida, ansiaba la conexión que ya existía entre ellos. Pero había visto de primera mano lo mal que podían salir las cosas cuando dejaba acercarse a alguien y luego esa persona la dejaba colgada. Gideon nunca la engañaría —de eso estaba segura—, pero había tantas maneras de hacer daño a una persona por la que sentías algo...

Si se casaba con un desconocido y ese extraño hacía algo cruel, podía responder sin tan siquiera despeinarse porque no estarían lo suficientemente unidos para que pudiera hacerle daño, pero Gideon... podía destrozarla.

«¿No estás cansada de vivir con miedo?».

La voz que oía en su cabeza se parecía demasiado a la de él. Con una inclinación de cabeza saludó al portero de su edificio. El miedo había controlado todas sus decisiones desde que Jeff la engañó. El miedo de no ser capaz de salir del hoyo la había empujado a poner punto final a las cosas. El miedo al fracaso la había empujado a una carrera que sí, le gustaba, pero que había escogido por su potencial económico. El miedo a resultar herida de nuevo le había impedido volver a salir con hombres más que de un modo testimonial.

¿Y si... daba el salto?

Abrió la puerta y se volvió a él.

—¿Entras?

—Claro.

Su presencia llenó su piso, dándole una vida de la que parecía carecer cuando estaba sola con Garfunkel. El felino apareció como si acabase de materializarse en la habitación al mismo tiempo que ellos. Se inclinó para tomarlo en brazos.

—¿Y si hacemos una prueba?

—Una prueba.

Ni su tono ni su lenguaje corporal indicaban que tuviera ni la más remota idea de lo que le estaba pasando por la cabeza.

—Sí, una prueba —la idea le fue resultando más atractiva al ponerla en palabras—. Tengo unos cuantos meses antes de cerrar esto del matrimonio, así que una semana o dos no se notarán.

—¿Y qué crees que vas a saber en un par de semanas que no sepas ya? —preguntó.

Tenía razón, pero no iba a admitirlo. Tomar una decisión en aquel momento le parecía demasiado y demasiado pronto. Lo sabría en un par de semanas. Estaría segura... o tan segura como estaba últimamente sobre las cosas que no tenían que ver con el trabajo.

—¿Qué me dices?

—Sí —con cuidado le quitó al gato de los brazos y lo dejó en el suelo. A continuación tiró de sus caderas hasta que quedaron a centímetros—. Te digo que sí, Lucy. Si necesitas dos semanas para aclararte, eso es lo que vas a tener.

—Eres demasiado bueno conmigo —dijo, quemándose la garganta.

—Y eso tienes que devolvérmelo —respondió él, hundiendo las manos en su pelo—. Voy a llevarte a la cama.

El cambio de tema la pilló desprevenida, pero ¿era en realidad un cambio? Cualquier cosa que quedara por decir sería repetir otra vez lo ya dicho. Si Gideon la dejara, acabaría volviéndolos locos a los dos con sus dudas. Mejor dejar que su evidente conexión tomase las riendas y empujase sus preocupaciones al asiento de atrás que sabotear las cosas antes de que hubieran tenido la oportunidad de empezar.

Gideon no esperó a obtener una respuesta antes de tomarla en brazos y entrar con ella en su alcoba. Cerró la puerta con el pie y miró al suelo.

—Esta mañana me he levantado y el puñetero gato me estaba observando.

—Suele hacerlo —respondió, besándolo en el cuello—. En su defensa diré que estás absolutamente maravilloso mientras duermes.

—¿Me has observado dormido? —la dejó en la cama y retrocedió para quitarle las botas y las mallas—. Me das miedo.

—Estás en mi casa, así que no creo que te dé miedo —se quitó la camisa y la lanzó lejos—. Si estuviera en la escalera de emergencia fuera de tu ventana, sí que daría miedo.

—Vale —respondió, y siguió desnudándola despacio.

Lucy se apoyó en los codos.

—¿He mencionado últimamente lo mucho que me gustas con esa camisa de franela?

—Puede que una o dos veces —dejó su camisa en el suelo y empezó con los vaqueros—. Ten cuidado, o un buen día me mirarás y verás que me he dejado crecer la barba y que llevo una gruesas gafas de montura negra.

Ella se rio.

—¡Pero si tú no necesitas gafas!

—Da igual —la empujó hacia el centro de la cama y Lucy creyó que se iba a tumbar junto a ella en el colchón, pero Gideon dio un paso atrás—. No te muevas.

—Vale... —se quedó inmóvil al verlo abrir el cajón inferior de la mesilla. Cuando se incorporó tenía su vibrador rosa en la mano. Se estremeció—. Oh.

—No estoy muy familiarizado con este diseño.

—¡Serás...!

—Vamos, dame un respiro, que seguro que sé cómo funciona —lo acarició con un dedo—. Genial —se tumbó junto a ella en la cama con la cabeza apoyada en una mano—. Abre las piernas.

—Esto es... —como él no dijo nada, tuvo que buscar con qué llenar el vacío—. Perverso.

—¿Más o menos que inclinarte sobre una mesa y ofrecer el trasero?

Todo su cuerpo ardió al recordar.

—No sé. No es lo mismo.

No había nadie allí salvo ellos dos. Nadie que pudiera verlos. El sabor era diferente.

Gideon recorrió sus pechos con la mirada.

—¿Más o menos que acariciarte durante una videoconferencia conmigo?

Lucy fingió enfadarse.

—Vale, vale. Ya ha quedado claro.

—¿Ah, sí? —pasó el pulgar por la parte circular de silicona del vibrador—. Aún tengo algunas cosas más que aclarar. Abre bien las piernas.

Esperó a verlo fruncir el ceño para obedecer. El calor que desprendían sus ojos oscuros no era nada comparado con el infierno que se había desatado bajo su piel. Colocó el vibrador encima de su clítoris. Su silicona encajaba perfectamente y las vibraciones arrancaron un gemido de sus labios. El hecho de que fuera Gideon quien lo blandiera solo hacía que la situación fuera mucho más ardiente.

—¿Con qué frecuencia lo usas?

Ella arqueó la espalda cuando Gideon lo apartó.

—A menudo. ¡No me hagas esto! Estaba tan cerca.

Él sonrió.

—Lo sé.

—¡Gideon!

—La próxima vez que salgamos —colocó el vibrador de nuevo en su clítoris para crear placer y volvió a apartarlo—, quiero que te pongas lo que te he comprado hoy debajo del vestido. Cuando estemos en la mitad de la cena, te pediré que te quites las bragas y que me las metas en el bolsillo.

Lucy se había quedado sin aliento.

—Complicado.

—Tengo una idea mejor —dejó a un lado el juguete y siguió acariciándole con los dedos—. Hay un restaurante que llevo tiempo queriendo probar, uno de esos en los que cenas completamente a oscuras. Muy íntimos.

¿Cómo podía estar hablando tan tranquilamente cuando ella estaba en peligro de salirse de su propia piel?

—Gideon...

Hundió dos dedos en ella, lo que le arrancó un gemido.

—Me pasaré toda la cena follándote con la mano en la mesa. Tendrás que estar callada, o los demás comensales podrán oírte —con la humedad de su vagina le mojó el clítoris antes de volver a entrar en ella—. Aunque, si son ellos los que se están callados, podrán oír lo que te esté haciendo.

Fue a agarrarse a él, pero Gideon aprovechó el momento para usar su mano disponible y colocarle a ella el vibrador en la suya.

—Enséñamelo.

Le costó tres intentos ponerlo en marcha de tanto que le temblaban las manos porque él seguía follándola con los dedos del mismo modo que había descrito que haría. Se imaginaba cómo sería estar sentada en una completa oscuridad, el vestido subido y la mano de Gideon en su coño mientras le pedía la cena al camarero.

—¿No llevarán gafas de visión nocturna los camareros?

Gideon guio su mano con el vibrador al clítoris, esperando a que lo hubiera colocado en su sitio antes de responder.

—Sí. Van a poder ver absolutamente todo lo que te haga.

Su orgasmo explotó. Lucy arqueó la espalda y movió con torpeza el juguete, pero Gideon estaba allí, con los dedos aún dentro de ella y fue él quien volvió a colocarlo en su sitio, lo que le desató otra oleada de placer.

—Dios mío... —se movía en sacudidas, aunque no podría decir si era para intentar alejarse o acercarlo—. Dios, Gideon... por favor. Para. Sigue.

Se oyó un golpe. El vibrador había caído al suelo y su boca ocupaba su lugar, calmando la zona ultrasensible del clítoris con la lengua. Ella se agarró a su pelo.

—¿Qué me estás haciendo? Yo no... me siento completamente fuera de control.

—Yo tampoco tengo control sobre ti, Lucy.

Me siento como un jodido animal. No puedo saciarme de ti.

—Entonces, ven aquí —dijo, tirando de su pelo—. ¿Me quieres? Entonces, tómame.

Gideon no se había molestado en trazar un plan para seducir a Lucy y que viera las cosas como él. Todos sus planes se iban al traste en cuanto se quitaban la ropa. Pero en aquel momento, viendo su cuerpo y cómo brillaban sus ojos azules pidiéndole que la tomara, deseó tener uno. Aquel día estaba siendo muy especial. Era el principio de su periodo de prueba, pero por encima de todo, era la primera vez que estaban juntos sin que hubiese nadie entre ellos.

Solos Gideon y Lucy.

Quería que supiera lo importante que era para él, lo perfecto que había sido el día. Lo mucho que sentía por ella. Lo mucho que quería tenerla en todos los sentidos, cuerpo y alma.

Al final, hizo lo único que podía hacer: trepar por su cuerpo y besarla. Ella lo recibió deseosa, moviéndose para acomodarlo, envolviéndole la cintura con las piernas y descendiendo por su espalda con las manos para apretar sus nalgas. Como si hubieran hecho aquello mil veces antes y fueran a hacerlo otras mil.

—Condón —masculló.

—Estoy limpia —sus labios rozaron los de él a cada palabra—. Y... tomo anticonceptivos.

Se quedó parado.

—¿Qué dices?

No había lugar para malos entendidos. No allí. No en aquel momento.

Lucy lo besó en la comisura de los labios.

—Sí...

—Yo también estoy completamente limpio. No he estado con nadie desde la última vez que me hicieron las pruebas.

No le había contado nada porque no lograría hacerle cambiar de opinión sobre él, pero es que en los dos últimos años no le había interesado andar por ahí acostándose con nadie. No es que hubiera sido célibe exactamente, pero el demonio que lo empujaba había desaparecido justo cuando Lucy desapareció también de su vida.

—No quiero barreras entre nosotros. Lo quiero todo de ti.

Él también lo quería. Lo deseaba tanto que podía saborearlo.

—¿Estás segura?

Metió la mano entre ellos y acarició su pene una vez, dos, y la guio a su entrada.

—Lo estoy.

No volvió a preguntar. Mientras la besaba fue penetrándola centímetro a centímetro. No había palabras para expresar lo que sentía al saber que confiaba en él. Desde el principio había confiado, pero aquello era distinto. La besó con todo lo que tenía dentro, todo lo que no podía poner en palabras. Y comenzó a moverse.

Ella se alzaba para recibir cada acometida,

sus cuerpos moviéndose en una danza tan antigua como el tiempo, él hundiendo las manos en su pelo, ella apretándole las nalgas, animándolo a moverse más rápido, con más fuerza.

Fue como accionar un interruptor.

Se detuvo durante un segundo que fue eterno.

—Deja de ser tan cuidadoso conmigo. Puedo con lo que tú quieras.

Lo sabía. Por supuesto que lo sabía. Tiró de su pelo para ladearle la cabeza y tener acceso a su cuello. Recorrió la línea con la boca y la mordió en un hombro.

—¿Morder?

—Sí —se rio—. Pero no me marques donde pueda verse.

Lo que equivalía a decir que quería que la marcase en algún sitio.

Se tumbó bocarriba llevándola consigo, y la encajó en su pene.

—Fóllame.

Se incorporó para agarrarse a sus pechos y hacer lo que le había pedido. Succionó su pezón con urgencia, animado por cómo se agarraba a su pelo y cómo sus caderas caían sobre él una y otra vez. Se metió en la boca cuanto le cupo de su seno y mordió. Lucy gritó y su vagina se contrajo con su orgasmo.

Pero no había terminado.

La puso boca abajo, tiró de ella hasta el borde de la cama y hundió su pene de nuevo en ella. Empezó a moverse.

La folló. No había otra palabra para describirlo. Ella quería jugar duro, y verla agarrarse a la colcha y oír los gritos que salían de sus labios lo animaban. Se volvió salvaje, chocando contra ella una y otra vez, buscando una liberación que no podría haber detenido aunque lo hubiera intentado.

Pero no tenía suficiente. Estaba muy cerca, pero aún no era suficiente.

Se inclinó sobre ella, puso una mano en su garganta y la otra la metió entre sus muslos para pellizcarle el clítoris.

—Eres mía, Lucy. Mía.

El movimiento la hizo echarse hacia atrás y se giró para ofrecerle la boca.

—Sí. Sí —contestó, apretándose contra su mano.— Tuya. Siempre. Dios, Gideon, no pares.

—Nunca. Nunca me pararé.

15

Disfrutar de una perezosa mañana de domingo era cuanto Gideon quería, pero había quedado a desayunar con Roman hacía semanas. Dejó una nota para Lucy y le preparó una cafetera antes de salir. Una hora, dos a lo sumo, y volvería con ella.

Sencillo.

Aun así tuvo que obligarse a no dar media vuelta en siete ocasiones durante el trayecto en taxi, ocho, contando cuando se bajó. El plazo tan limitado que Lucy le había dado le retumbaba en la cabeza, y estaba sintiendo un miedo irracional a que, si no pasaba cada segundo disponible con ella, no sería suficiente y acabaría marchándose.

«Aún no se va a marchar. Tengo tiempo».

Pero no era suficiente.

Nunca sería suficiente.

Roman le esperaba fuera del bar diminuto en el que habían quedado, mirando a un par de tíos que fumaban. Guideon se paró a su lado.

—Lo has dejado.

—Lo sé, pero lo echo de menos de vez en cuando.

—Echarías mucho más de menos la capacidad de respirar cuando acabases con cáncer de pulmón.

Roman elevó la mirada al cielo.

—Sí, vale. Gracias, mamá.

—¿Qué tal está tu madre?

—Como siempre. Viento en popa, cariño —remedó la voz aguda de su madre y abrió la puerta—. Mi padre y ella están en ese yate suyo. Esta semana creo que andaban por el Caribe, en Santa Lucía o en Jamaica.

—Se me ocurren cosas peores que hacer en tu jubilación.

Siguió a su amigo al restaurante. Si es que se podía decir que Frank's era un restaurante. Había exactamente dos mesas y tres sillas, y en todo el tiempo que Gideon llevaba yendo allí, nunca las había visto vacías. La mayoría de los clientes se llevaban a casa la comida, que era lo que Roman y él hicieron. Al salir, giraron a la izquierda sin necesidad de ponerse de acuerdo, era lo que siempre hacían cuando conseguían arañar un tiempo a sus agendas para disfrutar de una comida juntos.

Ambos se acabaron el sándwich cuando apenas habían llegado al final del primer bloque, y Roman no esperó siquiera a haber cruzado la calle.

—¿Qué estás haciendo con Lucy? —espetó.

—No es asunto tuyo.

—No, no lo es, pero me conoces lo suficiente para saber que no lo voy a dejar pasar. Explícate, y cuanto antes, mejor.

Gideon dejó de caminar y se volvió a mirar a su amigo. No le gustaba cómo apretaba la mandíbula o su forma de pararse.

—¿Por qué estás cabreado?

—Cualquiera que tuviera ojos en la cara pudo ver cómo la mirabas cuando llegó al grupo. Has estado colado por ella desde que la conoces.

Él se cruzó de brazos.

—Tienes razón. Sigue.

—Lo que quiero decir es que has accedido a buscarle un marido. Un marido que ella tiene que escoger de una lista que yo te ayudé a confeccionar —Gideon no contestó—. Soy guapo, pero no soy estúpido. Te la llevaste a una habitación en Vortex y os enrollasteis, lo que significa que has cruzado tantas líneas y estás tan metido en ello que no eres capaz de darte cuenta de hasta qué punto la has jodido.

No lo había jodido. Había cambiado las reglas con ella, pero seguían estado en la misma página. Más o menos. Era el menos lo que preocupaba a Gideon. Lucy lo había sacado todo la noche anterior —sus miedos por el futuro y lo que podía significar para ellos— y él prácticamente la había arrollado.

Admitirlo ante sí mismo era una cosa, pero admitirlo delante de Roman era otra.

Roman lo sabía. Mierda. Movió la cabeza.

—Te abrió una rendija y te lanzaste, ¿eh? No te molestaste en pararte y pensar en el daño que podía hacerle porque estabas demasiado ocupado pensando con tus genitales.

¡Ya era suficiente!

—Yo jamás le haría daño a Lucy.

—¡Ya le estás haciendo daño! —Roman se pasó una mano por el pelo—. Nadie hizo nada cuando ese pedazo de mierda le rondaba, y ahora tenemos que vivir con ello. Lucy te ha pedido ayuda, Gideon, y si haces algo que no sea darle la ayuda que necesita, estarás siendo exactamente igual que él.

No hacía falta que le dijera quién era ese él.

—No es lo mismo.

—¿Ah, no? Tú y yo —incluso él, aunque me jode incluir a Jeff en algo— no hemos llegado tan lejos como hemos llegado en la vida sin echar a alguien bajo las ruedas del autobús por el camino. Yo he hecho las paces con eso, y creía que tú también, pero siempre has tenido complejo de caballero de brillante armadura con Lucy. Y Lucy es buena, tan buena que como ella hay pocas, y se merece algo mucho mejor que lo que ha tenido hasta ahora. O sea, que estamos en deuda con ella.

—Joder, tío... ¿te estás oyendo?

Todo eso ya lo sabía. ¿Cómo no, cuando se había pasado años dándole vueltas? Pero oírselo decir a Roman era diferente. Resultaba real. Como si se hubiera estado engañando todo aquel tiempo pensando que las cosas podían funcionar entre Lucy y él.

—Estamos bien juntos.

La mirada de Roman no contenía ni un ápice de comprensión.

—¿Durante cuánto tiempo? ¿Cuánto tiempo va a pasar hasta que se despierte una mañana y se dé cuenta de que la has engañado? Ella te pidió ayuda y tú, en lugar de hacer lo que le habías prometido, utilizaste su necesidad para hacerte un hueco en su vida. Eso es una putada, Gideon. Si yo estuviera en tu lugar, tú me dirías lo mismo.

—Lo que yo haría es saltarte los dientes.

—Tienes un gancho de derecha que es para pensárselo —respondió, tocándose la mandíbula.

No sonrió, aunque era evidente que su amigo estaba intentando suavizarlo un poco.

Gideon lanzó la basura a la papelera y miró la calle.

—No es algo que haya preparado.

«La quiero». Pero ¿qué importaban sus sentimientos cuando no había tenido en cuenta los de ella? Lucy había pasado años a la sombra de un cerdo, y lo que menos necesitaba era que él abriese la puerta a que la historia se repitiera, fueran cuales fuesen sus intenciones. Jamás la engañaría. Haría lo que fuera para hacerla feliz.

«Ella no me ha elegido a mí».

A eso se resumía todo. Si le hubiera dado la más leve indicación de que había comenzado aquel proceso albergando algún sentimiento hacia él más allá de la amistad, habría tenido derecho a pedir más. El día anterior le había explicado que no quería perderlo como amigo, y él había utilizado esa información para convencerla de que probasen.

—Joder... tienes razón.

—No estoy diciendo que seas un capullo —por una vez, Roman parecía compadecerse—. Eres mi amigo, y si ella fuese cualquier otra mujer, te diría que mandaras al cuerno sus planes y que jugaras sucio, pero no es una mujer cualquiera. Estamos hablando de Lucy.

Y que fuera Lucy lo cambiaba todo.

Gideon sacó el móvil y se quedó mirándolo un momento. Sabía lo que tenía que hacer. Sabía qué era lo honorable: lo que había prometido que haría.

Tenía que unirla a otro hombre.

Lucy se despertó desorientada. El día anterior había sido una verdadera montaña rusa, y estaba deseando pasar el domingo tranquilamente con Gideon, y que el tiempo que pasaran juntos borrase la preocupación sobre el todo el conjunto.

Pero se había despertado sola.

Tocó el lado de la cama en el que había dormido Gideon, pero estaba frío. No había de qué preocuparse, se dijo, y después de pasar por el baño, fue a la cocina. Una cafetera llena la aguardaba, además de una nota escrita rápidamente. *Desayuno con Roman. Vuelvo pronto.*

Lucy sonrió y se sirvió un café. Si él iba a estar ocupado un raro, podía aprovechar para revisar sus correos y asegurarse de que no había nada que requiriera atención inmediata.

Aún no había vuelto cuando terminó, así que se hizo unos huevos revueltos y siguió trabajando. Normalmente no tenía problemas para concentrarse en los hechos que estuviera recopilando, pero no podía dejar de mirar el reloj cuando una hora pasó a ser dos.

¿Se sentiría raro Gideon con lo que había ocurrido el día de antes?

A lo mejor se arrepentía.

Ojalá estuviera allí para impedir que analizara todo lo que había dicho y hecho el día de antes. ¿Habría sido demasiado sincera en la cena? Había dicho que quería sinceridad, pero había verdades y verdades. El sexo había sido incluso más sobresaliente de lo que había aprendido a esperar, tanto la parte tierna y de susurros como la dura y posesiva...

—¡Para!

Se sirvió una tercera taza de café y salió al salón. Obsesionarse con lo que Gideon había podido o no lamentar solo serviría para volverla loca. Bueno, más loca.

El trabajo le devolvería el equilibrio. Siempre lo hacía. El trabajo le había ayudado a superar las etapas más difíciles de su vida. La capacidad de perderse en los hechos y cómo utilizarlos para crear la historia que quería que el juez o el jurado creyeran.

Pero aquella vez, no estaba funcionando.

No hacía más que mirar el teléfono, esperando una llamada, un mensaje o aunque fuera una señal de humo. Lo que fuera de Gideon. Algo que demostrara que aquello no le parecía un terrible error. Algo que la convenciera de que no necesitaba intentar otro modo de alcanzar su objetivo.

Cuando por fin sonó su teléfono, dejó el papel que tenía los últimos cinco minutos delante de los ojos sin entender nada de lo que leía y lo miró. Venía de Gideon, pero solo eran unas cuantas palabras. *La Laguna Azul a las 7 de la tarde.*

Dudó, preguntándose si se había perdido algo, y escribió rápidamente su respuesta: *¿Cena?*

Gideon respondió: *Ponte algo bonito.*

Esperó, pero no llegó nada más. Miró el reloj. Faltaban dos horas. ¿Adónde se había ido el día? Podía seguir fingiendo trabajar, pero los nervios que le daban saltos en el estómago lo hacían inútil. Algo había cambiado en Gideon, y no estaba segura de si era un buen síntoma.

Le consideraba un hombre demasiado directo para dejar plantada sin más a una mujer, pero debería habérselo imaginado. Ya le había visto hacerlo antes.

De hecho, Jeff y ella bromeaban sobre el Especial de Guideon. Se iba distanciando de la mujer con la que salía e iba apareciendo en su casa con más frecuencia, y si la mujer no le permitía desaparecer paulatinamente, quedaba con ella para cenar y cortaba para siempre.

Algo parecido a la cena que había organizado para ella.

Se levantó de golpe.

—No. Estoy paranoica.

Gideon no habría dicho lo que había dicho si estuviera pensando en dejarla plantada. No habría cambiado sus reglas tan perfectamente bien organizadas para obligarla a poner en jaque su corazón.

«Ay, Dios. Mi corazón está en juego».

Se sentó pesadamente. Sabía ya que sentía algo por él, sin duda —difícil tener amigos y no quererlos—, pero su corazón estaba en peligro por algo muy distinto a la amistad. Algo que tenía que ver con sentimientos profundos.

Sentimientos verdaderos.

La misma clase de sentimientos que cegaban a una persona a los defectos de otra y que podían dejarla malherida. No quería eso. Había trabajado activamente para evitarlo.

Y sin embargo, ahí estaba.

Se preparó, sobre todo para escapar de la duda que la acosaba. Era el miedo lo que hablaba por ella. Tenía que serlo. Algo tenía que haber surgido que requiriese su atención y que le había impedido volver y pasar el día con ella, y por eso precisamente le había impedido también volver a enviarle algún mensaje. Había dispuesto la cena y había hecho una pausa para decirle que tenía planes, lo cual era un signo alentador.

Estaba reaccionando en exceso.

Simple.

Pero no se sentía mejor dos horas más tarde, cuando estaba delante de la Laguna Azul, temblando aun con el grueso abrigo que llevaba. «No pasa nada. Todo va bien». Entró y dio el nombre de Gideon. La condujeron a un rincón semiprivado.

Lucy vio que había un hombre sentado a la mesa, pero sus pasos redujeron la marcha cuando se dio cuenta de que no era Gideon. «¿Pero qué demonios...?».

No podía hacer otra cosa que no fuera seguir al maître. Iba a tocarle el brazo para decirle que había un error, cuando reconoció al hombre: Aaron Livingston.

«¡No! Oh, Gideon, ¿por qué?».

Tuvo que esforzarse por mantener neutra su expresión cuando Aaron se levantó con una sonrisa.

—Lucy, cuánto tiempo.

—Me sorprende que lo recuerdes.

Dejó que apartase su silla. La cabeza le iba a mil por hora. Gideon había organizado aquello. Doce horas antes, le había dicho que lo eligiera a él, solo a él, y ahora la habría preparado para otro hombre.

Aaron se sentó.

—Han pasado años, pero no eres una mujer que se olvide fácilmente.

Sonrió encantador, y aunque podía comprender por qué lo habían etiquetado como el soltero más sexy de Nueva York, sus facciones perfectas no le atraían.

Y tampoco servían para explicar por qué estaba allí.

«Tú sabes por qué está aquí, igual que sabes lo que significa».

Si fuera una mejor persona, se sentaría a charlar con Aaron sin perder de vista su objetivo, la razón por la que había puesto en marcha su plan: un marido.

Pero Lucy no podía centrase en nada que no fuera el hecho de que Gideon lo había preparado todo. Aguantó cerca de treinta segundos antes de levantarse.

—Lo siento mucho, Aaron, pero... tengo que irme.

—¿Irte? —repitió, mirándola—. No sabías que ibas a encontrarte conmigo, ¿verdad?

—Lo siento muchísimo.

Se dirigió a la salida tan rápidamente como le fue posible sin echar a correr.

En la calle, marcó el número de Gideon y lo dejó sonar y sonar hasta que saltó el buzón de voz. Colgó.

Estaba claro que Gideon no la quería, que la

había engañado horriblemente. Pero no iba a dejar que la pusiera en aquella posición y que luego evitase enfrentarse a las consecuencias.

Buscó en los contactos el número de Roman. Lo había usado apenas una vez, y habían pasado ya años, cuando preparaba una fiesta sorpresa para el cumpleaños de Jeff.

«Era una idiota. Al parecer, sigo siéndolo».

Marcó y contuvo el aliento. Seguramente habría cambiado de número.

Pero reconoció la voz masculina y educada que le contestó.

—¿Lucy?

Levantó un brazo para detener un taxi.

—Me vas a decir dónde está, Roman, y me lo vas a decir ahora mismo.

16

En cuanto Gideon oyó que el timbre sonaba dos veces, supo que era Lucy. Ni siquiera había intentado esconderse. Aunque el estómago se le pusiera patas arriba, Roman tenía razón: era lo correcto.

Hacerle sufrir un poco ahora, y volver a ponerla en el camino que había elegido por sí misma.

Pero saberlo no le preparó para la furia que vio en su cara al abrir la puerta.

—Lucy.

—No. No me digas «Lucy» como si no hubiera pasado nada —entró y se dio la vuelta para enfrentarse a el—. ¿Qué demonios ha sido esto, Gideon?

Mantuvo su expresión neutra, aun sabiendo que podía empeorar las cosas.

—Tienes que estar de broma. ¿Ahora te vas

a poner así? ¿Qué ha pasado con lo de que querías que yo te escogiera?

—Me había equivocado.

Le dolía oírle decir esas palabras, y todavía más le dolía ver su dolor. Se obligó a seguir hablando.

—Ha sido divertido, pero tenías razón cuando dijiste que no soy de los que se quedan.

Había sobrevivido a una ruptura con Jeff, así que se recuperaría mucho antes de aquel episodio con él.

Porque así lo vería dentro de unas semanas: como un error, una bala esquivada.

—¿En serio? ¿Qué narices ha pasado desde que te levantaste de mi cama y me dejaste una nota, hasta que...? —no terminó—. ¿Qué te ha dicho Roman?

Siempre había sido lista.

—No me ha dicho nada. Ha bastado con poner un poco de distancia para darme cuenta de que no estamos bien juntos.

—Que no estamos bien juntos —se llevó una mano al pecho como si acabase de golpearla allí, y él se sintió como si lo hubiera hecho. Al final la vio respirar hondo y levantar la cara.

—Eres un cobarde, Gideon Novak.

—¿De qué narices me estás hablando?

—Eres... un... cobarde —estaba recomponiendo sus antiguas piezas delante de sus ojos, aunque el labio inferior le temblaba un poco—. Esta noche ha sido demasiado buena y, si quieres que te diga la verdad, a mí también me ha asustado, pero la diferencia entre tú y yo es que yo he luchado contra ese miedo y me he centrado en lo bueno que podría ser —lo traspasó con la mirada—. No voy a pelar por esto. Me he pasado demasiado tiempo peleando con alguien que ni siquiera lo intentó, y no voy a volver a hacerlo. Esto ha sido solo un bache en el camino y tú ya lo has esquivado. Bien. Que así sea —el labio inferior volvió a temblarle ligeramente, pero ella se esforzó por controlarlo—. Yo te elegí a ti y tú no me has elegido a mí.

Le había hundido la hoja de la navaja y ahora estaba removiéndola.

—Lucy...

—No. Tus actos hablan tan claro como tus palabras, y yo no soy estúpida. Entiendo —se irguió—. Considera nuestro contrato terminado. Quédate con lo estipulado. Me importa un comino, siempre que no vuelva a verte.

La vio salir de su piso... y de su vida. Cerró la puerta y entró en la cocina para mirar por la ventana. «Ya está». Algo que tanto esfuerzo había necesitado para llegar a ser, destrozado en el curso de un solo día.

Apoyó las manos en la encimera para evitar salir corriendo tras ella. No había manera de explicar nada que pudiera reconciliar su ruptura y el hecho de que pudiera llegar a no cabrearse tanto que no quisiera volver a verlo. Oírlo había sido odioso, pero Roman tenía razón. No había sido capaz de pensar en condiciones desde que ella se puso en contacto porque, de haberlo sido, le habría sugerido que contactase con otra persona. Él no estaba cualificado para ninguna de las cosas que ella requería, y desde luego él no era neutral.

Permitir que sus propias necesidades egoístas ensombrecieran las de ella, y luego convencerla para que lo viera todo desde su punto de vista...

Sí, dejarla era lo mejor que podía hacer por ella.

Dejó caer la cabeza. Era lo mejor para Lucy, pero iba a estar cabalgando aquella ola de dolor durante un largo futuro. Marcharse de la ciudad podía ayudar, pero los recuerdos de lo que habían hecho allí y en otros lugares le estarían esperando cuando volviera.

No, mejor quedarse y pasar lo peor ya.

Una banda se le ciñó al pecho, ardiente y tan apretada que exhaló de golpe. Había puesto punto final a las cosas con Lucy.

Se apoyó en la encimera. La conocía desde hacía seis años. Había sido respetuoso con su relación con Jeff, y nunca había dicho ni una sola palabra fuera del guion. Había respaldado al cerdo y la había dejado sola después de la explosión para que no tuviera que ver su cara y pensar constantemente en las mentiras que había tenido que tragar.

Pero durante todo aquel tiempo, una pequeña parte de sí mismo había estado siempre convencida de que encontraría un camino hasta ella. Que la conquistaría si tenía la paciencia necesaria. Debería haber sido más listo. Tan ocupado había estado poniéndola en un pedestal que no se había parado a preguntarse qué querría ella. O peor aún: había ignorado lo que pudiera querer en favor de alcanzar sus propios deseos.

Lucy no lo había elegido a él.

Si no hubiera forzado la situación, si se hubiera quedado en el lugar que ella le había asignado, podría haber mantenido su amistad. ¿Sería doloroso ver cómo se casaba con otro? Joder, pues claro. Le habría destrozado. Sería como arrancarle el corazón del pecho tener que felicitarla y por haber elegido a otro hombre como marido.

Pero menos doloroso que tener que quedarse allí, sabiendo que no iba a volver a verla nunca.

Lucy caminó sin rumbo por las calles durante horas.

Tenía intención de irse a casa, pero la idea de ver cómo las paredes la encerraban era demasiado en aquel momento. No es que en las calles se sintiera mucho mejor: la ciudad en sí la encerraba en una caja, impidiéndole correr, hasta que no pudo respirar, ni pensar, tan agotada como estaba del proceso de asimilar la traición de Gideon.

Él se culpaba a sí mismo por no haberle revelado la traición de Jeff antes. Eso lo sabía. Incluso lo había utilizado para asegurarse de que no rechazara su petición de ayuda.

Y absurdamente también había dado por sentado que, cuando la situación apretase, lo superaría.

Lucy alzó la mirada y suspiró, aunque no encontró alivio. Sacó el móvil y marcó un número. Su hermana respondió tras el primer timbrazo.

—¿Qué hay?

—¿Estás en casa?

Toda la alegría desapareció de la voz de Becka.

—Sí. ¿Qué pasa?

Una quemazón se le instaló en la garganta.

—¿Me abres?

—Claro. Ahora mismo.

Colgó antes de que la preocupación de su hermana la empujase a bajar a la calle. La subida por las inestables escaleras que conducían al apartamento diminuto que tanto le gustaba a Becka fue una auténtica tortura. Como si su cuerpo supiera que estaba a salvo y decidiera que había llegado el momento perfecto de venirse abajo.

Becka abrió justo cuando levantaba la mano para llamar. Su hermana llevaba unas mallas de brillante estampado y un sujetador deportivo con más hombreras de las que eran necesarias. Lucy se quedó parada.

—Tienes clase.

—Le he pedido a alguien que me cubra, así que ni se te ocurra dar media vuelta —dio un paso atrás—. Entra y cuéntamelo todo mientras preparo un té que he recogido este fin de semana.

Lucy estuvo a punto de sonreír.

—¿Es mejor que el último?

—El último fue una excepción a la regla, aunque muchas gracias por recordármelo —hizo una mueca—. No pude quitarme su sabor de la boca durante días.

—Se aprende viviendo.

Su voz se volvió temblorosa, porque vivir y aprender era exactamente lo que no había hecho ella.

—Siéntate. Ahora mismo.

Becka recogió su abrigo y su bolso y los lanzó al sofá. A continuación guio a Lucy a una silla del pequeño comedor y encendió el fuego. Dado que el *loft* era pequeño, solo tenía que darse la vuelta un poco para ver a su hermana.

—Siento presentarme así.

—¿Para qué están las hermanas si no? —llenó dos tazas y las puso en la mesa—. Se trata de Gideon, ¿no?

Iba a negarlo pero, ¿para qué? Cuando el fiasco con Jeff, lo había ocultado todo, y lo único que había conseguido era aislarse del mundo. Quizás hablarlo con su hermana sería lo mejor.

—Yo... me cambió las reglas. Tenía el plan perfectamente diseñado, y la intención de llevarlo a acabo, pero no le tuve en cuenta a él. A nuestra conexión. Me dio pruebas de que quería más conmigo —incluso hablamos de ello y me lo dijo con palabras— y esta mañana, cuando me desperté, me encontré con que se había marchado.

Tuvo que hacer una pausa para respirar.

—Esta noche habíamos quedado, pero cuando me presenté en el lugar, me había preparado una cita con otro hombre.

Los ojos azules de Becka, tan parecidos a los suyos, se abrieron de par en par.

—Creo que vas a tener que rebobinar hasta la parte en la que te despertaste sola. ¿Es que te habías acostado con Gideon?

No había mencionado esa parte del plan, ¿no? Lucy carraspeó y clavó la mirada en el agua del té, que se oscurecía rápidamente.

—Nos hemos estado acostando desde que cerramos el acuerdo. Empezó como un medio para ayudarme a recuperarme sexualmente, a recuperar la confianza en ese sentido, pero las cosas... cambiaron.

—Suelen hacerlo si el sexo está de por medio —miró a su hermana y abrió los ojos de par en par—. No es que yo lo sepa, claro. Tu hermanita es virgen cien por cien.

Lucy resopló.

—Me lo creería sino te hubiera pillado con... ¿cómo se llamaba?

—Johnny Cash —contestó, riendo—. No me mires así. Sé que no era su nombre verdadero, pero yo tenía dieciocho años y él estaba buenísimo —su sonrisa se desvaneció—. Así que ¿Gideon te ha puesto un caramelo en la boca para luego quitártelo? Eso es una putada. No pensaba que fuera un tío de esos, pero a lo mejor me equivocaba.

—La verdad es que las mujeres de la familia Baudin no tenemos un gusto muy certero con los hombres.

—Y que lo digas.

—Me prometí a mí misma que no volvería a enamorarme —confesó, acercándose la taza—. Que ni siquiera me pondría en disposición de que ocurriera. Los sentimientos a ese nivel solo traen dolor, pero es que no me lo esperaba de él. No he podido luchar contra la conexión, ni contra el modo en que me hacía sentir —la quemazón de la garganta empeoró—. Creía que teníamos una oportunidad, Becka. De verdad. Que a lo mejor no había perdido la oportunidad de tener un final feliz, o que a lo mejor podía ser con él.

—Ay, Lucy...

Se rio, y su risa sonó ahogada por las lágrimas no vertidas.

—Qué idiota, ¿verdad?

—No. Era una esperanza. Tener esperanza no es malo.

Pero era la esperanza lo que la había llevado a aquella situación. La esperanza había provocado que sintiera cada latido del corazón como si alguien se lo atravesara con un punzón. La esperanza la había empujado a poner su corazón desnudo delante de Gideon, y que hubiera resultado aplastado.

Tomó un sorbo. El agua demasiado caliente le escaldó la boca, una incomodidad menor comparada con sus heridas emocionales.

—A la mierda con la esperanza. No quiero volver a sentirla.

17

Gideon no levantó la cabeza cuando la puerta de su despacho se abrió de golpe.

Una puerta cerrada debería haber bastado para impedir que alguien entrase... a cualquiera, menos a Roman, claro. Pero cuando por fin alzó la mirada, no era Roman quien la estaba cerrando con el pie. Era Becka Baudin.

Se quedó mirándola un momento antes de negar con la cabeza.

—No. Da igual lo que tengas que decirme porque ya se ha dicho, así que márchate.

—Puede que ya se haya dicho, pero no he sido yo.

Y se acomodó en la silla que había al otro lado de su mesa. Llevaba deportivas y unos pantalones cortos color verde neón con los que debería inquietarle la posibilidad de que se congelara. Cuando se quitó el grueso abrigo que traía, descubrió que llevaba un top de un rosa con la misma intensidad que el verde. Que no resultara un choque de trenes con su pelo azul brillante era algo que se le escapaba.

—¿Qué demonios haces en Nueva York, en enero, y con esa ropa? Te vas a congelar.

Ella parpadeó varias veces.

—Desde luego, tienes mucho valor, y yo podría apreciarlo si no fueras un cerdo egoísta e insoportable.

Se levantó de golpe y Gideon vio que varios de los hombres de otros despachos se volvían a mirar. Se levantó para bajar las persianas.

—Vístete un poco.

—Tú siéntate y escucha lo que tengo que decirte. Luego me marcharé y me llevaré mi cuerpo que tan mal vestido te parece —se apretó la goma de la coleta—. ¿Qué leches estás haciendo con mi hermana?

—Nada.

—¡Y una mierda! —parecía tener ganas de lanzarle algo—. Puede que yo no estuviera con ella con tanta frecuencia como tú cuando salía con Jeff, pero sí lo suficiente. Sé que llevas colgado de mi hermana años, y también sé que fuiste tú quien le dijo que el cerdo de Jeff se la estaba pegando.

Fue a decir algo, pero ella volvió a hablar.

—Debió ser difícil, ¿no? Romper su relación, aunque fuese lo correcto, porque tú estabas enamorado de la novia de tu mejor amigo. Eso enturbia un poco las cosas, ¿no?

—Lo cierto es que...

—No he terminado —espetó. Sus ojos azules parecían casi luminiscentes—. Cuando haya terminado, podrás decir lo que quieras pero, hasta entonces, siéntate y cállate.

Sentarse no se sentó, pero asintió. Obviamente no iba a poder impedir que dijera lo que quería decir, así que, después de lo que había hecho con su hermana, lo menos que le debía era quedarse quietecito y aguantar el chaparrón.

—Está bien.

—Bien —contestó, y volvió a caminar de un lado al otro de su despacho—. O sea, que vas por ahí con un cargamento de culpa y haciéndote el mártir, y decides dejar que siga adelante con su vida —lo miró en silencio un instante.— Por cierto, lo de ir de mártir no es nada sexy.

—Tomo nota.

—Cuando mi hermana me contó el acuerdo de locos que habíais firmado, no pude evitar preguntarme cuál había sido tu motivación para aceptar. Para tirártela, puedo entenderlo. Era vivir un sueño para ti.

Eso no podía dejarlo pasar.

—No.

—¿No? ¿No, qué parte? ¿La de tirarte a mi hermana, o la de que era un sueño para ti?

—No vuelvas a decir eso, Becka. Yo no manipulé a tu hermana para que se acostara conmigo. Fue ella la que vino a mí.

—Ya —replicó, con los brazos en jarras—.

Entonces, no fue el sexo, sino la culpa. Pues la culpa es tan poco sexy como el martirio.

—¿Por qué has venido, Becka?

Necesitaba que llegase donde quería llegar para que se marchase. No le estaba diciendo nada que él no se hubiera dicho ya tantas veces que no podía contarlas.

—La cuestión es que estás hasta las trancas por mi hermana, y llevas años estándolo, pero has decidido ir de mártir y decidir por ella lo que debe hacer —resumió—. Ahora dime que me equivoco.

—Lucy debería...

—¡Por amor de Dios! —estalló—. Te voy a dar una pista: quita el debería de tu vocabulario cuando hables de mi hermana y su futuro. Puede que sientas algo por ella, pero no tienes voz ni voto. Es una mujer adulta que puede hacer sus propias elecciones. Y te ha elegido a ti, pedazo de idiota —sacudió la cabeza—. La cuestión es si tú estás dispuesto a elegirla a ella en lugar de la visión idealizada que tienes de ella —recogió su abrigo—. Yo ya no tengo más que decirte, pero creo que te ha quedado claro. Haz lo que tengas que hacer, pero a menos que estés dispuesto a arrastrarte, ni se te ocurra volver a ponerte en contacto con mi hermana.

Y salió de su despacho, dejando un reguero de miradas a su espalda. Gideon se dejó caer en su silla y clavó la mirada en el monitor de la pantalla, en negro. Becka no había dicho nada que él no supiera, y sin embargo...

Sin embargo.

Repiqueteó en el tablero de su mesa. Las últimas veinticuatro horas desde su ruptura con Lucy habían sido las peores de su vida. No había dormido. La comida no había despertado su interés. Ni siquiera había sido capaz de emborracharse. Cada vez que se daba la vuelta, percibía un rastro de su olor estival, y las pocas ocasiones en que había salido a la calle, buscaba su forma de caminar aunque supiera que era absurdo.

Había tenido su sueño en carne y hueso —Lucy en su cama y en su vida—, y había sido mejor de lo que podía haberse imaginado. Ya sabía que era decidida, tierna y que tenía sentido del humor. Sabía que le encantaban la comida china para llevar y descubrir diminutos restaurantes de los que nadie había oído hablar. Sabía que sus padres estaban perdidos en combate, pero tenía una relación maravillosa con su hermana.

No podía haber anticipado la pasión que había estallado entre ellos. Ansiado, sí, pero ni siquiera se parecía tímidamente a la realidad. Lucy estaba a su altura a cada paso del camino. Aportaba diversión a la alcoba, aunque lo volvía loco de la mejor manera posible.

Y ahora no iba a volver a tocarla nunca. Ya no podría enseñarle un sitio nuevo que había descubierto. No podría llamarla solo para charlar porque estuviera pensando en ella. No podría pasar esos maravillosos domingos perezosos de los que habían hablado.

Y el único responsable era él.

«No hay ningún culpable aquí. Solo yo. Lo tenía todo y lo he echado a perder».

Aunque intentase ahora hacerlo bien, Lucy lo mandaría a paseo. O debería hacerlo.

Se quedó parado un momento. «¡Joder! ¡Becka tenía razón!». Les iba bien juntos hasta que empezó a obsesionarse con lo que debería estar pasando, en lugar de con lo que estaba ocurriendo en realidad.

Lo había hecho. Lo había echado todo a perder.

La certeza acababa de llegarle como un golpe en el pecho. Se sentía como el mayor pedazo de cabrón sobre la faz de la tierra: había estado tan cerca de todo aquello con lo que había soñado, y él solito le había prendido fuego.

Movió más rápido los dedos.

¿Podría arreglarlo?

¿Debería...?

No. No quedaba sitio para más «debería». Estaba enamorado de la cabeza a los pies. Si ella lo aceptaba, si lo perdonaba una vez más, haría cuanto estuviera a su alcance para asegurarse de que jamás volvería a hacerle daño.

No así. Nunca así.

Se incorporó. Iba a arreglarlo. Aquella misma noche.

En aquel mismo momento.

18

La había cagado pero bien en el tribunal. No había otro modo de describirlo. Su apertura había sido una chapuza, y luego había terminado de fastidiarla enredándose con el abogado de la acusación hasta que el juez había pedido un receso. El juicio continuaría al día siguiente. Salió de la sala con la garganta ardiendo de vergüenza, lo mismo que la piel. «La he jodido bien».

Daba igual lo frustrante o descabellada que pudiera volverse su vida personal. Siempre había encontrado refugio en el trabajo. Siempre. Con sus clientes, el mundo tenía sentido. Daba igual cómo hubieran montado el caso en su contra, que ella siempre era capaz de hallar el hecho acertado para poner las cosas a su favor. Ese era su momento favorito.

Y lo había perdido.

Dos días habían pasado desde que Gideon la

dejara plantada, y ella se había pasado las cuarenta y ocho horas en compañía de una caja de pañuelos de papel, viendo una película tras otra y abrazada a Garfunkel. No había tocado los expedientes. No había revisado el correo. No había hecho otra cosa que no fuera sentir lástima de sí misma.

No tenía sentido. El trabajo lo era todo para ella.

El trabajo era incluso la razón por la que se había puesto en contacto con Gideon en primer lugar. No haber estado a la altura era inexcusable.

«¿Por qué? ¿Por qué no puedo centrarme?».

Conocía la respuesta, pero no quería enfrentarse a ella.

No obstante, no podía seguir así indefinidamente. Si no se recuperaba aquella noche y era capaz de arreglar el desaguisado que había hecho en la sala, ya podía despedirse del ascenso y todo el esfuerzo habría sido en vano. Enfrentarse a la dolorosa verdad requería más valor del que tenía.

Salió a la calle y tomó una dirección al azar. Simplemente necesitaba moverse para desenredar sus pensamientos.

Tres manzanas después, no estaba más cerca de identificar la verdad.

«Eres una cobarde. Lo mismo que le dijiste a él».

Demonios... Se paró en seco.

—Lo quiero.

Sus palabras le valieron varias miradas sorprendidas de las personas que pasaban cerca, pero volvió a caminar antes de que alguien se enfadara por considerarla un bloque humano que interrumpía el tráfico.

«Lo quiero».

También había querido a Jeff, pero era... distinto. Aunque ya estaban preparando la boda cuando se enteró de que la engañaba, su conexión con Jeff nunca se había parecido ni de lejos a la que tenía con Gideon. El fracaso con Jeff no le había hecho dar siquiera un traspiés en el trabajo. Si acaso, sin el estrés de intentar controlar sus emociones sobre los desagradables comentarios de Jeff, se había sentido libre para centrarse únicamente en lo que era más importante: su trabajo.

¿Qué problema había tenido después? Pues que el trabajo no le había servido de parapeto contra lo que sentía por Gideon. Cada vez que intentaba ponerse a trabajar, se encontraba preguntándose dónde andaría, o qué estaría haciendo, o con quién.

Lo último era culpa de su propio demonio personal, porque no pensaba ni por un minuto que Gideon la hubiera dejado plantada para irse con otra. Daba igual lo que hubiera dicho sobre que no era la clase de tío que se comprometía a largo plazo. Eran sus demonios los que hablaban, no la realidad.

Sentía algo por ella. No habría tomado el camino más noble de no ser así. Era una decisión estúpida, sí, pero entendía que lo hacía por protegerla. Simplemente no confiaba en que fuese capaz de tomar las mejores decisiones por sí misma.

Y ese era el problema.

Esa era la cuestión que no sabía si podría superar.

«Mentirosa».

Gideon había apretado el gatillo para poner fin a las cosas, pero solo porque había sido más rápido que ella. No había luchado por él, por ellos. Él había intentado hacer lo más noble y en lugar de decirle por dónde podía meterse su elevada actitud, se había alejado sin más. Mucho más fácil dar un paso atrás que darlo hacia adelante y arriesgarse al rechazo.

Se abrió paso entre la maraña de gente y se detuvo junto al siguiente edificio, contemplando la fila de taxis amarillos. Lo que había hecho era protegerse. Ni siquiera podía echarle la culpa a su pasado. Lo que sentía por Gideon la aterraba. Sabía que él sentía algo por ella; que la quería incluso. No habían compartido tanto para que fuera menos que amor. No le habría dicho que lo eligiera a menos que fuera en serio al cien por cien. Gideon no funcionaba así. No le iban los juegos.

Sinceridad. Demandaba sinceridad total. Y la ofrecía también. Recordó todo lo que le había dicho. En ningún momento le había dicho que lo único que quería era sexo. No. Lo que pasaba es que no era lo suficientemente bueno para ella, y por eso había cortado los lazos con ella. De un modo un tanto arbitrario, pero muy propio de Gideon. Había elegido la felicidad de ella en lugar de la suya propia.

Necesitaba hacerle comprender que ella era su felicidad. Los dos últimos años había tenido una vida bastante decente. Se había sentido contenta, pero también se había alejado de cualquiera que pudiera hacerla feliz para no abrir la puerta a que le hicieran daño. Prácticamente no había salido con nadie y tampoco había intentado recuperar el contacto con los amigos de los que se había distanciado.

Ella había sido la cobarde.

Y eso ya se había acabado. Si Gideon no la quería, si no la amaba, podía decírselo a la cara. Esa era la única razón aceptable para que la dejase. Lo demás ya lo solucionarían cuando estuvieran juntos. Ya se encargaría ella. Tenerle delante le hacía atascarse un poco con las palabras, pero lograría superarlo para decir la verdad.

Su teléfono vibró y estuvo a punto de no contestar, pero el único modo de empeorar el fiasco que había organizado en el tribunal era ignorar una llamada de su cliente o de uno de sus socios. Pero cuando sacó el móvil del bolso, el número que aparecía en la pantalla era el último que habría esperado ver. ¿Roman?

Lucy frunció el ceño y respondió:

—¿Diga?

—Te debo una disculpa.

Parpadeó. Aquella situación se iba haciendo cada vez más rara. Roman nunca la había llamado antes, y no podía pensar en una sola razón por la que necesitase llamarla, a menos que... el corazón se le subió a la garganta.

—¿Gideon está bien?

—¿Qué? —su sorpresa pareció auténtica y se echó a reír—. Vaya... creo que entonces te debo dos disculpas. Gideon estaba bien la última vez que lo vi, que fue ayer. Debería haberme dado cuenta de que ibas a pensar lo peor.

Lucy soltó el aire que había estado conteniendo.

—Vale. Lo siento. Es que he pensado que...

—Lógico. Tendría que habérmelo imaginado —carraspeó—. Mira, la he cagado, Lucy. Nunca te he pedido perdón por no decirte lo de Jeff, y para colmo la he liado más dejando que la culpa me empujase a darle a Gideon un consejo de mierda.

Ya sabía ella que algo tenía que haber ocurrido mientras estaba con Roman, pero no se lo iba a tener en cuenta.

—Gideon es un tío seguro de sí mismo, y nunca habría dejado que le obligaran a hacer algo que él no estuviera considerando hacer.

—Aun así.

Sonrió. Roman era tan terco como su amigo. Por eso se llevaban tan bien.

—Considérate perdonado.

—Quiero compensarte. Y antes de que me digas que no es necesario, quiero que sepas que ya sé que no lo es, pero que así funcionan las disculpas.

Volvió a sonreír, aunque ojalá fuera al grano para poder colgar y llamar a Gideon.

—¿Qué has pensado?

—¿Qué haces? Tengo un amigo que va a hacer una inauguración de la apertura de su restaurante y he reservado mesa para que podamos hablar.

—¿Ahora? —miró a su alrededor—. Bueno... vale —lo que quería era ver a Gideon, pero si iba a lograr convencerlo de algo, mejor tener a Roman de su lado. Igual podía sacarle algo de información útil—. Envíame la dirección.

—Bien. Nos vemos allí.

Y colgó antes de que pudiera hacerle alguna otra pregunta.

Frunció el ceño. Qué raro. El teléfono emitió un bip casi de inmediato y siguió frunciendo el ceño, porque reconoció la dirección. Miraba a Central Park, aunque antes era de otra persona. Debía haberle costado una fortuna.

Dejó todo eso a un lado y paró un taxi.

El camino fue muy corto. No dejó de mirar el móvil, pero ahora que iba a encontrase con Roman, no quería llamar a Gideon aún, no fuera a ser que quisiera hablar de inmediato. El estómago se le encogió. «Dios, que quiera verse conmigo».

El restaurante resultó estar en el último piso del edificio. Cuando salió del ascensor, se quedó plantada en el vestíbulo, deslumbrada por la opulencia del lugar. Rezumaba dinero por todas partes, con sus suelos de mármol blanco pulido y sutiles acentos dorados.

Un hombre bien vestido y con una sonrisa muy ensayada se acercó a ella.

—Tú debes ser Lucy. Por aquí, por favor.

Lo siguió, dejando atrás mesas vacías.

—Creía que esto era una preinauguración.

Debería haber alguien allí. «Dios, ¿me habrá invitado para empujarme desde la ventana?». Apartó aquel pensamiento. Se estaba poniendo histérica.

—Lo es —se rio—. Pero muy pre.

¿Qué clase de respuesta era esa?

Lo siguió hasta una especie de invernadero. El aire era cálido y se desabrochó la chaqueta. Flores de todos los colores y formas llenaban las paredes. Había incluso árboles en las esquinas, lo cual le hizo sonreír a pesar de todo.

Estaba tan ocupada contemplando la vegetación que no se dio cuenta de que el hombre se había marchado hasta que se dio la vuelta y se encontró con que Gideon estaba en la puerta.

—Pero...

—Siento el engaño, pero no estaba seguro de si accederías a verme si te llamaba.

Sus ojos oscuros clavados en ella le hicieron sentir lo mucho que la echaba de menos aun estando a distancia.

—Gideon, tienes que parar —contestó, negando con la cabeza—. Si quieres verme, llámame y dímelo en lugar de manipular las cosas para que ocurran en el marco perfecto.

Lo cierto era que se alegraba de que estuviera allí, para no tener que mantener la conversación por teléfono.

—Y si me quieres, quédate. No se te ocurra sacrificarte porque pienses que sabes lo que es mejor para mí. Haz el favor de sentarse, que vamos a tener una conversación.

Su sonrisa no desprendía demasiada felicidad.

—La he cagado.

—Y que lo digas.

No estaba dispuesto a dejarle ir de rositas, por mucho que quisiera cruzar la distancia que los separaba y sentir sus brazos alrededor del cuerpo.

—Lo siento. No hay una razón que explique por qué me asusté, pero la culpa hace que las personas cometan locuras... como alejarse de la persona a la que aman porque piensan que es lo mejor para ella.

—Yo decido qué es lo mejor para mí.

—Lo sé. Y los dos sabemos que no merezco besar el suelo que pisas, y no porque esté enamorado de una versión idealizada de ti, sino porque tú eres tú. Eres una buena persona, Lucy. La mejor clase de persona. Eres divertida, dulce y sexy a rabiar, y puede que no te merezca... —dio un paso hacia ella. Y después, otro—. No, sé que no te merezco.

—Deja de decir eso —susurró.

—Puede que los dos lo hayamos hecho mal. El miedo empuja a cometer toda clase de errores, y lo que tenemos entre nosotros es un fuego salvaje —Gideon se paró delante de ella y clavó una rodilla en el suelo—. Lucy, me gustaría pasar el resto de mi vida ardiendo por ti —sacó una pequeña cajita del bolsillo interior de la americana—. Te quiero. Te he querido durante seis largos años, y me convencí a mí mismo de que lo que te merecías era que yo me hiciera a un lado para que pudieras estar con alguien que merecieras. Cada día tenía que contenerme para no ir y secuestrarte.

Ella alargó el brazo y rozó con mano temblorosa la cajita.

—Gideon...

—Sé que querías un matrimonio sin riesgos con algún tío que te importase un comino. Yo eso no puedo ofrecértelo, Lucy, pero lo que sí puedo ofrecerte es un marido que te querrá más allá de toda razón, aunque de vez en cuando la cague. Puedo ofrecerte un puerto seguro, una vida plena y tanto sexo que no sabrás qué hacer con él. Todo eso te lo ofrezco.

No podía respirar. En todos los escenarios que se había imaginado en los últimos días, no había podido concebir algo como aquello: Gideon, con la rodilla clavada en tierra, ofreciéndole todo aquello que llevaba dos años aterrada por admitir que era lo que quería.

—Gideon...

—¿Sí?

No parecía asustado mientras aguardaba su respuesta. Parecía completamente en paz por primera vez desde que podía recordar. Como si estuviera exactamente donde quería estar... en su sitio.

Lucy se acercó más y hundió los dedos en su pelo.

—Secuéstrame.

—¿Eso es un sí? —preguntó, con los ojos abiertos de par en par.

—Es un sí. No lo dudes.

Se levantó de un salto y la tomó en brazos.

—Te amo de arriba abajo, Lucy, y quiero pasar el resto de nuestra vida compensándote por los seis años que he perdido.

Ella lo besó con todo su ser.

—Igual ha sido bueno que hayamos tardado seis años en llegar a este punto, y que hayamos cometido unos cuantos errores por el camino. Hay un momento y un lugar adecuados, y este es nuestro momento y nuestro lugar —volvió a besarlo—. Te quiero, Gideon. Te quiero tanto.

Él retrocedió un poco para colocarle el anillo en el dedo. Era... perfecto. Una sencilla alianza plateada sostenía un diamante en corte princesa que era tan grande que la hizo mirarlo sorprendida.

—Guau...

—Eso es lo que yo digo siempre que te veo —volvió a abrazarla—. Guau. Esta mujer es mía, y yo soy suyo.

—Sí y sí —sonrió—. Siempre.

TE DESEO

KATEE ROBERT

1

—Debería cancelarlo —Allie metió otro montón de toallas blancas en la lavadora y cerró la puerta con la cadera—. Sinceramente, no debería haber permitido que me convencieras.

—Es un detalle que creas que me dejas hacer algo —Becka Baudin, su mejor amiga, se rio, sacó más zapatillas de *spinning* del cubo metálico y fue ordenándolas por tallas—. Además, ya he hecho la facturación del vuelo. Es demasiado tarde para echarse atrás. Nuestras clases están cubiertas. Claudia va a ocuparse de todo el papeleo de la semana, tanto del gimnasio como del albergue. Si te quedas, solo conseguirás ponerte muy nerviosa, porque las cosas van como la seda sin ti —colocó otro par de zapatillas de *spinning* en su casilla—. ¿Cuándo fue la última vez que te tomaste un día libre, Allie?

Allie suspiró porque no podía rebatir ese argumento. No se tomaba días libres. Su gimnasio, Transcend, y el albergue para mujeres que ayudaba a financiar, eran su vida. Incluso, vivía en un piso del edificio donde estaban los dos. Cuando no estaba enseñando algún ejercicio a una de las chicas que tenía contratada, estaba sacando trabajo administrativo o haciendo cualquier cosa en el albergue.

Lo prefería. Estar ocupada hacía que se sintiera plena, era un engranaje esencial en una maquinaria perfectamente engrasada.

Aunque en esos momentos no tenía mucho de perfecta.

Los pocos donantes que le ayudaban a mantener a flote el albergue habían cerrado el grifo. El gimnasio iba bien, pero había dedicado todos los beneficios a mantener abierto el albergue. Por eso, el gimnasio también estaba en peligro. En consecuencia, tenía problemas, muchos problemas que no había contado a nadie. Decirlos en voz alta era lo mismo que convertirlos en realidad, y no podía caer en eso. Tenía que haber una solución, una solución que no pasara por venderlo a los buitres que llevaban meses sobrevolando. Lo único que necesitaba era un poco de tiempo para encontrarla.

Era el peor momento para marcharse una semana a una isla privada del Caribe, pero si le reconocía eso a Becka, tendría que reconocerle todo lo demás...y no podía, por el momento.

Acababa de dedicar los ahorros que le quedaban a pagar la factura de la luz del albergue, lo que significaba otro mes sin que llamaran los cobradores de morosos o, peor en muchos sentidos, sin tener que expulsar a ninguna de las mujeres que vivían allí.

—¡Allie...! —Becka frunció el ceño y agitó una mano justo delante de su cara—. ¿Dónde estabas?

—En ningún sitio importante —Allie esbozó una sonrisa forzada y tomó un mechón del pelo de su amiga—. El azul te favorece.

Era como la personalidad de Becka, varias tonalidades juntas para crear algo hermoso.

—No cambies de conversación —su amiga frunció más el ceño—. No vas a cancelarlo, ¿verdad? Si lo intentas, te ataré de pies y manos a tu maleta y te arrastraré hasta el aeropuerto. Vas a relajarte y a disfrutar durante una semana aunque nos cueste la vida a las dos.

—Si nos cuesta la vida a la dos no será muy relajante, ¿no?

—Qué listilla —Becka la miraba con un brillo suplicante en los ojos azules—. Ya le he dado todos los datos a Claudia. Te prometo que si pasa algo y te necesitan, te pagaré el billete de vuelta a Nueva York sin rechistar. Además, no volveré a presionarte nunca más para que te tomes unas vacaciones.

—¿Cuánto has tenido que pagarle a Claudia para cerciorarte de que no me llamara? —le preguntó Allie con las cejas arqueadas.

Era la única manera que tenía Becka de hacer

una promesa así. Su amiga quería ganar siempre y no le importaba hacer cualquier cosa, por muy rastrera que fuese. Claudia no era mejor.

—Claudia y yo estamos de acuerdo en que tienes que largarte un tiempo de este sitio.

Becka no le contestó a su pregunta y ella suspiró otra vez, pero, por otra parte, estaba deseando pasarse siete días sin correo electrónico ni llamadas telefónicas, sin llevar el peso del mundo sobre sus espaldas.

Esa isla no tenía acceso a internet, salvo en las zonas comunes, y no le quedaba más remedio que relajarse.

—Entonces, supongo que tendré que ir...

—¡Efectivamente! —Becka se contoneó un poco—. Ahora, ayúdame a poner las zapatillas antes de tu clase. Voy a pasarme también si no está llena. Siete días bebiendo y tomando el sol pasan factura.

Allie se rio y fue a ayudarla. Dejó a un lado las preocupaciones y el estrés que la habían agobiado durante meses. Todo seguiría en su sitio cuando volviera. ¿Qué tenía de malo desconectar por una vez en su vida?

—Estoy impaciente.

Era la primera vez que lo decía en serio desde que se compró los billetes.

Roman Bassani miró con el ceño fruncido a la guapa china que estaba detrás del mostrador.

—Lleva semanas dándome evasivas. Sé perfectamente que Allie Landers está aquí todos los días y que elude mis llamadas. Tengo que hablar con ella.

No podía hacerle la oferta de invertir en su negocio si no daba con ella, y no lo conseguía de ninguna de las maneras desde que la llamó para proponerle la idea. Normalmente, no le costaba mucho conseguir que propietarios de empresas remisos acabaran viendo las cosas como él, pero Allie Landers era más escurridiza de lo que se había imaginado y, al parecer, lo había esquivado otra vez.

—Lo siento, señor —Claudia no parecía sentirlo lo más mínimo—. Va a estar fuera de la ciudad durante la semana que viene. Los asuntos que tenga con ella tendrán que esperar hasta entonces.

—¿Fuera de la ciudad? ¿Puede saberse adónde ha ido? Tiene que haber alguna manera de ponerse en contacto con ella.

La verdad era que él no esperaba que ella contestara, pero, al parecer, fastidiarlo era una tentación irresistible.

—Está en una isla privada sin cobertura de teléfono ni servicio de internet —le explicó Claudia con una sonrisa—. Si quiere ponerse en contacto con ella antes de que vuelva, me temo que tendrá que ser con señales de humo.

Era una impertinente, pero Roman puso una expresión de incredulidad.

—Eso es una gilipollez. No hay ningún sitio en el hemisferio occidental sin wifi o cobertura de móviles, y mucho menos sin ninguna de las dos.

—En West Island, sí.

—Si usted lo dice —él no se inmutó—. Dígale a Allie que me llame en cuanto vuelva.

—Estoy segura de que será el primero de su lista —replicó Claudia con delicadeza.

Roman se dio media vuelta y se marchó del gimnasio. Suspiró sonoramente cuando se cerró la puerta a sus espaldas. Todo era tan femenino en ese sitio que siempre se sentía como un pulpo en un garaje. No se veía ni una sola cosa rosa, pero siempre estaba lleno de mujeres.

Eso no tenía nada de malo, pero le desagradaba cómo lo miraban, como si creyeran que iba a desmelenarse en cualquier momento, y que retrocedieran un poco si se movía demasiado deprisa. Ella no tenía la culpa y él aplaudía lo que estaba haciendo Allie Landers, pero la actitud de ellas hacía que se diera cuenta, dolorosamente, de lo grande que era su cuerpo en comparación con el de ellas y de que era un animal vestido con un traje, por mucho que hablara con cuidado y por muy cara que fuese su ropa.

Él no dejaba que se viera, pero esas mujeres lo percibían. Era un depredador. Se cortaría la mano antes de levantársela a una mujer o a un niño, pero daba igual, era una amenaza para ellas.

Soltó un improperio y empezó a bajar la

calle. Debería tomar un taxi, pero tenía que sofocar la agresividad. Las grandes zancadas le ayudaban a aclararse la cabeza y a sosegarse hasta que solo quedaba el objetivo que perseguía.

Esa Allie creía que podía largarse de la ciudad durante una semana sin importarle que el plazo estuviese acabándose. Quedaban dos semanas hasta que tuviera que tomar una decisión si no quería que otros inversores la tomaran por ella. Normalmente, él no dudaría en hacer lo que fuera, pero su cliente quería que Allie firmara el contrato sin que la sometiera a una presión innecesaria. Una tarea imposible. Le esperaba una prima muy sustanciosa si lo conseguía, pero era secundario. Su cliente quería comprarlo todo con el albergue intacto, y las mujeres se marcharían si creían que era una adquisición hostil. Ellas confiaban en Allie y no confiarían en él ni de coña.

Todo se reducía a que necesitaba que esa maldita mujer accediera a la compra, y no podía convencerla si no estaba allí.

Sin embargo, tenía un sitio...

Sacó el teléfono del bolsillo, investigó un poco y se le cayó el alma a los pies al darse cuenta de que el complejo turístico tenía todas las plazas reservadas durante todo el año. La página web prometía un paraíso discreto, y eso quería decir que nadie iba a mover un dedo para acomodarlo a él. Como la empresa tenía por norma no dar el nombre de los clientes para que él pudiera... incentivarlos, estaba en un callejón sin salida.

Solo le quedaba un recurso. Llamó a Gideon Novak, su mejor amigo.

—Oye, ¿no tendrás contactos en West Island, en el Caribe?

—Hola, Roman, me alegra saber algo de ti. Yo estoy bien, gracias.

—Vale —Roman puso los ojos en blanco—, estoy siendo un capullo, pero eso no tiene remedio. La isla... Es importante.

La pausa que se hizo al otro lado de la línea no habría existido si él no hubiese jodido las cosas hacía seis meses. Gideon y él estaban arreglándolas, pero recuperar la confianza era un proceso lento. Daba igual que Gideon entendiera por qué era así Roman; Roman había estado a punto de costarle el amor de su vida, Lucy.

Por fin, se oyó un chasquido al otro lado del teléfono.

—No he tratado directamente con el propietario, pero he colocado a dos clientes distintos en su empresa y siguen trabajando allí.

Eso era mucho mejor de lo que había esperado.

—Necesito una de las parcelas.

—Roman, si quieres irte de vacaciones, organízatelas tú. Yo no soy una agencia de viajes.

—No, joder, no es por placer, es por trabajo. Necesito encontrar a una huésped que llega hoy. Puedes ofrecer una cantidad astronómica a quien tenga la reserva. En el complejo turístico no me dan la información, pero si tú tienes un conocido, te la darán.

—Más te vale que sea importante de verdad.

No fue una pregunta, pero Roman no tenía nada que perder.

—Es vital. Está a punto de vencer el plazo de una de las operaciones que llevo meses siguiendo. Si mi cliente no es el primero en invertir, lo harán los otros lobos que están al acecho. Se cargarán la integridad del sitio y harán un daño irreparable a las personas que viven allí.

—Vaya, parece que estás haciéndote el héroe. Eso sí que es una novedad.

—No, joder. Estoy por el resultado final, y el resultado final es que ese sitio, con el giro adecuado, puede dar mucho dinero. Además, como está relacionado con un albergue para mujeres, la buena publicidad podría abrirme puertas que estaban cerradas.

—Lo que tú digas —Gideon resopló—. Dame media hora.

—Gracias.

Roman colgó sin despedirse. Gideon le echaría un cable. Era una fuerza incontenible y se consideraba afortunado por tenerlo de su parte.

Naturalmente, media hora después recibió un mensaje con los datos de la reserva y la considerable cantidad de dinero que tenía que pagar mediante transferencia al anterior titular de esa reserva. Roman no perdió ni un segundo en mandar el dinero y en reservar un billete en el primer vuelo que salía de Nueva York. Tenía siete días para encontrar a Allie Sanders y para convencerla. No podía ser muy complicado en una isla que solo tenía siete parcelas.

2

Roman tardó cinco minutos en cambiarse y recorrer la casa para hacerse una idea de cómo era ese sitio. Era para pasar unas vacaciones de lujo y tenía muebles de madera y grandes espacios abiertos para disfrutar de las vistas de la playa privada y de la exuberante naturaleza que rodeaba tres cuartas partes del edificio.

Ahí estaba el problema.

Debería haber previsto que una isla con tan pocas parcelas daría prioridad a la intimidad, aunque había distintas actividades comunes para los huéspedes y suponía que tendría tiempo para encontrar a Allie y plantearle su propuesta.

Tampoco se había parado a pensar que no sabía en qué parte de la isla estaría ella.

Fue a la playa y miró alrededor. La curva natural de la isla creaba una ensenada que la protegía de las miradas de los demás. Se veían bicicletas y paseos que llevaban a los edificios de zonas comunes, donde había un restaurante, un bar, una sala de yoga y una tienda de regalos. Podría quedarse por allí con la esperanza de que Allie fuese a comer algo, pero como también se podía pedir la comida para que la trajeran a la casa, era una posibilidad improbable. Sería mejor que siguiera haciéndose una idea de la situación para planear las cosas en consecuencia.

Fue a una especie de cabaña de madera que parecía desgastada por los elementos y encontró una respuesta. Se podía practicar toda una serie de deportes acuáticos. Se decantó por la canoa. Era la manera más rápida de llegar a donde quería ir sin mojarse demasiado. Se quitó las zapatillas, titubeó un momento y también se quitó la camisa. El sol del verano debería haber dado un calor insoportable, pero hacía una temperatura casi agradable mientras metía la canoa en el agua.

No se había montado nunca en una canoa, pero le pareció bastante fácil. Dio unas paladas para practicar, hasta que tomó un buen ritmo y se dirigió hacia el sur para empezar un recorrido desde allí.

El mayor inconveniente era que no sabía a quién estaba buscando. Jamás había conseguido reunirse con Allie Landers en persona. Había rebuscado por Internet, pero no había encontrado gran cosa, ni en cuanto a datos personales ni en cuanto a fotos de ella. Sus cuentas en la redes sociales eran privadas y solo había encontrado una foto de hacía siglos. La página web de Transcend hablaba mucho de los servicios de la empresa y de sus objetivos, pero no decía nada sobre su fundadora y solo daba una dirección de correo electrónico. No le extrañaba, si tenía en cuenta que estaba relacionado con un albergue para mujeres, pero, aun así, le irritaba.

Dicho lo cual, había cerrado operaciones que habían empezado con menos información de la que tenía en ese momento. Estaba seguro de que esa vez también lo conseguiría.

La primera parcela del sur tenía una familia con dos niños que hacían castillos de arena. Siguió adelante y empezó a disfrutar a pesar de que prefería mil veces la ciudad a cualquier cosa que se pareciera a la naturaleza. Aunque no podía decirse que eso se pareciera a la naturaleza, se parecía al paraíso.

Rodeó la isla y examinó playa por playa. Había dos con familias, dos con grupos que parecían solo de hombres, tres vacías y una con un grupo de cuatro mujeres que lo piropearon cuando pasó remando por delante. Archivó la información para comprobarla más tarde. No sabía con cuántas amigas había ido Allie, pero sí sabía que no estaba casada y que no tenía hijos.

Cuando llegó al extremo norte de la isla, estaba agotado. Iba al gimnasio con regularidad, pero el calor y remar sin parar lo habían machacado. Rodeó las rocas que salían del mar y dejó las palas sobre la canoa para relajar los hombros.

Entonces, vio a esa mujer.

Estaba tumbada de espaldas, con los brazos estirados por encima de la cabeza y con la melena rubia sobre una toalla de playa roja. Sin embargo, no se le cortó la respiración por eso, sino porque estaba en *topless*.

La piel le brillaba como si se hubiese dado crema antes de ir a la playa y lo único que llevaba que se pareciera a una prenda de ropa era un triángulo diminuto de un color indefinido. Dobló las largas piernas mientras se cambiaba de postura y los abundantes pechos subieron y bajaron cuando respiró.

Él se olvidó de para qué había ido allí, se olvidó de que tenía los músculos contraídos por el agotamiento, se olvidó de todo menos de la repentina necesidad de saber de qué color eran los pezones.

¿Podía saberse qué coño estaba haciendo?

Sacudió la cabeza. Acercarse sería inadecuado, pero quedarse ahí mirando como un pervertido asqueroso era el colmo de lo inadecuado. Daba igual que se le hiciera la boca agua con sus curvas o que ella se hubiese apoyado en los codos para mirarlo.

Tomó aire varias veces, pero siguió empalmado, aunque consiguió agarrar las palas para seguir remando. Fuera quien fuese esa mujer, y por mucho que quisiera estar cerca de ella todo el rato que pudiera, no era Allie. La única foto que había encontrado era de hacía años, era la puñetera foto del anuario del último curso del instituto. Estaba tan delgada que parecía que estaba enferma. Y llevaba el pelo muy corto y teñido de negro.

Dudaba muchísimo que en ese momento se pareciera lo más mínimo a esa mujer.

Una de las características que definían a las mujeres que trabajaban en Transcend era que todas eran menudas y parecían cinceladas en piedra, que no tenían ni un punto blando en sus cuerpos. Eran hermosas, él podía apreciar todos los tipos de cuerpos, pero ninguna había hecho que le temblaran las manos como había hecho la mujer de la playa. Anhelaba recorrer con la boca esas curvas y esos pechos.

Tenía que quitarse esa mierda de la cabeza. No había ido allí para follar con nadie, por muy sexy que fuera. Había ido a trabajar.

Iría esa noche a cenar para ver si podía adivinar cuál de las mujeres de la isla era Allie y para elaborar un plan a partir de eso.

¿Y qué pasaría si veía a la mujer misteriosa después de que ya hubiese resuelto todo lo demás? Sonrió. Quizá hiciese una excepción y se permitiera un poco de placer mientras trabajaba. Al fin y al cabo, estaba en el paraíso.

—¿Qué tal estás...?

Allie se puso un vestido vaporoso de tirantes y fue a ver a Becka. Su amiga se había pasado con el vodka durante el viaje a Miami y se había puesto fatal en el vuelo a West Island. Había estado toda la tarde durmiendo la mona, pero seguía un poco pálida.

—Creo que el vodka y yo hemos roto —contestó Becka con una sonrisa temblorosa.

—Es pasajero —Allie dudó—. ¿Quieres que me quede a cuidarte?

Sentía un cansancio agradable, pero el menú de esa noche le apetecía lo bastante como para estar deseando ir al edificio principal para hacerse una idea de cómo era aquello. Becka se encontraba tan mal cuando llegaron, que se habían instalado en la casa a toda prisa para dormir.

—¡No! Bastante he hecho ya estropeándote el primer día de tus ansiadas vacaciones. No voy a dejar que pierdas ni un segundo por mis majaderías. Sal, come bien y bebe.

Allie no se movió de la puerta.

—Podría ver si el cocinero puede hacerte un caldo o algo que te siente bien al estómago...

—Vete. Estás de vacaciones y no tienes que ocuparte de mí.

Becka suavizó las palabras con una sonrisa, pero le salió un tanto titubeante.

Allie se marchó. Becka no le agradecería que se quedara y tendría remordimientos si lo hacía, lo que le impediría descansar bien. Al día siguiente podrían ir a conocer la isla y a intentar mantenerse de pie en las tablas con remos que había visto en la playa.

Se sonrojó al acordarse de que la habían visto tomando el sol en topless. Fuera quien fuese ese hombre, había estado demasiado lejos para verle con claridad la cara, pero esos hombros... Se estremeció. Incluso a esa distancia, había visto el contorno de sus músculos y la energía con la que llevaba la canoa por las aguas de color turquesa. La isla ya debía de habérsele subido a la cabeza, porque había llegado a esperar, disparatadamente, que se acercara a la costa para que pudiera verlo mejor... y quizá no solo verlo...

Se rio. Le parecía muy bien echar un polvo en vacaciones, pero si eso era lo que quería, había elegido el sitio equivocado. West Island era todo soledad y tranquilidad, y eso era exactamente lo que había buscado cuando dejó que Becka la convenciera para que reservara el viaje. Era exactamente lo contrario que Nueva York y la vida que llevaba allí.

Entonces, en ese momento, se preguntó si no habría sido mejor que hubiese elegido algo un poco más caótico. El sol y el mar ya se le habían mezclado con la sangre y la sensación embriagadora hacía que le pareciera que todo era posible. Solo iba a estar una semana, el tiempo perfecto para echar una cana al aire... Si no estuviese en una isla privada en medio del océano sin un solo hombre a la vista.

Dejó el cochecito de golf, que era uno de los principales medios de transporte de la isla. Le apetecía dar un paseo después de haber estado encajonada en el avión y de haber estado tumbada tomando el sol. Normalmente, todos los días daba una clase en Transcend, o más si tenía que sustituir a alguien, y no estaba acostumbrada a estar inactiva. Había unos dos kilómetros hasta el restaurante y había empezado a refrescar a medida que el sol se acercaba al horizonte. Sería una noche muy agradable.

Se levantaría temprano para ir a una de las clases de yoga que ofrecían y pasaría el resto del día haciendo distintas actividades para no sentirse inquieta. Podría hacer hasta submarinismo, pero no creía que fuese a sentirse tan intrépida. Sí, bucearía con unas gafas y un tubo, pero tendrían que convencerla mucho para que se sumergiera hasta las profundidades con solo una botella de oxígeno para no ahogarse.

El sendero estaba muy bien cuidado para que los cochecitos se movieran sin problemas, y empezó a pensar en sus cosas mientras ponía un ritmo constante, pero que no la cansaba. El sendero se bifurcaba de vez en cuando y se dirigía hacia otras parcelas o hacia el interior de la isla. Había algunos caminos para hacer senderismo y conocer la historia de la isla.

Llegó enseguida al restaurante y lo encontró casi vacío. Se detuvo en la puerta y se preguntó si habrían entendido mal a la recepcionista. ¿Estaría cerrado?

—Me parece que estamos los dos solos.

Dio un respingo. El hombre estaba a una distancia prudencial, pero era tan grande que hacía que se sintiera apabullada. Se quedó helada. Reconocería esos hombros en cualquier sitio. Él, para confirmar sus sospechas, la miró de arriba abajo como si quisiera recordar su cuerpo cuando no tenía nada más que lo que había llevado en la playa. Ella intentó tragar saliva, pero tenía la garganta seca.

—Tú...

—Yo.

Él la miró por fin a la cara y estuvo a punto de caerse de espaldas. Era un adonis. No podía describir de otra manera esa perfección, el pelo rubio, los ojos color avellana, la mandíbula cuadrada, el hoyuelo en la barbilla... y ese cuerpo. Llevaba una camisa abotonada, pero no disimulaba la musculatura. Tendió una mano con unos dedos igual de perfectos.

—¿Puedo invitarte a beber algo?

—Está todo incluido en el precio...

Él sonrió con un brillo en los ojos.

—Toma algo conmigo.

Estaba bien, y la atracción casi podía palparse, sentía el impulso inexplicable de acercarse y pasarle un dedo por el mentón, de pasarle la lengua por el hoyuelo de la barbilla... Se amonestó a sí misma.

—Como estamos solos, sería una tontería que nos sentáramos separados.

La mirada de él le dio a entender que había captado que era una excusa, aunque tampoco era tan difícil, porque había sido una excusa muy mala. La verdad era que tenía magnetismo y que la habría atraído incluso en una habitación llena de gente. Él le señaló con la mano un sitio vacío.

—Las mujeres primero.

—Cuánta galantería.

—Lo intento.

Ella se rio y fue a una mesa vacía en el centro del pequeño patio. Había media docena de mesas y ella eligió un sitio de espaldas al edificio desde donde podía ver el mar entre la espesura. Él miró la vista y la silla que había al otro lado de la mesa. La tomó y la puso al lado de la de ella.

—Bonita vista...

Ella se giró para contestar y se lo encontró mirándola. No tenía falsa modestia, la vida era demasiado corta para fingir que no se miraba a un espejo. Era guapa, muy guapa si se esforzaba un poco, pero ya no era delgaducha, después de lo mal que lo pasó en el instituto, ni atlética, como algunas mujeres de su gimnasio. Naturalmente, tenía músculos y podía seguir el ritmo de cualquiera en las clases de *spinning*, pero le gustaba comer tanto como sudar y se notaba en sus curvas. A algunos hombres no les gustaba eso, pero dejaba de verlos en cuanto empezaban a preguntarle si iba a comerse algo.

Ese hombre, sin embargo, la miraba como si quisiera ponerla encima de la mesa y cenársela.

El deseo avivó la llama que se le había encendido por dentro en cuanto lo vio. Se inclinó hacia delante para mirarle las manos. No llevaba anillo ni marca de ningún tipo.

—¿Qué te ha traído a West Island?

—Es el paraíso, ¿no? ¿Quién no querría venir aquí para desconectar de todo?

Era una respuesta vacía, pero estaba embobada por la forma hipnótica que tenía de mover la boca cuando hablaba. ¡Tenía que dominarse! ¡Iba a empezar a babear! Dio un sorbo de agua, pero no sirvió para sofocar la oleada ardiente que empezaba a abrasarla por dentro.

Afortunadamente, se acercó un camarero y evitó que dijera algo embarazoso de verdad. Les comentó el menú de esa noche, tomó nota de las bebidas y desapareció tan deprisa como había aparecido.

Estaban en uno de los sitios más bonitos que había visto y no podía apartar la mirada de ese desconocido. Se pasó la lengua por los labios y todos los músculos del cuerpo se le pusieron en tensión cuando él la siguió con la mirada en ese movimiento. Abrió la boca, pero él le tomó la mano y le acarició los nudillos con el pulgar antes de que pudiera decir algo.

Fue un gesto muy inocente, pero notó ciertas reacciones en sitios que no tenían nada de inocentes. No hacía falta que mirara hacia abajo para saber que se le habían endurecido los pezones.

Él esbozó una sonrisa indolente y pecaminosa que anunciaba cosas que jamás se atrevería a pedir.

—Te parecerá imperdonablemente descarado, pero ¿no prefieres que vayamos a mi casa?

Era un disparate absoluto. Ni siquiera sabía cómo se llamaba y, naturalmente, no sabía nada más pertinente sobre él. Sin embargo, allí, en ese patio tenuemente iluminado, con el olor de alguna flor tropical que no reconocía y con el suave rumor del mar, no se sentía como Allie, la dueña de un gimnasio, la mujer responsable que no podía permitirse tener un desliz porque muchas vidas dependían de ella.

Allí solo era Allie, una mujer. Una mujer que deseaba con todas sus fuerzas al hombre que le miraba la boca como si tuviese que hacer un esfuerzo sobrehumano para no besársela en ese instante. Volvió a pasarse le lengua por los labios y sintió cierto placer cuando él apretó los dientes.

—Sí.

—¿Sí?

—Sí, vámonos de aquí.

3

Roman tomó la mano de la mujer mientras salían del restaurante y se dirigían hacia el cochecito que lo había llevado hasta allí. Había pensado ir dando un paseo, pero se alegraba de no haberlo hecho.

De cerca estaba mejor todavía que en la playa. Su vestido de flores blancas le resaltaba los grandes pechos, se le ceñía a las costillas y se abría en la cintura para revolotear alrededor de sus muslos mientras andaba. La melena rubia era como una cascada que le caía por debajo de los hombros y podía imaginarse perfectamente cómo introduciría los dedos entre ese pelo mientras la penetraba...

Tenía que calmarse.

Tomó unas bocanadas de aire y se concentró en no acelerar el paso. No era un santo, ni mucho menos, pero jamás había tenido una reacción como esa. Quería besar esos labios carnosos, quería acariciar su cuerpo...

Tenía que calmarse.

Ella se lo comía con la mirada, quería lo mismo, pero tenía que estar seguro. La tomó entre los brazos cuando se pararon al lado del cochecito. Ella casi se abalanzó sobre él y le dejó que le recorriera la espalda con las manos hasta que las posó sobre su trasero. Notaba sus senos aplastados contra el pecho y tuvo que contener un gruñido de placer.

—Ahora, voy a besarte.

Ella no le dejó que cumpliera su palabra. Inclinó la cabeza y lo besó en la boca. Fue un beso casto, un roce de los labios, pero la cosa no quedó ahí. Roman le puso una mano en la nuca y profundizó el beso, le pasó la lengua por los labios y la introdujo cuando ella los separó. Ella lo agarró de la camisa y restregó las caderas contra las de él.

Roman separó la boca.

—Al cochecito. Ahora.

Corría al peligro de olvidarse de dónde estaban y de follársela ahí mismo sin condón ni nada. Sin embargo, no era un animal que no pudiera dominarse y esa hermosa mujer se merecía algo mejor que hacerlo encima del cochecito de golf. Al menos, la primera vez.

¿La primera vez? Se había vuelto completamente loco.

La tomó en brazos y la dejó en el cochecito de golf. Le encantó cómo abrió la boca por la sorpresa. Estaba alardeando y le importaba un carajo, sobre todo cuando se puso al volante, encendió el motor y tomó el sendero que llevaba a su parcela. Estuvo a punto de proponerle ir a la de ella, pero que estuviese sola no quería decir que no hubiese nadie... La idea hizo que se parara en seco y la mirara.

—¿Estás con alguien?

—Con una amiga —ella interpretó bien la expresión de él—. No tengo pareja; ni novio ni marido.

—Yo tampoco.

Volvió a acelerar. El sendero estaba iluminado con lucecitas colgadas y llegó a su parcela en un tiempo récord. Apagó el motor y se dio la vuelta para mirarla.

—Yo...

—Espera —ella le puso un dedo en los labios y él, instintivamente, se lo mordió ligeramente—. Vamos a... disfrutar. No es la vida real, es la fantasía de este sitio.

Él no podía discutirlo, y menos cuando se oía un pájaro a lo lejos y el cielo y el mar se habían oscurecido mientras estaban allí. Había dejado encendidas algunas luces de la casa y entró con ella de la mano.

—¿Un baño caliente?

—A lo mejor más tarde.

Su forma de mirarlo era inconfundible y no perdió ni un segundo. Al fin y al cabo, era una fantasía. Se agarró a eso y no hizo caso a aquella parte de sí mismo que tenía curiosidad por saber quién era esa mujer y por qué había ido allí, cómo era su vida cuando hacía una vida normal y tantas otras cosas. Lo dejó todo a un lado porque si empezaba a hablar de tonterías que no le importaban, estropearía esa maravillosa sensación de anhelo apremiante que había entre ellos.

La llevó al dormitorio principal, que estaba a la altura de toda la fantasía. Ventanales que daban al mar y una cama enorme con un cabecero de madera. El edredón era increíblemente mullido, pero quería verla encima mientras entraba en ella...

¡Tenía que ir más despacio!

Le tomó la cara entre las manos, la besó y le exploró todos los rincones de la boca. Ella no pudo contener un sonido que le brotó de lo más profundo de la garganta y le endureció más la polla. Le lamió el cuello y le bajó un tirante antes de recorrerle la parte alta del pecho con la lengua antes de hacerle lo mismo con el otro tirante.

Quería arrancarle la maldita prenda, pero fue pasándole la boca por lo alto de los pechos para que la tela fuese bajándose. Ella tenía los dedos entre su pelo y se arqueó con la respiración tan acelerada como la de él. Le succionó un pezón hasta que dejó escapar un pequeño grito.

—Voy a quitarme esto...

—Perfecto.

Se le hizo la boca agua por el movimiento

con el que se desprendió del vestido. Los pechos rebotaron un poco y se quedó solo con unas bragas de encaje rosa.

—Joder, qué perfección.

No pudo verlo bien porque la luz era muy tenue, pero le pareció que se sonrojaba un poco.

—No hagas que una chica se quede así mientras la miras.

Él se sacudió la cabeza como si quisiera aclarársela.

—Dale unos segundo a un hombre para que se complazca con lo que ve. Esta mañana, en la playa, no pude.

Se arrodilló delante de ella, le acarició las piernas y se deleitó con los músculos que se contraían. Subió las manos por las voluptuosas curvas de sus caderas e introdujo los dedos por los bordes de las bragas.

—Me tenía atormentado no saber el color de tus pezones.

La respuesta era un rosa un poco oscuro. El contraste entre el color de los pezones y la piel bronceada hizo que se irguiera más en las rodillas para vérselos mejor y lamérselos otra vez.

—Podrías haberte acercado para averiguarlo...

—Mmm —Roman le besó el abdomen mientras iba bajándole las bragas—. Si me hubiese acercado, habrías salido corriendo dando gritos y habrías atrancado la puerta.

—Es posible —se le cortó la respiración cuando le pasó la lengua alrededor del ombligo—.

También es posible que me hubiese metido en el agua para reunirme contigo.

La imagen lo alcanzó con la fuerza de un tren, la imagen de ella con las olas rompiendo contra sus pechos mientras lo esperaba en el agua, la imagen de él tomándola en brazos como había hecho en la parcela, la imagen de ella rodeándole la cintura con las piernas y de él apartándole la parte baja del bikini y...

—Coño... Es posible que mañana me dé otra vuelta alrededor la isla para que lo hagamos bien...

Ella se rio en voz baja.

—También podrías utilizar esa boca maliciosa como es debido y concentrarnos en lo que pasa aquí y ahora.

Eso le gustó más todavía. Se pasó una de sus piernas por encima de un hombro y hundió la cara en su coño.

Allie casi se había convencido de que estaba soñando, pero la sensación de su boca aferrada a la parte más recóndita de sí misma era muy real. Cerró los ojos y se dejó arrastrar por su lengua, que la lamía como si se deleitara con su sabor. Era la experiencia más ardiente que había tenido en su vida.

Hasta que la tumbó sobre la enorme cama. Contuvo la respiración y dejó escapar un jadeo cuando introdujo un dedo donde había estado su lengua. La miró con tanta intensidad que ella creyó sentirlo sobre la piel. Le miró los muslos y el coño, las caderas y el abdomen, se fijó especialmente en los pechos y acabó en la cara.

—Perfecta.

—Tú tampoco estás mal.

Estiró los brazos por encima de la cabeza para agarrar el edredón y para ofrecerle los pechos.

—Gracias.

Un segundo dedo su unió al primero y no le dio tiempo a adaptarse antes de que le introdujera un tercero para dilatarla, para prepararla.

—Joder... Estás deliciosa.

—Tú... también.

Ella hizo un esfuerzo para mantener los ojos abiertos, para no perderse ni un segundo de esa experiencia. Ese dios dorado la miraba como si quisiera quedar grabado sobre cada centímetro de su piel; y ella estaba encantada de sacrificarse esa noche. Si podía darle ese placer con la boca y las manos, no quería ni imaginarse lo que podría hacerle con el resto del cuerpo.

Giró la muñeca para que el pulgar le acariciara el clítoris con cada movimiento de los dedos y se derritió. Soltó el edredón para tomarle la cara entre las manos

—Voy a llamarte Adonis.

—Tampoco soy tan guapo —replicó él entre risas.

—Eres más guapo todavía.

Ella jamás habría dicho eso en la vida real,

sin la isla y ese placer que la embriagaba de él. Le pasó un pulgar por el labio inferior, que era algo más carnoso que el superior.

—Me has dicho que soy perfecta, pero tú no tienes ni un defecto —añadió Allie.

Roman se rio otra vez, pero con cierta tensión.

—Te aseguro que tengo más de un defecto —él giró la cabeza y le besó la palma de la mano—, pero esta noche fingiremos que no es verdad.

—Me parece bien.

Ella no iba a preguntarle sus defectos, no se trataba de eso. Ni siquiera sabía su nombre, y eso hacía que toda la situación fuese más excitante, porque Allie jamás hacía algo parecido.

Esa noche sí iba a hacerlo.

Animada por esa idea, le tocó los pantalones.

—Te necesito.

—Ya me tienes.

Roman introdujo más los dedos para demostrárselo.

—No, te necesito a ti.

Consiguió soltarle el cinturón y le bajó los pantalones cortos por las estrechas caderas. Su polla era tan perfecta como el resto de él. Era larga y gruesa y tuvo que tragar saliva.

—Estoy cansada de esperar.

—Es una pena, porque yo estoy empezando.

Sacó los dedos, le rodeó la cintura con un brazo y la metió más en la cama, hasta que pudo ponerle las manos en la parte inferior del cabecero.

—No voy a atarte.

A ella estuvo a punto de salírsele el corazón del pecho solo de pensarlo.

—No sé qué me parece...

Era una mentirosa. Estaba deseándolo. No creía que fuese especialmente perversa antes de esa noche, pero la mera idea de estar a merced de ese hombre...

Tenía que parar el carro. Era un desconocido y que un desconocido la atara era una mala idea hasta en el paraíso.

Roman se puso a cuatro patas encima de ella. El pene le colgaba y casi le tocaba el abdomen. Esos ojos color avellana se pusieron completamente serios por primera vez desde que se conocieron. Desde hacía una hora, lo había conocido hacía una hora.

No la tocó, aunque estaba tan cerca que notaba el calor de su cuerpo.

—Si has cambiado de opinión, puedo llevarte a tu parcela o, si lo prefieres, puedes llevarte el cochecito y algún empleado me lo traerá mañana.

Lo dijo sin juzgar nada, sin intentar que ella sintiera remordimiento ni que pareciera algo turbio. Solo pretendía cerciorarse de que eso era lo que ella quería.

—Quiero quedarme —ella se agarró al cabecero—. Te deseo.

Él sonrió y a ella se le entrecortó la respiración como si le costara salir del pecho.

—No te arrepentirás.

La besó antes de que ella pudiera pensar lo que pasaría al día siguiente, la besó despacio, como si hubiesen pasado muchos días desde la última vez que la besó y quisiera retomar el contacto. Su Adonis fue bajando por todo el cuerpo, centímetro a centímetro, y consiguió convertir en erógenas partes que nunca se lo habían parecido; el interior del codo, las costillas, las rodillas...

La acarició y la besó como si estuviera memorizando cada rincón de su cuerpo hasta que se quedó temblorosa y desarbolada. Su mundo se limitó al siguiente punto que iba acariciarle y a los únicos sitios que no le había acariciado todavía: los pechos y ese punto entre las piernas que lo anhelaba.

—Por favor, Adonis, por favor.

Él se rio sobre la parte interior del muslo y ella sintió como una descarga en el coño.

—Me gusta cuando me llamas eso.

—Te llamaré lo que quieras si me... tocas.

—Llevo un buen rato tocándote.

Se tumbó al lado de ella con una mano a un centímetro de su piel. Se estremeció por las ganas de arquearse para que la tocase, pero su mirada le indicó que si lo intentaba, él levantaría más la mano.

—A no ser que te refieras a algo más concreto, como esto —sus dedos revolotearon justo por encima de sus pezones y fueron bajando hasta que ella notó que el aire se movía levemente sobre el clítoris—. O esto.

—Por favor...

Fue un contacto tan leve que ella creyó que podría habérselo imaginado, pero no se imaginaba la mirada de sus ojos color avellana.

Se inclinó hasta que sus labios rozaron los de ella.

—Quiero sentir cómo te corres en mi polla.

4

Roman se había reído cuando había encontrado una provisión de condones en la parcela, pero nunca había estado tan contento de tenerlos como en ese momento, cuando estaba poniéndose uno.

La miró. Estaba tumbada en la cama con las largas piernas separadas, con el coño tan húmedo que podía verlo brillar, con los pechos enrojecidos por su boca, con el pelo enmarañado sobre el edredón blanco... Era la pasión personificada.

—Afrodita.

Ella dejó de mirarle la polla.

—¿Qué?

—Si yo soy Adonis, tú eres mi Afrodita.

Quería saber cómo se llamaba de verdad, pero no era tonto. Si la presionaba en ese momento, estropearía esa fantasía que habían creado. Le acarició los muslos mientras volvía a la cama.

—Pareces su estatua —añadió Roman.

—Ya me tienes en la cama —ella esbozó una sonrisa burlona—. No tienes que exagerar con los halagos —Allie se apoyó en los codos y le besó el cuello—. Si no me la metes en este instante, podría estirar la pata.

Joder... No dejaba de sorprenderlo. Roman dejó escapar una risa ronca por el deseo.

—No podemos permitir que ocurra eso.

—No, no podemos.

Allie le mordió levemente el punto donde el cuello se unía con el hombro mientras le tomaba la verga e iba metiéndosela.

Él intentó entrar poco a poco, no como un animal. Ella le rodeó la cintura con una pierna para sentirlo más dentro. Era celestial. No se le ocurrió otra manera de describir los gemidos y los estremecimientos que podía notar en la base de la polla... o cómo lo agarraba del culo para metérsela hasta el fondo. Introdujo los dedos entre su pelo y la besó con avidez.

—Sabes lo que quieres...

—Te deseo a ti.

Roman salió casi por completo y ella se arqueó para recibir la acometida moviéndose al mismo ritmo que él, como si ya lo hubiesen hecho un millar de veces. Volvió a salir lo bastante como para que los dos cuerpos se separaran un poco.

—Acaríciate. Te dije que quería sentir cómo te corrías en mi polla y lo dije de verdad.

Ella no lo dudó. Bajó una mano entre los muslos y empezó a trazar círculos sobre el clítoris con el dedo corazón. Verla dándose placer mientras seguían unidos hizo que estuviera a punto de explotar. Volvió a acometer con tanta fuerza que los pechos de ella rebotaron una y otra vez con cada embestida...

Hasta que se corrió con un grito, con la boca abierta formando una O perfecta, con el coño ordeñándolo... No tuvo más remedio que seguirla. La agarró de las caderas y la folló mientras el orgasmo de ella parecía no tener fin. Entonces, notó una presión en la base de la columna, los huevos se le subieron y se corrió tanto que vio las estrellas.

Se desmoronó al lado de ella, no encima, pero por los pelos. Se quedaron así unos minutos, hasta que consiguieron que la respiración se acercara a su ritmo normal. La abrazó impulsado por un deseo que no supo cómo llamar y volvió a besarla.

Ella se giró y le pasó la otra pierna por encima de la cintura.

—Me he corrido como no recuerdo haberme corrido en toda mi vida y ya te deseo otra vez. ¿Tienes algún tipo de afrodisiaco en el sudor? —Allie le lamió el cuello—. Creo que sí...

Roman se tumbó de espaldas y la arrastró para apoyarla sobre el pecho.

—Si yo lo tengo, tú también.

Desde luego, su verga ya estaba palpitando de nuevo. Ella se contoneó contra él con una sonrisa que le indicaba que sabía perfectamente lo excitante que era ese movimiento.

—¿Sigue siendo un polvo de una noche si seguimos follando hasta que mañana andemos como patos?

Él abrió la boca, lo pensó y volvió a cerrarla. Era muy prematuro decirle que se quedara mientras estaban en la isla... y, además, sería un estorbo para lo que tenía que hacer. No podía olvidarse del motivo que lo había llevado allí ni siquiera por esa mujer tan hermosa que le miraba la boca como si quisiera tenerla por todo el cuerpo otra vez.

El trabajo tendría que esperar hasta el día siguiente. Le bajó la mano por la espalda para estrecharla más contra él.

—Todavía es de noche, así que las posibilidades son infinitas.

—Me gusta cómo piensas.

—Te aseguro que voy a darte motivos para que te gusten muchas más cosas que eso.

Se despertó con su boca en el coño... otra vez. La había despertado así tres veces, tres, durante las pocas horas que habían dormido, y habían follado hasta que la posibilidad de que los dos acabaran andando como patos había pasado a ser una certeza.

Sus hombros le separaban las piernas de par en par y la follaba con la lengua y con unos leves gruñidos tan excitantes como lo que estaba haciendo. Ella tenía los dedos entre su pelo y los ojos cerrados.

—Sí... Justo ahí... No pares...

Roman se centró en el clítoris e imitó los movimientos que había hecho ella cuando se había acariciado. La llevó más allá del límite y ella no tuvo la más mínima posibilidad de resistirse.

Gritó, arqueó la espalda y le agarró la cabeza para alargar el placer como si fuese una lasciva... y quizá lo fuese. Esa noche lo había parecido, no le había importado lo que él pensara de sus palabras o de sus actos porque eso era... esporádico. Eran unos desconocidos y jamás se había imaginado que eso pudiera ser tan liberador. No significaba que fuese a repetirlo, pero sí iba a disfrutar hasta el último segundo con su Adonis antes de que amaneciera.

La dejó unos minutos, pero volvió a la cama, la puso boca abajo y le levantó las caderas. Esa posición la dejaba expuesta, pero le encantaba, sobre todo cuando la acarició entre los muslos y la polla sustituyó a los dedos.

Entró en ella con suavidad y la llenó por completo. Luego, empezó a acometer con fuerza, a salir para volver a entrar. Allie se agarró al edredón y se contoneó a su ritmo hasta que solo se oyó el choque de los cuerpos y sus respiraciones entrecortadas. Intentó contenerse, intentó que el placer no la desbordara, pero él hizo algo con las caderas y la alcanzó en un punto muy recóndito. El orgasmo fue una olea-

da devastadora. Gritó casi sin darse cuenta de
que él la follaba con todas sus fuerzas hasta que
también se corrió, con una maldición.

Se dejó caer de costado y la arrastró consigo
para quedarse uno detrás del otro sin salir de
ella. La besó en el cuello y le acarició los pechos.

—Buenos días.

—Mmm... Muy buenos... —ella no había
abierto los ojos, pero dejó escapar una risa ronca cuando una de sus manos le acarició el clítoris—. Eres insaciable.

—Solo contigo —replicó él sin dejar de be-
sarle la nuca—. Me vuelves loco. Acabo de correrme y ya te deseo otra vez.

Le tomó el coño con un gesto posesivo y ella
gimió, hasta que abrió los ojos, vio que había
luz y se quedó helada.

—¿Qué hora es?

Si Becka se despertaba y se daba cuenta de
que no había vuelto en toda la noche, se preocuparía. Allie era formal y sensata y no se pasaba toda la noche por ahí acostándose con un
desconocido. Por muy increíble que pudiera
parecer, no se había parado a pensar que su
amiga podría creer que le había pasado algo.

Él captó su tensión y retiró la mano.

—¿Qué pasa?

—Tengo que irme.

Se apartó de sus brazos y todo su cuerpo lamentó la pérdida de esa calidez, pero si Becka
no se había despertado todavía, ella tenía que
llegar a la parcela antes de que se despertara. Si

ya estaba despierta, tenía que darle alguna explicación. En cualquiera de los casos, no podía quedarse allí parada.

Roman se sentó y la miró con el ceño fruncido mientras rebuscaba su ropa.

—Ya sé que hemos bromeado sobre que era un polvo de una noche, pero eso no significa que tengas que salir corriendo en cuanto saga el sol. Creía que podríamos desayunar antes de que te marcharas.

Sonaba tan maravilloso como todo lo que había pasado desde que se habían embarcado en esa aventura desenfrenada, pero, desgraciadamente, la realidad la reclamaba... o, al menos, lo más parecido a la realidad que había en West Island.

Aun así, no le gustaba la expresión de él, como si ella lo hubiese ofendido.

—Me encantaría, pero mi amiga está en nuestra parcela y si se despierta y ve que no estoy, creerá que me he salido del sendero y me he roto una pierna o algo parecido y dará la alarma. No tengo una manera fácil de ponerme en contacto con ella y tengo que cerciorarme de que no está montando un equipo de rescate.

—Entiendo —él dejó de fruncir el ceño, se levantó de la cama y se puso los pantalones cortos—. Te llevaré.

Allie iba a decirle que no hacía falta, pero la verdad era que sí hacía. Una cosa era que se llevara su cochecito porque había cambiado de opinión sobre acostarse con él y no quería volver sola por la noche y otra cosa era eludir una conversación que podía ser incómoda. Era adulta y podía sobre llevarlo... o eso esperaba.

—Gracias. Me vendría muy bien.

Roman se puso la camisa, pero no se molestó en abotonársela. Le daba un aspecto de... Ella no sabía de qué, pero le gustaba mucho. ¡Tenía que sosegarse! Encontró los zapatos y lo siguió hasta el cochecito de golf. Estaba tan tensa cuando se sentó a su lado que le sorprendió que no diera un respingo cuando él lo puso en marcha. Roman, sin embargo, le tomó una mano y entrelazó los dedos con los de ella como si lo hubiesen hecho toda la vida. Fue relajándose músculo a músculo, pero seguía nerviosa.

—Nunca hago... nada de todo eso...

—No tienes que darme ninguna explicación —él le apretó la mano—. Anoche me lo pasé bien.

—Yo... también —miró su perfil y comprobó que, efectivamente, era Adonis—. Muy bien.

Roman giró la cabeza para mirarla mientras tomaba el sendero con el número de la parcela de ella.

—No quisiera ser pesado, pero me gustaría repetirlo... muchas veces. He venido por trabajo, pero las noches son tuyas si te interesan...

Allie se quedó sin respiración, aunque no supo por qué. Pasar los días con Becka haciendo todas las actividades que habían pensado y las noches con su Adonis... Eso sí que sería un paraíso.

—A mí... me gustaría...

Roman sonrió y se detuvo donde terminaba el sendero.

—Entonces, ¿serías tan generosa de decirle tu nombre a un pobre hombre? Siempre serás Afrodita para mí, pero me gustaría saber la identidad verdadera de la mujer que pienso hacer que se corra infinidad de veces durante los próximos días.

Ella se puso roja y se llamó idiota por haberse puesto roja.

—Me llamo Allie.

Él se quedó tan petrificado que podría haberse convertido en una estatua. Esos ojos color avellana se clavaron en ella con una intensidad inquietante.

—¿Allie...? ¿Allie Landers?

Ella retiró la mano bruscamente. El corazón se le había acelerado y no había sido por el deseo.

—¿Por qué sabes mi apellido?

Él se rio, pero el asunto no le parecía nada gracioso.

—Esto es muy jodido.

—¿De qué estás hablando?

Se esfumó ese adonis diabólicamente cautivador que la sedujo sin ningún problema la noche anterior y en su lugar apareció un hombre gélido que ella no reconoció.

—Roman Bassani.

Ella conocía ese nombre, conocía ese nombre... Se bajó precipitadamente del cochecito y retrocedió unos pasos, aunque él no había hecho nada para volver a tocarla.

—¿El hombre que no para de perseguirme...? ¿Qué coño estás haciendo aquí?

Él sonrió con una frialdad que ella no había visto nunca.

—He venido para convencerte de que vendas tu empresa.

5

Roman vio que la cosa se iba a la mierda a cámara lenta. Miró con incredulidad a su Afrodita, a Allie Landers. Vio la expresión de horror, que retrocedía y que su lenguaje corporal se crispaba. Había desaparecido esa sirena seductora que acababa de tener en la cama y la había sustituido una mujer que no confiaba en él ni lo más mínimo. Aun así, intentó hacer algo.

—Puedo explicarlo.

—¿Vas a explicarme que me has seguido hasta West Island y me has seducido? —ella sacudió la cabeza y agitó la melena rubia—. No, ni lo sueñes. Me la has colado, lo has bordado. No me lo habría esperado ni por casualidad. No vas contarme que puedes explicármelo porque no tiene explicación.

—No sabía que tú eras... tú —él se frotó la cara con las manos—. Estoy cagándola más...

—¿De verdad? —Allie retrocedió otro paso—. Tu reputación será turbia, pero no me había esperado esto.

Roman fue a explicarle por qué había creído que era imposible que fuese Allie Sanders, pero se contuvo antes de que las palabras empezaran a flotar en el aire. Decirle que esas curvas despampanantes no encajaban en un gimnasio especializado era una gilipollez casi ofensiva. Además, se habría dado cuenta de que no debería dar nada por supuesto si hubiese dejado de pensar con la polla el tiempo suficiente. Tenía que haber alguna forma de arreglar aquello...

—No sé por qué iba a cambiar algo...

Ella abrió como platos sus ojos azules.

—Crees que esto no tiene por qué cambiar nada —Allie se puso completamente recta, y medía cerca de un metro ochenta—. Estás como una puta cabra. Lárgate, no quiero volver a verte.

—Ni lo sueñes.

No había querido hacerlo así. En realidad, había elaborado unos argumentos muy bien pensados para que ella tuviera que escuchar sus propuestas. Todo eso había saltado por los aires ante su impotencia.

—Vas a perderlo todo si no dejas de ser tan terca y no le dejas a mi inversor ayudarte.

Ella lo miró como si no lo hubiese visto en su vida.

—He trabajado como una mula para crearlo y no soy terca por querer conservarlo... Además, tampoco soy una idiota por no querer vendérselo a alguien como tú —añadió Allie acercándose a él.

—Alguien como yo.

Ella había hecho que pareciera un insulto, y quizá lo fuese. Era rastrero y nunca había tenido escrúpulos, pero, aun así, no habría intentado seducir a Allie para convencerla, aunque sí habría hecho cualquier otra cosa, y todavía la haría.

Sin embargo, le dolía el evidente desprecio de ella y se rio con acritud.

—Alguien como yo —repitió él—. Tendrías que mirarte al espejo. Solo hay un motivo para que Transcend esté hundiéndose y no soy yo. Yo solo estoy intentando salvarla.

—¡Qué desinteresado! —Allie torció los labios—. Puedes meterte por el culo tu complejo de caballero andante.

Allie se dio media vuelta y se fue hacia su casa con el dedo corazón de la mano derecha en alto.

Era terca y desesperante. Aunque la verdad era que podría haberlo hecho mejor. Se apretó el puente de la nariz entre los dedos durante un rato, hasta que giró con el cochecito y se volvió por donde había ido. Si pudiera decirle quién era su inversor...

Sin embargo, era imposible. Su inversor había insistido en que firmara un contrato de confidencialidad. No podía contarle a Allie lo que su cliente tenía pensado para el gimnasio

y el albergue aunque quisiera. Además, a juzgar por su reacción, no habría servido de nada.
Le habría llamado mentiroso y le habría dicho
que era un saco de mierda.

Se había equivocado. Su reacción al ver a
Allie en persona habría sido la misma, no creía
que nada hubiese podido evitarlo, pero se habría dominado lo suficiente como para no haber intentado seducirla.

Casi podía oír la voz de su viejo como si el
cabrón estuviese a su lado: «Necio. Tomó el camino más fácil y mira lo que pasó, lo que pasa
siempre, el fracaso».

Dejó a un lado esas chorradas. No tenía tiempo para revolcarse en el fango por haberla cagado, tenía que encontrar la solución. Era muy
tentador seguirla a su parcela y seguir con la discusión hasta que viera las cosas como las veía
él, pero solo conseguiría que ella se mantuviera
más en sus trece. Había demostrado con creces
lo terca que era y, por algún motivo, se oponía
a los inversores. Tenía que descubrir por qué,
era la única manera de sortear sus pegas.

Se dio una ducha y fue al edificio principal.
Era el único sitio desde donde podía hacer una
llamada fuera de la isla y de usar algo parecido
a internet. Tuvo que ser persuasivo para que la
empleada le dejara entrar en el diminuto despacho, pero lo consiguió.

Se sentó mientras el ordenador emitía los
ruidos típicos de un ordenador anticuado y
sacudió la cabeza. Al parecer, al paraíso no le

gustaban esas cosas, pero iba a tener que joderse porque él también podía ser muy terco. Comprobó sus correos electrónicos y que el cielo no estaba cayéndose sobre Nueva York y desconectó. Tenía que trazar un plan para volver a empezar. Estaban atrapados en esa maldita isla durante los próximos seis días y no estaba dispuesto a dejar que se le escapara esa oportunidad por una equivocación.

Aunque mentiría si dijera que la noche anterior había sido una equivocación. Debería haberle sacado su nombre desde el principio, pero, entonces, esa noche no habría sucedido. Allie en su cama... Dio una patada en el suelo por la reacción de su cuerpo ante los recuerdos que iba rememorando uno detrás de otro. Su sabor en la lengua, sus generosas caderas entre las manos, el coño palpitante que le apretaba la polla, su sonrisa jactanciosa cuando supo que su actitud desinhibida estaba volviéndole loco...

Daría la mano izquierda por repetirlo... ¡Era un gilipollas! ¡Tenía que ordenar las prioridades! Quizá fuese abrasadora, increíble en la cama y divertida como un demonio, pero, aun así, era un asunto de trabajo.

No podía olvidarlo ni que se borraran los límites.

—¿Roman Bassani te ha seguido hasta aquí?

Allie se equilibró sobre la tabla y metió el remo en el agua.

—Eso ya te lo he dicho.

Miró el mar con el ceño fruncido, ese estúpido paraíso que hacía que fuese una estúpida. Jamás se le ocurriría irse a casa con un hombre que ni siquiera sabía cómo se llamaba. Aunque no se había ido a casa con él porque ninguno de los dos estaba en casa. Eso daba igual.

—Es que... Tiene huevos, incluso para Roman.

Allie se giró tan deprisa que estuvo a punto de caerse de la maldita tabla.

—Lo llamas por su nombre como si lo conocieras.

Algo parecido a los celos le atenazó las entrañas. Sin embargo, no tenía derecho a sentir eso ni tenía sentido, así que lo dejó a un lado.

—Bueno... Más o menos... —replicó Becka encogiéndose de hombros.

Llevaba un bikini tan diminuto que era un milagro que se mantuviera en su sitio. Era verde fosforescente y entonaba con el pelo azul, igual de llamativo.

—Creo que lo conocí una vez —siguió Becka—. Era amigo de mi hermana, es amigo de mi hermana —sacudió la cabeza—. Bueno, ya sabes, es muy amigo de su novio y salen por ahí de vez en cuando. Aunque, al menos, conozco su fama y es el mejor en lo que hace.

Eso era parte del problema, Allie no sabía bien lo que hacía. Se había puesto en contacto con ella por una inversión en Transcend, pero había quedado claro que era el intermediario de alguien y...Y ya le costaba bastante confiar en un inversor como para que hubiera un tercero oculto. Esa distancia extra no presagiaba nada bueno, no sabía si podría conservar el control de gimnasio y del albergue si firmaba el contrato. Había ido a West Island para escapar un poco de la vida real, pero la había seguido hasta allí a pesar de los esfuerzos.

Además, se había acostado con él.

—Da igual. Fue una equivocación y voy a disfrutar el resto de las vacaciones sin preocuparme de él.

Era mentira, pero miró a Becka desafiándole a que le llevara la contraria. Becka metió el remo en el agua y se alejó más de la playa.

—No sé, Allie. Es sexy como una divinidad dorada. ¿Qué tendría de malo que te lo tiraras mientras estás aquí y lo odiaras cuando volvieras a Nueva York?

—Es Roman Bassani, es el enemigo. No puedo separar las cosas como, al parecer, él sí puede.

Él, sin embargo, se había quedado tan atónito al conocer su identidad como se había quedado ella al conocer la de él. Sabía que eso era verdad. Podía ser un actor muy bueno, pero nadie era tan bueno. No creía ni por un segundo que hubiese intentado manipularla mediante el sexo, pero eso tampoco significaba que fuese a ceder, a entregarle todo lo que le había costado tanto trabajo sacar adelante solo porque estuviese muy bueno, tuviese una polla increíble y...

Daba igual.

—¿Qué tendría de malo un poco de sexo tórrido?

Allie le echó agua a Becka.

—No tendría nada de malo, pero él ya no me toma en serio. Si cree que puede seducirme para convencerme, ¿quién dice que no lo hará?

—Tienes razón —Becka suspiró—. Sé que tienes razón, pero es que... Este sitio hace que todo sea más sexy y menos complicado. Aunque el vodka y yo hayamos roto, estoy segura de que el vodka estaría de acuerdo con que es una buena idea.

—Entonces, está bien que el vodka y tú hayáis roto.

Llegaron al límite de la ensenada y se detuvieron mecidas por el mar. Allie se tumbó en la tabla y cerró los ojos como si quisiera que el sol le aliviara la tensión.

—No es justo. Estoy furiosa con él, pero mi cuerpo no se ha enterado. Está tan bueno que me vuelve loca.

Estaba segura de que podría dominarse y de que no volvería a tocarlo, pero tampoco quería hacer la prueba.

—Es verdad, y que lo digas...

Captó algo en el tono de su amiga que hizo que abriera los ojos y se sentara.

—Dime que el sol me ha afectado a la cabeza y estoy alucinando.

—Si tú estás alucinando, ya somos dos —Becka se puso de rodillas como si fuese a pelear—. Puedo ocuparme de él si quieres olvidarte un rato.

Esos celos atroces la devoraron otra vez aunque su amiga no había dicho nada... insinuante. Además, ella había asegurado que no quería saber nada de él. No podía tenerlo todo y Becka era...Becka era una fuerza de la naturaleza. ¡Tenía que acabar con eso inmediatamente! Ella era su amiga y él no era nada suyo.

Roman remaba hacia ellas en su canoa y los movimientos hacían que los músculos del pecho y los hombros se flexionaran como cuando estaba apoyado en los brazos encima de ella y acometía...

Se puso roja y se sacudió el pelo fingiendo que era por el calor del sol y no por el que él le producía por dentro. Cuando estuvo lo bastante cerca para que pudiera verle la cara, se quedó paralizada. No estaba mirando a Becka, tenía los ojos clavados en ella como si fuesen dos rayos láser. Remó un poco y se paró a su lado.

—Allie...

—No conozco las leyes de este sitio, pero estoy segura de que no les gusta el acoso.

—Es una isla pequeña —él arrugó los labios—. Es inevitable que nos encontremos.

¿Cómo podía estar tan tranquilo e inmutable cuando ella no sabía si volcarle esa puñetera canoa o tirárselo allí mismo? Agarró con fuerza el remo e intentó dominarse. Era más fácil, mucho más fácil, estar enfadada que lidiar con esas sensaciones que la corroían por dentro.

—¿A eso le llamas volver a pasar con tu canoa por delante de nuestra parcela?

Él sonrió sin el más mínimo remordimiento.

—Esta vez, la vista no es tan buena —él no le dio tiempo a que ella abriera la boca y se dirigió a Becka—. Te conozco.

—La verdad es que no, pero sí conoces a mi hermana, a Lucy Baudin.

Él dio un respingo, un respingo de verdad. Intentó disimularlo y Allie no lo habría visto si no hubiese estado mirándolo con tanto detenimiento. Becka había dicho que su hermana y él eran amigos, pero, al parecer, era algo más complicado. Ella lo captó así y la irritación volvió a hacer acto de presencia.

—Estamos intentando relajarnos un poco y tú estás fastidiándonos.

Roman volvió a prestarle toda su atención. Llevaba gafas de sol, pero, aun así, ella habría jurado que pudo notar su mirada por todo el cuerpo y que se fijaba en su traje de baño de época con la cintura alta. Era un traje de baño negro con puntos rosas y ella sabía que le quedaba muy bien, y él, a jugar por la fuerza con la que agarró los remos, estaba de acuerdo.

Una sensación de poder inusitada se adueñó de ella. Él la deseaba tanto como ella lo deseaba a él. Naturalmente, ya se había dado cuenta, pero la impresión de saber quién era lo había distorsionado todo en su cabeza. Era posible que Roman estuviese planteándose seducirla para doblegarla, pero ¿qué pasaría si ella cambiaba las tornas?

A lo mejor solo era una excusa para acostarse con él otra vez...

No hizo caso de esa vocecilla que le hablaba por dentro y se inclinó hacia delante para que pudiera ver el maravilloso escote que creaban las copas reforzadas con alambre. Él apretó los dientes y ella se deleitó con ese poder antes de que el sentido común se abriera paso otra vez.

—Déjame en paz, Roman. No puedes decirme nada que quiera oír.

—Los dos sabemos que eso no es verdad.

La sonrisa maliciosa de él se ensanchó y dejó muy claro a qué se refería.

Le bulló la sangre por la rabia. Ese cabrón petulante estaba allí sentado y creía que la conocía perfectamente solo porque la noche anterior había conseguido que se corriera más veces de las que había creído que era físicamente posible, creía que podía llevarla por donde él quería para que hiciera lo que él quería.

Que le dieran.

—No sé a qué te refieres. Fue una experiencia olvidable en todos los sentidos —Allie se volvió hacia Becka, que los miraba boquiabierta—. Vámonos, hay algo que apesta por aquí.

6

Roman se pasó el resto del día pensando qué podía hacer. Arrinconar a Allie estaba muy bien, pero, a juzgar por cómo lo había mirado antes de alejarse remando, si ella creía que él iba a intentar hablar de negocios, lo pisotearía. Tergiversaría todo completamente.

Quejarse ya no servía de nada, la situación ideal había pasado y tendría que apañarse con lo que tenía, y tenía una atracción mutua y abrasadora con Allie Landers. Haberla visto con ese traje de baño calientapollas no le había ayudado gran cosa a recordarse por qué no podía tenerla.

Decidió que le daría de plazo hasta el día siguiente para que lo resolviera, o, mejor dicho, se lo daría a sí mismo. Si metía prisa, no iba a conseguir lo que quería.

Comprobó los correos electrónicos más para

entretenerse que porque creyera que fuese a en-contrar algo interesante. No había ni un solo incendio que él tuviera que apagar. Se pasó la mano por el pelo. En teoría, el paraíso estaba muy bien, pero era un coñazo estar allí solo.

Por hacer algo, fue al patio donde se hacía yoga a la puesta del sol... y se paró en seco al ver a Allie con unas mallas de yoga y un top que parecía tener muchos tirantes, pero que le dejaba ver su cuerpo perfectamente. Mientras miraba, ella se hizo una coleta y desenrolló la esterilla.

La monitora, una mujer diminuta con unos ojos oscuros, el pelo rizado y una sonrisa de oreja a oreja, se fijó en él.

—Las esterillas están pegadas a la pared. Elige el sitio que te guste, pero preferimos formar una sola fila con poca gente.

Allie se dio la vuelta, arqueó las cejas y volvió a bajarlas.

—¿Qué haces aquí?

—Yoga.

Ya no podía echarse atrás, aunque tampoco fuese a relajarse. Quería tener tiempo para hablar con Allie, pero eso no era lo que tenía pensado. Tomó una esterilla y la extendió a una distancia prudencial de ella.

Becka los miraba como si no supiera muy bien cómo debería reaccionar.

La monitora era todo sonrisas y delicadeza mientras tomaba la esterilla de él y la ponía a unos centímetros de la de Allie.

—El yoga hay que vivirlo en grupo. Aquí nos

gusta que sea más íntimo, pero no podríamos si alguien crea distancia.

Una vez satisfecha, se puso delante de la fila y empezó. Él intentaba hacer yoga algunas veces a la semana. Pasaba mucho tiempo sentado detrás de una mesa y prefería el boxeo como válvula de escape; las dos actividades causaban estragos en sus articulaciones. El yoga le sentaba bien y apaciguaba su cabeza acelerada como pocas otras cosas.

Notaba mucho la presencia de Allie a su lado, que cambiaba de posturas sin esfuerzo, con la respiración profunda e inalterable. A ella parecía no preocuparle lo más mínimo que él estuviese tan cerca, y eso le ofendía de una manera injustificada, pero, por otro lado, quería que ella se diese por enterada de que él estaba allí.

—Roman, me parece que estás descentrado.

La monitora no podía recordar su nombre pero era parecido a Tiffany o Tracy, se paró a su lado y le corrigió la postura con un ligero toque.

—Céntrate en la respiración —ella exhaló muy despacio por la nariz. Él la imitó y ella asintió con la cabeza—. Exhala los pensamientos, que la respiración te centre. Hoy te has concedido este rato, no lo desperdicies.

Lo intentó, joder si lo intentó, pero recibía el olor a lavanda de Allie con cada inspiración y cuando ella se dio la vuelta para ponerse de frente al lado del patio, se encontró cautivado por el leve brillo del sudor sobre su piel dorada.

Era demasiado.

Su ser estaba tan en sintonía con su cuerpo que no hacía nada para evitar la amenaza de la erección. Se dio media vuelta y se marchó al edificio principal. Tenía que alejarse de esa mujer, pero no le servía de nada. Llevaba su olor impregnado en el organismo y su cuerpo era una tentación en la que no tenía por qué caer. Ella no lo deseaba desde que supo quién era.

Él tampoco debería desearla, pero la deseaba.

Pensó volver a su parcela, pero le desasosegaba la idea de estar solo en ese momento. Eso era un error. Todavía estaba por decidir qué parte era el error más grande, pero estaba pensando en calificar toda la situación como un desastre.

Como no le quedaba nada más que hacer, fue al bar. Era un sitio pequeño, como todo en la isla, que solo tenía una barra y algunas butacas que miraban al mar. Se acercó al camarero.

—Quiero dos chupitos de whisky y un cóctel doble de whisky con Seven Up.

El camarero arqueó las cejas.

—Claro, usted manda. Siéntese donde quiera.

El hombre se dio la vuelta para elegir dos botellas de la pared que tenía detrás.

Él no quería sentarse, pero quedarse ahí mientras el camarero hacía las bebidas tampoco iba a ganarle su simpatía. Ya había bastante gente cabreada con él por el momento, por lo que se dejó caer en la tumbona que había en el centro.

Unas franjas de color se fundían con el azul oscuro del cielo y eran los primeros indicios de que el día estaba dejando paso a la noche. Agradeció el cambio, aunque le daba cierto miedo lo que significaba. Otro día que había pasado, otra noche más cerca del fracaso.

No sería el fin del mundo que no consiguiera que Allie colaborara para hacer una franquicia con su modelo de gimnasio, pero su gimnasio se hundiría. Había visto la situación económica. No podría mantenerlo a flote mucho tiempo más y su hundimiento sería una tragedia. Ya sabía que ella no opinaba lo mismo, pero si dejara de rechazarlo de una puta vez y escuchara lo que quería decirle, quizá opinase de una forma distinta.

Claro, como él había sido todo un ejemplo de calma y mesura...

Su rechazo le jodía. No iba a decir lo contrario. No solo había rechazado al profesional que se había ofrecido para trabajar con ella, lo había rechazado a él. El sexo cambiaba las cosas para bien o para mal y, en ese momento, parecía que era para mal.

El camarero le llevó los chupitos y los dejó en fila con la copa detrás. El alcohol no era la mejor alternativa cuando tenía que estar espabilado y en plena forma, pero esa noche no iba a estar con Allie y, si fuera por él, el resto de la isla podía hundirse en el mar. Se bebió los dos chupitos uno detrás de otro. El whisky lo abrasó por dentro, pero no le sofocó. Ni siquiera sabía cómo coño llamar a lo que sentía, solo le importaba que era agradable.

Le llegaron las voces de unas mujeres desde la playa y se puso tenso. Había reconocido la voz de Allie antes de que doblara la esquina. Se paró en seco en cuanto lo vio, pero Becka puso los ojos en blanco y la empujó un poco.

—Basta ya, lo he entendido. Es un gilipollas y no voy a discutirlo contigo —Becka le guiñó un ojo a Roman—, pero quiero beber y esta es la forma más rápida de conseguir lo que quiero —Becka sonrió a alguien que estaba detrás de Roman—. Hola, bombón, ¿podemos beber algo alcohólico y afrutado?

—Claro, señora.

Becka se dirigió hacia la barra y empezó a explicarle cuánto le espantaba que la llamaran «señora», pero Allie se paró a los pies de la tumbona de Roman.

—Te has largado inesperadamente...

Él la acarició lentamente con la mirada, desde las uñas de los pies pintadas de rosa al top, que le ofrecía toda la perfección de sus pechos, pasando por las mallas de yoga.

—Estaba preocupado.

Ella tomó aire y él vio que se le endurecían los pezones debajo de la tela de la camiseta.

—No juegues conmigo. Sucedió y se acabó. Fin de la historia. Deja de sacarlo a relucir.

—Yo no lo he sacado a relucir —él se levantó lentamente y se acercó a ella—. Ni una palabra.

—¿Cómo dices?

—Tenemos que hablar, así que deja de cabrearte un rato y escúchame.

La agarró de una mano y la llevó debajo de las palmeras que flanqueaban el camino a la playa. Roman no paró hasta que no podían verlos desde el bar ni ellos podían oír a Becka coqueteando con el camarero. Entonces, soltó a Allie y se dio la vuelta para mirarla.

—¿Por dónde íbamos?

Estaba tan furiosa que casi no podía decir dos palabras seguidas.

—Decides que tenemos que hablar y me arrastras aquí fuera...

—Si hubiese querido arrastrarte a algún lado, te habría cargado encima del hombro.

Ella se estremeció solo de pensar en él haciendo precisamente eso, pero contuvo la reacción.

—Eres insoportable. ¿Sabes cuándo fue la última vez que tuve vacaciones? Hace diez años, cuando todavía estaba en el puñetero instituto, y en un descanso de primavera. Diez años. Becka tuvo que retorcerme el brazo para traerme aquí, pero estaba pasándomelo bien...

—Sé perfectamente cómo de bien estabas pasándotelo.

Ella lo pasó por alto porque sería una mentirosa absoluta si intentaba negarlo.

—Eso da igual. El caso es que ahora no estoy pasándomelo bien y es por tu culpa.

Quiso empujarlo para que retrocediera un paso, pero sus manos, por voluntad propia, se quedaron en su pecho y ella captó lo cálida que era su piel. Sería un hombre que siempre iba con traje y corbata, pero parecía muy a gusto con los pantalones cortos y sin camisa en esa penumbra al lado de la playa. Casi conseguía que se olvidara de todos los motivos que tenía para no querer volver a verlo.

Allie se acercó un poco más y bajó la voz.

—Nada de lo que digas podrá convencerme de que no eres un tiburón y nada más que un tiburón.

—¿Quién ha dicho que esté intentando convencerte de algo? —sus palabras le rozaron los labios cuando él se inclinó un poco—. Soy un tiburón, Allie, y nunca he fingido ser otra cosa.

Iba a llamarlo mentiroso, pero había dicho la verdad. No había intentado llevársela a la cama con palabras bonitas, le había ofrecido exactamente lo que ella había querido. Sin rodeos, así de sencillo.

—Te desprecio.

—Me deseas —él le puso las manos en las caderas—. Te desgarra por dentro que anheles mi polla, pero no puedes evitarlo por mucho que lo intentes —fue haciendo que retrocediera, poco a poco, hasta que se topó con un árbol. Roman bajó la cabeza y el costado de su cara rozó el de ella—. ¿Has pensado cuánto te gustaría que metiera la mano por dentro de esas mallas de yoga?

—No.

—¿Quién es la mentirosa, Allie? —le pasó los labios por el lóbulo de la oreja—. Me encantaría una sesión de yoga en privado. Solo los dos, sin amigas ni monitoras ni ropa. ¿Cuánto tiempo crees que tardaríamos en que yo estuviera de espaldas y tú estuvieses montándome la verga?

Ella no podía respirar, tenía la piel demasiado tensa, como si le quedara varias tallas pequeña, y tenía el corazón desbocado.

—Yo jamás...

—No, Allie, ni una mentira más. Te jode que esté aquí, y lo entiendo, pero te jode más todavía que me desees. Te aseguro que sé lo que se siente. Yo no debería haberte follado jamás, y si hubiese sabido quién eras...

Ella echó la cabeza hacia atrás para mirarlo a la cara, o lo que podía ver de su cara en la oscuridad.

—Si hubiese sabido quién era, no lo habrías hecho.

Roman soltó una maldición.

—No habría podido dejar de desearte, de necesitarte, aunque hubiese sabido tu nombre.

Allie bajó las manos a lo largo de su pecho hasta la cinturilla de los pantalones cortos.

—¿Me deseas ahora?

—No ha dejado de desearte.

Esa era la peor de las ideas. Necesitaba tener la cabeza despejada y la tenía embarullada con Roman. Era demasiado grande, demasiado hermoso, demasiado imponente. Aun así, se inclinó hacia él como si los pocos centímetros que los separaban fuesen demasiados. Él mantuvo las manos en sus caderas, posesivamente, pero no la guio. Allie inhaló con fuerza.

—¿Le pones alguna droga a tu colonia? De verdad, ¿cómo voy a pensar racionalmente si hueles tan bien?

—No llevo colonia —replicó él entre risas.

Era impresionante en el dormitorio, como un dios, y, como no podía ser menos, tenía que oler bien de forma natural...

—No me caes bien.

—No me conoces.

Ella no podía discutirlo, pero tampoco le parecía exacto del todo. Recorrió la cinturilla de los pantalones cortos con los dedos, se los desabotonó y metió la mano para agarrarle la polla.

—No hace falta que te conozca, conozco esto.

—Estás jugando con fuego.

—Es posible.

Indudablemente, si fuese lista, lo soltaría, se marcharía, pasaría el resto de las vacaciones lo más feliz que pudiera y se relajaría antes de volver a la cruda realidad. Lo acarició otra vez, le gustaba que se pusiera tenso aunque mantuviera las manos quietas sobre sus caderas como si esperara autorización. La emoción se adueñó de ella y siguió acariciándole el rabo para provocarle.

—¿De verdad creíste que iba a ser tan fácil?

—¿El qué?

Él lo preguntó con los dientes apretados y ella volvió a estremecerse de placer.

—Salirte con la tuya.

Le apretó la base de la polla y le bajó un poco los pantalones para tomarle los huevos con las mano libre.

—¿Creíste que ibas a presentarte aquí, que ibas a interrumpir mis vacaciones y que iba a darte exactamente lo que querías sin pensármelo dos veces?

Roman puso una de las manos en el árbol que había detrás de ella. Eso le acercó a ella, pero no le impidió que siguiera haciendo lo que estaba haciendo. Lo acarició con más fuerza cuando él bajó la mejilla y se le aceleró la respiración con cada caricia. Él le mordió levemente el lóbulo de la oreja.

—¿No fue eso lo que pasó exactamente anoche?

Ella frunció el ceño y le apretó los huevos.

—Eres un poco chulo para ser alguien que tiene las partes bajas en mis manos.

—Unas manos muy diestras —él le dio unos besos por el cuello mientras la estrechaba con la mano en la cadera—. No pares.

—Debería. Debería parar en este momento y dejarte con dolor de huevos.

¿Por qué se le estaba acelerando la respiración tanto como a él? No la había tocado casi, pero tener su verga en las manos y tenerlo tan cerca era...Embriagador. No había otra palabra para decirlo.

Roman la besó en las clavículas con la boca abierta y subió la mano hasta ponérsela en un pecho.

—Volvería a mi parcela y me la pelaría pensando en la dulzura de tu coño. No es lo mismo que la realidad, nada lo es, pero me has inspirado lo bastante como para poder llevar a cabo la tarea.

Le bajó el tirante del top y un pecho quedó libre. Hizo lo mismo con el otro tirante y ella se estremeció al notar la brisa en los pezones.

—Maravillosos —murmuró Roman.

—Exageras con los halagos.

Siguió acariciándolo como si el mundo hubiese dejado de existir fuera de su pequeña cápsula. Solo existían Roman y ella volviéndose locos el uno al otro.

—Solo alabo lo que es digno de alabanza.

Él se inclinó y le tomó un pezón con la boca. Esa posición le obligó a soltarle la polla, lo que hizo a regañadientes. Él le metió una mano entre las piernas por encima de la malla.

—Si metiese la mano por dentro, ¿te encontraría húmeda y deseosa? Creo que sí —pasó un dedo por la costura de las mallas, justo por encima del clítoris—. Creo que tomarme la verga con las manos te excita tanto como estar a diez metros del bar y que cualquiera que subiera de la playa se encontraría con el espectáculo de su vida.

—Eso no es verdad —replicó ella estrechándose contra él y contoneando las caderas sobre su mano.

—Mentirosa —ella sintió la palabra, más que oírla, cuando el aliento de Roman le acarició el cuello—. Esto te pone tan cachonda como a mí —volvió a acariciarla por encima de la tela—. ¿No te meterías mi polla aquí y ahora?

Iba a decir que sí, pero el sentido común asomó a su desagradable cabeza.

—No voy a follar contigo sin condón.

—Mmm —él le besó el cuello—. Lo sé.

Roman le bajó las mallas con un movimiento imprevisto. Ella fue a protestar, pero él ya se había puesto de rodillas y le había sacado un pie. Se pasó una pierna por encima del hombro y ella vislumbró la blancura de sus dientes cuando sonrió.

—Ten un poco de fe, Allie. No soy un monstruo.

Entonces, sintió su boca en el coño y se quedó sin aliento para discutir.

7

Allie se olvidó de todos los motivos que tenía para no querer tener nada que ver con Roman, quien se deleitaba con su coño como si hubiese pasado años sin él y quisiera grabarse hasta el último detalle en la memoria. Se tapó la boca con una mano para contener un grito mientras le sujetaba la cabeza con la otra para tenerlo lo más cerca posible de ella.

Su risa ronca le reverberó en el clítoris y estuvo a punto de mandarla al espacio exterior.

¿Qué estaba haciéndole? Ella no hacía esas cosas, ella no se tiraba a desconocidos y, desde luego, no dejaba que un hombre que no le caía bien le hiciera lo que estaba haciéndole ese cuando, además, podía verle cualquiera que pasase por allí.

Él introdujo dos dedos en ella y se centró en el clítoris, se lo lamía y succionaba a un ritmo al que se habría rendido aunque no hubiese querido. Los dedos trazaban círculos en ese punto y la lengua seguía ese mismo movimiento para arrastrarla sin compasión más allá del límite. Amortiguó un grito con la mano, pero no del todo. Se desplomó sobre el árbol y él apoyó la frente en su abdomen como si intentara dominarse, como si estuviera haciendo un esfuerzo para no levantarse y meterle esa maravillosa polla en ese preciso instante.

Por fin, la ayudó a meter otra vez el pie en la malla y retrocedió mientras ella se recomponía la ropa. Roman no dijo nada ni la miró, y ella no pudo evitar la punzada de decepción en las entrañas. Tomó una bocanada de aire para darse fuerzas y se dirigió hacia el bar. Necesitaba una copa y marcharse de allí. Podía olerlo en la piel y, entre eso y el orgasmo, estaba costándole mucho recordar por qué Roman estaba vetado... tan vetado que acababa de comerle...

Consiguió dar un paso antes de que una mano la agarrara del brazo. Miró hacia atrás para ver qué iba a hacer él. Roman acabó maldiciendo y soltándola.

—Tenemos que hablar, Allie. Hablar de verdad.

La decepción se le mezcló con la indignación.

—Te equivocas. Como ya he dicho una docena de veces, estoy de vacaciones. Por otro lado, si eso es lo que quieres, es algo que tal vez podemos negociar.

Allie estuvo a punto de retirar la oferta al ver la expresión de Roman.

—Quieres separar los negocios del placer —comentó él acercándose a ella.

—Los negocios y el placer siempre deberían estar separados.

Ella levantó la barbilla sin acabar de creerse lo descarada que estaba siendo, pero la verdad era que no tenía nada que perder. Roman no iba a tirar la toalla, lo sabía por los pocos contactos que había tenido con él hasta el momento, y ella tampoco iba a echar marcha atrás. Podían pasárselo bien en la isla antes de que ella volviera a esquivar sus llamadas y él siguiera intentando comprar su empresa como fuera, o podían tomar caminos separados en ese momento.

No había un intermedio satisfactorio para ellos.

—No puedo prometerlo —él le miró la boca—. El plazo es corto y...

—No quiero oírlo —le interrumpió ella—. Si no puedes prometer que no vas a hablar de negocios, no hables, no digas nada.

—Como si fuese tan fácil —replicó él apretando los dientes.

—Lo es, es así de fácil.

Roman la miró tanto tiempo que ella hizo todo lo que pudo para quedarse quieta. Él sonrió, y eso no la tranquilizó precisamente. Se cruzó de brazos.

—¿Qué?

—No tengo que hacer ningún trato contigo, Allie.

La decepción quiso adueñarse de ella otra vez, pero intentó dominarla, aunque con menos éxito esa vez. Tuvo que hacer un verdadero esfuerzo para que no se le hundieran los hombros.

—¿Por qué dices eso?

—Porque me deseas tanto como yo te deseo a ti.

Él le pasó un dedo por el cuello y el esternón.

—Me deseas tanto que si quisiera, volverías a mi parcela para correrte encima de mi polla. Dices que trazarás una línea, pero tendrás que luchar más contra ti misma que contra mí para no cruzarla.

Casi recibió con alivio la rabia. Sabía enfadarse. No dejaba que la dominara, pero la mayoría de los éxitos de su vida podían atribuirse a que había hecho las cosas por despecho. ¿Que una chica que vivía en una caravana inmunda al norte de Nueva York no podía ir a la universidad? Claro que podía, y se había pagado casi todos los estudios con becas de voleibol. ¿Que era poco convencional tener un gimnasio solo para mujeres asociado a un albergue para mujeres? Claro que lo era, pero eso no iba a impedirle que lo defendiera con uñas y dientes.

¿Roman creía que podía cruzarse de brazos, hacer lo que le daba la gana y dejar que su polla la atrajera irremediablemente después de que ella hubiese puesto sus condiciones? Iba de culo. Le apartó la mano.

—Te equivocas.

—¿De verdad?

Quiso borrarle esa expresión jactanciosa de una bofetada, pero ella no hacía las cosas así. Retrocedió dos pasos.

—Las condiciones son las que son. Si no puedes respetarlas, ni te acerques a mí.

Él parpadeó como si no se hubiese esperado esa reacción.

—Allie...

—No, no vas a tratarme como si fuese tonta. Te deseo y eso lo sabemos los dos. Lo que no consigues comprender es que es posible que tú te dejes gobernar por la polla, pero yo soy perfectamente capaz de tomar decisiones que no se basan en el sexo —se dio media vuelta y se alejó de él—. Si cambias de opinión, ya sabes dónde encontrarme.

No le dio la ocasión de decir nada porque aceleró el paso y volvió a la zona del bar iluminada con faroles. Becka dejó de hacer caso al atractivo camarero y la miró con las cejas arqueadas.

—Mmm. Tienes pinta de haber estado haciendo algo malo...

—No sé de qué estás hablando.

Allie se sentó en el taburete que había al lado de su amiga y se bebió de un trago el chupito de tequila.

—Era mío... —comentó Becka en voz baja.

—Te invitaré al siguiente —Allie sacudió la cabeza—. Qué tontería, están incluidos.

Había perdido la cabeza. No había otra explicación para que estuviese haciendo lo que estaba haciendo, como si fuera una adolescente salida que le daba igual lo que se jugaba siempre que consiguiera lo que quería. Era mejor que todo eso, tenía que serlo.

El camarero les sirvió otro chupito a cada una y dejó un margarita recién hecho delante de Allie.

—Llamen al timbre si me necesitan.

—Claro, corazón —Becka casi ni esperó a que el camarero hubiese desaparecido para girarse hacia Allie—. Explícate. No he creído que necesitaras ayuda, pero tampoco sé si has estado peleándote a puñetazos o follando contra un árbol.

—No hemos tenido relaciones sexuales —contestó Allie roja como un tomate.

—Pero sí hiciste algo contra un árbol —Becka sacudió la cabeza—. Para ser una mujer que dice que desprecia a ese hombre, te está costando un huevo no tocarlo.

Allie fue a protestar, pero decidió que no tenía sentido. Podía atribuir lo que había pasado la noche anterior a que no sabía quién era, pero ya no tenía esa excusa. Sabía quién era Roman y por qué estaba allí, pero, aun así, le había metido mano.

—Pierdo la cabeza cuando lo tengo cerca. Es como si me convirtiera en una neandertal que ha decidido que le gusta cómo es Roman y que quiere tirárselo una y otra vez sin importarle las consecuencias.

—Vaya, eso es sí es una novedad —Becka se bebió el chupito de un sorbo y apoyó el vaso en la barra—. Es desconcertante que la racional Allie, la que siempre cumple las reglas, pierda la cabeza.

Efectivamente, ella no paraba de decir que no hacía esas cosas, pero porque era verdad. En Nueva York, jamás habría hecho la oferta que le había hecho a Roman. Para empezar, jamás habría ido a su casa con él. Miró el chupito de tequila con el ceño fruncido.

—Creo que echan algo al aire de esta isla para que la gente haga disparates.

—También es posible —Becka tomó el chupito con la mano—, solo posible, que hayas pasado tantísimo tiempo atada de pies y manos que te has permitido vivir un poco en cuanto se ha presentado una ocasión en la que nadie dependía de ti. No tienes que flagelarte por esto, Allie, no tiene nada de malo que lo desees.

Sí tenía algo de malo. No sabía cómo identificar a la mujer que era en Nueva York con la que hacía esas cosas allí.

—No debería desearlo, podría desear a cualquiera menos a él

—Ah... —Becka asintió con la cabeza y dio un sorbo de la cosa rosa que tenía delante—. No tengo una respuesta fácil para eso. ¿Vas a ir a su parcela esta noche?

—No.

Era posible que lo deseara más de lo que debería, pero no estaba dispuesta a hablar de negocios con él, o, mejor dicho, a discutir de negocios con él. Si él no podía aceptar esa condición mínima, entonces el placer no merecía la pena. Tenía que tenerlo presente.

No podía dormir bien. Cada ruido le despertaba como si creyera que Allie había cambiado de opinión. Sabía que no lo haría. Había trazado una raya en el suelo y era tan cabezota que no la cruzaría. Era posible que el día anterior se hubiese tirado un farol, pero sabía la verdad.

La pelota estaba en su tejado.

Se despertó temprano y fue a la clase de yoga del amanecer. No reconoció a algunas personas, pero ni Allie ni Becka se presentaron. Era un alivio desconectar un poco la cabeza, pero fue una sensación que solo le duró hasta que fue a comprobar los correos electrónicos.

Aaron había acudido a su rescate.

Miró el documento un rato antes de imprimirlo. Aunque aceptara la oferta de Allie, todavía pensaba en el premio que recibiría cuando volvieran a Nueva York. Eso significaba que tendría que investigar a fondo para saber cómo jugar esa partida. Iban a tener que esperar hasta el último momento. No era su culpa del todo, pero eso no cambiaba la conclusión.

Juntó los papeles, comprobó que el documento no se había descargado en el ordenador y cerró la sesión. Tenía mucho tiempo para leerlos y decidir después qué iba a hacer el resto del día. Encontrarse con Allie sin querer podría ser fantástico, pero no llevaría a ninguna parte.

Podía aceptar su condición... Dudó delante del cochecito de golf. Parecía muy sencillo, solo tenía que dejar los negocios al margen. Eso implicaba desperdiciar buenas ocasiones de hablar, pero... Allie tampoco le hablaba en ese momento ni iba a hablarle. Lo había dejado muy claro.

No había ni un solo motivo para no aceptar.

Se dio la vuelta y volvió al edificio principal. La recepcionista le sonrió al verle.

—¿Está pasándoselo bien, señor Bassani?

—Muy bien —y pensaba pasárselo mucho mejor—. Esperaba que pudiera ayudarme con una cosa.

—Claro —ella sonrió y el rostro se le iluminó—. Dígame lo que necesita y yo me ocuparé.

—Me gustaría mandar un mensaje a otra parcela, a la parcela seis.

—Lo siento... —replicó la recepcionista con un gesto abatido—. Hacemos todo lo que podemos para crear un ambiente relajado e íntimo. Si los clientes quieren venir a las zonas comunes, perfecto, pero nosotros no vamos a buscarlos a no ser que necesiten algo.

Evidentemente, ella creía que lo que él quería mandarle no iba a ser relajante.

—Solo es una nota —insistió Roman con su

sonrisa más cautivadora—. Si esta noche piden la cena, alguien irá a llevarla, ¿no? Podría añadir el mensaje a la comida.

—No sé...

—Si quiere, puede leerla para cerciorarse de que todo es decente.

Ella volvió a dudar, pero mucho menos.

—Supongo...

Ella le acercó un bloc de hojas con el membrete de la isla. Él aceptó un bolígrafo y escribió una palabra.

—¿Eso es todo? —preguntó la recepcionista con el ceño fruncido.

—Ella sabrá lo que quiero decir.

La recepcionista sonrió. Parecía más tranquila porque no había escrito nada inadecuado. Él podría haberle sacado de su error, pero necesitaba que Allie recibiera la nota.

Se había quedado reducido a pasar notas...

Tardaría horas en saber su respuesta, o más tiempo todavía si ella decidía hacerle esperar. Todo se le había escapado de las manos y era algo que le ponía de muy mala leche.

¿Qué podía hacer? Estaba acostumbrado a ir a por aquello que quería, y que Dios se apiadara de quien se le metiera por medio. Quería que su cliente se quedara contento y la única manera de conseguirlo era que comprase el gimnasio.

Además, él también deseaba a Allie.

Ahí radicaba el problema, no podía conseguir las dos cosas. Era posible que no tuviese ningún porvenir con Allie, pero no lo tendría con toda certeza si seguía insistiendo. Ella lo había dejado claro como el agua.

Si dejaba de insistir, podrían dejarse llevar por el sexo disparatadamente ardiente, pero tendría que olvidarse del plan para Transcend. Quizá no fuese el fin del mundo, pero su trayectoria profesional se había basado en la confianza de que podía proporcionar lo que había prometido. Jamás se había encontrado con un obstáculo que no pudiera superar.

Hasta ese momento.

Salió del edificio principal y fue hasta su cochecito con el montón de papeles. Era toda la información que había podido reunir sobre Allie y su gimnasio, algo que debería haber hecho hacía mucho tiempo. Naturalmente, había indagado lo más elemental y había analizado los informes económicos que había encontrado, pero no había pasado de ahí, ni siquiera cuando ella se había negado a reunirse con él.

Había sido un estúpido.

No tenía que mirar muy de cerca el resto de su puñetera vida para saber por qué no había presionado tanto como solía hacer. El albergue. Admiraba mucho lo que estaba haciendo y sabía que lo más probable era que hubiese alguna historia para que hubiese creado un sitio seguro como ese. Había sido blando con ella, no había querido remover toda esa mierda, habría tenido que ser un monstruo para hacerlo.

Sin embargo, ya había conocido a Allie y tenía que replanteárselo. Ella no era como se había esperado, no era una florecilla delicada que se marchitaría a la primera palabra un poco implacable. Esa mujer tenía colmillos y no tenía reparos en utilizarlos. Agarró con fuerza los papeles. Ya no se andarían con tonterías.

8

Allie levantó las tapas de las fuentes antes incluso de que se hubiese marchado el hombre.

—Me muero de hambre.

Había estado nadando y montando en la tabla con remos y sentía un agradable dolor muscular y un cansancio no menos agradable.

Además, había estado dispuesta a meterse en el mar para capturar algún pez si la cena no hubiese llegado

Becka se rio y le dio con la cadera.

—También han traído vodka. Sospechan tus prioridades...

—La comida siempre va primero —tomó una gamba con el tenedor y se sentó—. Me alegra ver que te has reconciliado con el vodka.

—Vamos poco a poco —Becka tomó una silla y también se sentó—. Los hombros están matándome. Voy a tener que hacer más flexiones.

—A las chicas va a encantarles —replicó Allie entre risas.

Su amiga tenía fama de ser una monitora de *fitness* brutal, una fama merecida, y eso la confirmaría. Uno de los mayores atractivos de Transcend eran sus clases de *spinning* de alta intensidad combinadas con ejercicios para todo el cuerpo. Tomó la jarra de agua con pepino que estaba en el medio de la mesa y se quedó helada.

—¿Qué es eso?

Becka reaccionó antes y agarró el papel doblado.

Lo leyó y frunció el ceño.

—¿Qué coño es esto?

Le dio la vuelta y el corazón de Allie dio un vuelco.

Sí.

La palabra era casi un garabato hecho por una mano masculina, y supo quién lo había escrito aunque la nota no estuviera firmada. Aceptaba sus condiciones. Su sonrojó de los pies a la cabeza y Becka lo vio, aunque intentó disimularlo, y, precisamente por eso, dejó la nota y señaló a Allie con un dedo.

—Es de Roman. Eres una zorra astuta. Creía que lo habías zanjado...

Allie dio unas vueltas a la comida con el tenedor.

—Le dije que si dejaba de darme el coñazo

con los negocios, que si ni siquiera hablaba de ellos, podríamos pasar más tiempo juntos.

—Jamás había oído un eufemismo más suave para decir que te lo follarías hasta dejarlo seco —su amiga se rio—. Las vacaciones te han sentado de maravilla, ya te lo dije.

—Ese tío está intentando convencerme para que le venda el gimnasio que ha sido la obra de mi vida y me ha seguido hasta otro país para cerrar la venta, ¿a eso le llamas un viaje que ha salido bien?

Becka se encogió de hombros sin alterarse.

—Ya te has ocupado de eso y has dejado al margen los negocios. Ahora solo tienes que preocuparte de follar como una loca y creo que los dos habéis demostrado que sois más que capaces de daros ese gusto.

Allie se atragantó y escupió parte del agua que acababa de beber.

—Solo llamo a las cosas por su nombre —Becka le guiñó un ojo—. En serio, si está dispuesto a olvidarse de ese asunto, ¿irías a por todas?

No tenía ningún motivo para creer que estaba diciendo la verdad. Podría ser un señuelo para verla a solas, pero eso no tenía sentido. Roman ya había demostrado que podía encontrarla cuando quisiera, no tenía ningún motivo para aceptar si no le interesaba exactamente lo mismo que a ella: follar.

Se estremeció solo de pensarlo y dejó el tenedor.

—Creo que sí.

—¡Guay! Esa es mi amiga. En ese caso, me traeré a ese delicioso camarero, a Luke, para lo que decíamos de follar como una loca.

—No estarás echándome en brazos de Roman para poder tirarte a Luke, ¿verdad?

—Por favor... Las dos sabemos que soy más que capaz de encontrar un sitio adecuado si tuviera que hacerlo —Becka se puso seria—, pero no quiero meterle en un problema, y la parcela es el mejor sitio —la miró con gesto serio durante dos segundos—. ¿A qué estás esperando? Tú a lo tuyo... —Becka puso una expresión maliciosa—. Está cachondo, ¿no? No hay más que verlo para saber que está echando humo.

—¡Becka!

Allie se rio y eso rompió la tensión que se había creado desde que se dio cuenta de que Roman había cambiado de opinión.

—Lo has hecho a propósito...

—Estabas estresándote y es lo contrario de lo que deberías estar haciendo aquí —Becka se metió una fresa en la boca—. Yo solo he ayudado.

—Es verdad —reconoció Allie.

Miró la comida, pero tenía tantos nudos en el estómago que no podía pensar en comer. Se apartó de la mesa y se levantó.

—Debería cambiarme, ¿no?

Becka echó una ojeada a la comida y se sirvió un poco más.

—¿Quieres mi consejo?

—Como si no fueras a dármelo porque te dijera que no.

Allie tomó una de las relucientes fresas y le dio un mordisco.

—Lleva eso.

Becka la señaló con un tenedor y Allie se miró el top y los pantalones que usaba para dormir.

—No es sexy...

—Quítate el sujetador y lo que lleves debajo de los pantalones. Te doy veinte dólares si no te echa un polvo en el suelo.

Allie fue por la cálida arena hasta la parcela iluminada de Roman. Se oía una música melodiosa que la atrajo aunque no podía reconocer la letra. Subió las escaleras del porche, pero se quedó parada justo fuera del círculo de luz que formaba el farol.

—Estás provocándome.

Ella dio un respingo y se maldijo para sus adentros por haber dado un respingo. Buscó el origen de la voz, pero solo lo vio cuando fue saliendo de entre las sombras y se acercó un poco.

—¿Cuánto tiempo llevas merodeando para hacer tu aparición triunfal?

—¿Me creerías si te dijera que fui a darme un baño para sofocar parte de mi energía y acabo de volver?

Ella iba a decirle que era un mentiroso, pero le llegó la luz y vio que llevaba un traje de baño mojado y que unas gotas le bajaban por el pecho y los hombros. Tuvo que hacer un esfuerzo inmenso para desviar la mirada a su cara.

—Bañarse en el mar por la noche es una estupidez.

—He sobrevivido —él extendió una mano con gesto imperativo, como un rey—. Ven.

A Allie nunca le había gustado hacer entradas espectaculares, pero se dio cuenta de que estaba deseando comprobar que Becka tenía razón. Se puso muy recta y contoneó un poco las caderas porque sabía que así sus pechos se moverían más de lo normal.

Efectivamente, entró en el círculo de luz y Roman centró toda su atención en sus pechos. Abrió mucho los ojos color avellana y luego los entrecerró.

—AC/DC.

—Me encantan —ella se miró la camiseta, tiró un poco del borde y se bajó el escote—. Ya son unos clásicos.

—¿Tienes mucho cariño a la camiseta?

Ella levantó la cabeza al oír la pregunta y se lo encontró más cerca que antes.

—Le tengo desde los trece años.

—Mmm.

La rodeó y ella no se molestó en seguirlo con la mirada, ya sabía lo que había visto. Los diminutos pantalones cortos que usaba para dormir tenían unas aberturas en los costados. La camiseta también estaba abierta por los costados y se le veían los pechos. Normalmente, la usaba para dormir o para hacer ejercicio, con un sujetador. Sin él, podría decirse que era indecente... y se trataba de eso.

Roman se quedó delante de ella, más cerca que antes. Le pasó las manos por los brazos y le acarició los costados de los pechos con los pulgares.

—Me contendré y no te la arrancaré en este instante.

—Si lo hicieses —Allie se estremeció—, tendríamos un problema.

—Tomo nota —él volvió a subir las manos y volvió a provocarla con los pulgares—. ¿Llevabas puesto esto cuando recibiste la nota?

—He hecho algunas variaciones.

Le dio las gracias a Becka por la idea.

—Mmm.

Fue un sonido entre un ronroneo y un gruñido. Roman le soltó los brazos e introdujo los dedos por la cinturilla de los pantalones. Se los bajó de golpe hasta que acabaron el suelo.

—No llevas bragas... Allie, creo que vas a matarme.

Ella empezó a quitarse la camiseta, pero él la paró.

—Déjatela puesta. Es tan provocativa como tú misma.

—Si hay alguien provocador, ese eres tú.

—¿De verdad? —Roman se soltó el cordón del traje de baño y se lo quitó sin dejar de mirarla—. Tenías que haber venido antes, Allie, lo he pasado mal.

Ella le apartó las manos cuando fue a agarrarla otra vez.

—No me vengas con gilipolleces. Dijiste que
ibas a pelártela. Si no lo has hecho, es asunto
tuyo, no mío.

Intentó creerse lo que había dicho. Ya no era
una adolescente que creía que le debía algo a un
chico si lo había dejado con dolor de huevos.
Sin embargo, no le gustaba la idea de que él lo
hubiese pasado mal, aunque fuese su enemigo
fuera de la isla.

—Si crees que mi mano puede compararse
con tu coño, te equivocas por completo —Roman se arrodilló y le levantó la camiseta para
desnudarla de cintura para abajo—. Llevo horas deseándote, Allie, puñeteras horas, y no he
podido hacer nada al respecto —Roman le pasó
la boca de una cadera a la otra justo por debajo
del ombligo—. Te anhelo. ¿Qué estás haciéndome?

—¿Yo...?

Ella no consiguió decir nada porque él le separó las piernas y le lamió el coño. La posición
no era muy cómoda e intentó separar más las
piernas sin caerse. Roman la agarró por detrás
de los muslos y la levantó para ponérsela a horcajadas en la cara. Ella lo miró parpadeando,
pero estaba demasiado ocupado. Le metió la
lengua y el placer hizo que dejara de preocuparse por si acabaría tirándola. Se aferró a su
cabeza y se dejó arrastrar por lo que estaba haciéndole, confiando en él.

La follaba con la lengua a conciencia, como la había follado con los dedos o la polla. Sin embargo, así no podía moverse contra él y la impotencia se debatía con el deseo.

—Más, no es suficiente...

Su gruñido le vibró por todo el cuerpo y se le concentró en el clítoris. Ella se apartó y soltó un grito. Él se levantó y la llevó a una de las tumbonas que tenía para mirar la playa. La oscuridad parecía absoluta en contraste con la luz de la parcela, pero Allie no tuvo tiempo de fijarse en esas cosas porque Roman la tumbó en la tumbona.

—¿No es suficiente?

—Eso he dicho.

Le metió dos dedos y la acarició. Le metió un tercero y le levantó la camiseta con la otra mano para descubrirle un pecho. Le lamió el pezón con la punta de la lengua mientras le metía los dedos una y otra vez.

—¿Es suficiente, Allie?

Sí, no... Sacudió la cabeza.

—Te necesito.

Le mordió levemente la parte baja del pecho.

—Has echado de menos mi polla. Has estado vacía y anhelándome desde que te marchaste. El orgasmo de antes solo ha empeorado las cosas, ¿verdad?

—Sí... —susurró ella.

Era verdad.

En vez de matarle el gusanillo, se había dado

cuenta plenamente de lo que estaba perdiéndose, no de lo que había conseguido.

—Me necesitas, Allie —él siguió atormentándola rítmicamente con los dedos—. Necesitas lo que puedo darte.

—¡Sí! Te necesito —ella se agarró a sus hombros—. Dime que tienes un condón por aquí cerca.

Allie notó su sonrisa en la piel.

—Ha traído algunos antes.

Él rebuscó debajo de la tumbona y ella oyó el sonido del envoltorio al rasgarse. Dejó de tocarla el tiempo que necesitó para ponérselo.

—Levántate.

Allie se puso de pie excitada solo de pensar en lo que se avecinaba. Roman se colocó en la tumbona y la agarró para ponerla a horcajadas encima de él.

—Esa camiseta no va a durar mucho —le tomó el pecho con la mano y se quedó quieto mientras ella se colocaba la verga en la abertura—. Muy bien, Allie, toma lo que necesites.

Lo necesitaba a él, pero no lo repitió. Le pareció excesivo, demasiada vulnerabilidad, decirlo en voz alta cuando estaba perdiendo la cabeza por lo que él estaba haciéndole. Se introdujo toda su extensión y se deleitó haciéndolo despacio. No soltó el aire hasta que lo tuvo completamente dentro.

—Sí, esto...

Él le levantó la camiseta.

—Quiero verte entera mientras me montas.

Allí, en el patio, no había sombras donde esconderse, cualquiera podría verlos si pasaba por allí, pero eso era parte del paraíso, no había nadie. Aun así, a ella le gustaba la idea de que los sorprendieran, le gustaba más de lo que estaba dispuesta a reconocer.

Se quitó la camiseta, apoyó las manos en su pecho y empezó a moverse. Subía y bajaba mientras se contoneaba. Le gustaba tanto que le costaba mantener el ritmo. Roman la agarró de las caderas para que no parara, pero ella notaba que el placer aumentaba demasiado deprisa. Le clavó las uñas en el pecho perfecto.

—Estoy cerca...

—Lo sé.

Maldito arrogante. Habría sido insoportable si no la mirase como si fuese algo que deseaba, que necesitaba. Allie no podía cerrar los ojos, no podía apartar la mirada, solo podía montarlo con caricias lentas que los arrastraban a la inconsciencia.

—Me encanta tu cuerpo, es maravilloso.

Le pasó las manos por el abdomen y los pechos, le acarició los pezones con el pulgar y el índice y volvió a agarrarla del culo.

—Deja de hablar.

Tenía cierta confianza en sí misma, pero eso no significaba que se sintiera cómoda con su profusión de halagos. Sabía que Roman la deseaba, si no, no se habría portado como se había portado, no habría dejado al margen sus planes para los negocios. Quizá no lo conociera muy bien, pero sí sabía eso. Sin embargo, hablaba de ella, sobre ella, como si la adorara, como si creyera de verdad que era Afrodita. Sin embargo, solo era una mujer, una mujer que no le gustaría tanto fuera del paraíso. Quizá no estuviese segura de muchas cosas, pero sí estaba segura de eso.

9

Roman abrazaba a Allie, pero su cabeza estaba a millones de kilómetros de allí, donde se había quedado desde que habían dejado de follar. Sabía que no podía presionarla. Ella había ido allí por un trato, el mismo que le impedía preguntarle algo que pudiera relacionarlos con Nueva York. Salvo...

—¿Qué estás pensando?

—Mmm —ella parpadeó esos ojos increíblemente azules—. Perdona, estaba divagando mentalmente.

Le tentaba olvidarse y era lo que tenía que hacer, pero no fue lo que pasó cuando abrió la boca.

—Cuéntamelo.

—Es muy aburrido.

Ella se soltó y se levantó. Él se sintió complacido al ver que las piernas todavía le temblaban un poco. El polvo había sido... indescriptible. Se sentía desesperado por ella. Había esperado que respondiera favorablemente a la nota, pero no había estado seguro de que hubiese ido a la parcela, no estaba seguro de muchas cosas cuando se trataba de Allie.

Recogió la ropa, pero no hizo nada para ponérsela. Le gustó. Ella estaba muy a gusto con su cuerpo y esa seguridad en sí misma era tan atractiva como física. Sin embargo, todo eso eran gilipolleces superficiales, él quería llegar a conocerla.

Se paró en seco. Sabía que ella no era parte del trato. Debería ser solo sexo, algo estrictamente físico y nada más. Ella no hablaba ni de emociones ni de negocios...

La siguió a la parcela. Fue a la cocina y sacó la botella de agua de la nevera. Allie lo observó mientras daba un sorbo.

—¿Qué?

—¿Qué?

—Ahora eres tú quien está divagando mentalmente. ¿Qué se cuece en ese malicioso cerebro que tienes?

Él también tomó una botella de agua y la observó.

—Estaba pensando en la condiciones de nuestro trato.

—¿Y...? —preguntó ella, quedándose muy quieta.

Ya no podía echarse atrás para que siguieran en un punto seguro. Él, sin embargo, no había conocido a ninguna mujer que lo excitara y que, a la vez, le cantara las cuarenta como hacía Allie, y podría no volver a conocerla. Sería una estupidez dejar que se le escapara entre los dedos sin haber sondeado al menos la posibilidad de llegar más lejos... Y él no tenía la costumbre de hacer estupideces.

—Y quiero conocerte mejor.

La miró con detenimiento y vio la tensión reflejada en sus hombros. Allie dejó la botella de agua en la encimera.

—¿Por qué?

—Jamás había conectado con una mujer como he conectado contigo. Quiero saber si solo es deseo o podría haber algo más.

—Normalmente... —ella sacudió la cabeza—. Esta situación no tiene nada normal. En otro mundo, me habría parecido que eso sonaba muy bien, pero este no es otro mundo, es nuestro mundo y por muy maravillosa que sea nuestra relación sexual o por muy cautivadora que sea nuestra sintonía, lo cierto es que quieres comprar mi empresa.

—¡Un momento! —Roman levantó un dedo—. No se habla de negocios, eso es parte del trato.

—Eso era antes... —Allie frunció el ceño y miró al techo—. Coño, tienes razón.

—Sacar los negocios de...

—Roman, eso es un disparate.

—No paras de decir esa palabra. Es posible que incluso tengas razón —él también dejó la botella de agua en la encimera y puso las manos a los lados de sus caderas—, pero ¿qué pasaría si no la tuvieras? ¿Te metes tantas veces en estas cosas que estás dispuesta a dejarla pasar?

—Tu argumento es convincente. Irritante, pero convincente.

Él lo había meditado mucho, pero no pensaba dejar que ella se recuperara y lo pensara demasiado. Le pasó un dedo por una clavícula.

—¿Tienes hermanos?

—Soy hija única —contestó ella con una expresión que le dejó muy claro que era mejor que no siguiera por ahí.

La familia estaba vetada. Eso casi bastaba para confirmarle que el empeño de Allie con el albergue para mujeres tenía algo que ver con su pasado. Lo dejó a un lado, por el momento. Quería que ella le dijera cuándo estaba preparada, era posible que tuviera el expediente de su historia, pero decidió que no iba a leerlo, que prefería oírsela a ella cuando quisiera contársela.

¿Qué pasaría cuando volvieran a Nueva York? Ya lo resolverían.

Ella se apartó el pelo del hombro para que él pudiera acariciarle el brazo.

—¿Tú tienes hermanos?

—No. Siempre he querido tener un par, pero mis padres tenían otras prioridades.

—¿Cuáles?

Él le miró la cara con detenimiento, pero solo encontró curiosidad y le acarició los nudillos.

—Los dos eran de familias adineradas y su única prioridad mientras yo me criaba era conseguir que la familia fuese más rica todavía. Mi padre era agente de bolsa y mi madre, consultora, como yo.

—¿Eran...?

—Se jubilaron hace un par de años —Roman se encogió de hombros—. No los he visto desde entonces, se compraron un barco y están navegando por el mundo. Volverán cuando se hayan cansado de viajar, pero no creo que vayan a quedarse. Son inagotables, siempre lo han sido.

Quería a sus padres en cierto sentido, pero era un sentimiento distante que se limitaba a hablar con ellos cada ciertos meses y a mandarles una felicitación de Navidad si iban a quedarse suficiente tiempo en algún sitio para recibirla.

Había tenido amigos que se habían criado en familias ruidosas rebosantes de un amor que se expresaban con bromas, abrazos y alguna discusión acalorada de vez en cuando, algo que no cabía en la profunda quietud de la casa de los Bassani.

—Viajaban mucho incluso cuando yo era pequeño. Podían pasar semanas fuera.

—Tuvo que ser difícil sobrellevarlo cuando eras un niño —Allie le rodeó el cuello con los brazos y estrechó los pechos contra el pecho de él—. No conozco a nadie con unos padres perfectos, ni si quiera los míos, pero, al menos, la mayoría estaban ahí. Las figuras ausentes tienen que ser jodidas.

—Me parecía que la época del instituto fue una época fantástica; fiestas todos los fines de semana y chicas que se quedaban casi todos los días.

Intentó comentarlo con desenfado, pero le salió un tono agridulce y Allie lo captó.

—Saliste muy bien —comentó ella pasándole un dedo por a oreja—, menos por todo ese asunto del que no hablamos.

—Menos por eso, que es mi vida —replicó él entre risas.

—¿De verdad? ¿Solo trabajas?

—¿Tú no? —le preguntó él apretándole las caderas.

Ella abrió la boca, pero pareció pensárselo mejor.

—Es verdad... Podría alegar que mi trabajo es más honroso, pero no tengo ganas de discutir.

A Roman le gustaba esa faceta de ella, era desenfadada, casi coqueta. Se dio la vuelta y se quedó apoyado en la encimera con ella entre los brazos.

—¿De qué tienes ganas? Dímelo, te lo ruego.

—Me alegro de que me lo preguntes.

Allie le besó el cuello, un hombro y los pectorales mientras iba arrodillándose delante de él. El suelo de madera sería un espanto para sus rodillas, pero lo miró de tal manera con los ojos entrecerrados que se quedó mudo. Allie sabía muy bien lo que estaba haciendo, y no estaba dispuesta a permitir que él dirigiera el cotarro esa vez. Estuvo a punto de tambalearse cuando la vio acariciarle la polla con una mano titubeante, pero se quedó muy quieto solo por lo que prometían esos labios húmedos.

—Tu polla es increíble —ella volvió a acariciársela—. No existe otra palabra, es increíble.

Él intentó reírse, pero le salió un sonido entrecortado.

—¿Gracias...?

—De nada, pero, en serio, no me extraña que seas un majadero arrogante con ese paquete —siguió ella, pasándole la lengua por debajo—. Tú me lo has comido una docena de veces durante estos días y yo no te he tenido en la boca ni una vez.

—A ver...

Ella esbozó una sonrisa maliciosa y se metió la polla entre los labios, se la metió hasta que le alcanzó el fondo de la garganta. Roman se agarró a la encimera e hizo acopio de todo el dominio de sí mismo que tenía para no moverse, solo separó un poco más las piernas. Ella lo interpretó como una invitación y le tomó los huevos con una mano mientras seguía chupándosela. Lo soltó justo cuando él creía que ya no iba a aguantar ni un segundo más, pero le agarró de la base con la mano que tenía libre y lo lamió como si fuese su piruleta favorita. Esa lengua maravillosa y endiablada estuvo a punto de conseguir que se le pusieran los ojos del revés.

—Joder, Allie...

—A eso vamos.

Allie no había terminado casi de decirlo cuando Roman ya estaba encima de ella. Se detuvo el tiempo justo para tomar un condón de un cuenco de caramelos, que ella no había visto antes, y para ponérselo y entrar en ella como Pedro por su casa. Él le sujetó la cabeza con una de sus manos para que no se golpeara contra el suelo con sus acometidas.

Era... bestial. No había otra forma de describir esa forma de moverse encima de ella, dentro de ella. Le encantaba, él había perdido el dominio de sí mismo por ella. Se aferró a él y se incorporó al ritmo de sus embestidas.

—Debería chupártela más a menudo.

—Todos los putos días.

La besó, y le pareció muy bien, porque no sabía qué decir. Todos los días era hasta mucho después de que se hubiesen marchado de West Island, y no podía prometerlo. Él también sabía que no podía prometerle eso.

También lo besó con toda su alma. El tiempo que les quedaba hacía que todo fuese más ardiente, o, al menos, eso fue lo que se dijo Allie mientras Roman les daba la vuelta. Se echó hacia atrás apoyada en sus muslos inmensos. Ese hombre era un monstruo en el mejor de los sentidos posible. La madera del suelo se le clavó un poco en las rodillas, pero ese dolor leve hacía que el placer fuese más intenso. Se inclinó para besarlo sin bajar el ritmo.

—Después, a la cama...

—Sí.

Roman le puso una mano en la nuca y la otra encima del culo. La tenía atrapada. Embistió, la folló desde abajo sin que ella pudiera hacer nada, salvo recibirlo. Lo besó en la boca como él le comía el coño, el placer era tan grande que no podía contenerse. Se corrió con un grito que le entró a él por la boca y con las piernas temblorosas por la magnitud del orgasmo. Él la siguió entre unas maldiciones que contrastaban con el placer incontenible que se reflejaba en su cara.

Se quedaron desmoronados durante un buen rato, hasta que ella se tumbó de costado. Dejó escapar un gritito de sorpresa cuando él se puso de pie con ella en brazos.

—¿Qué haces?

—Es posible que no seamos tan viejos como para no echar un polvo en el suelo de madera, pero te jode la espalda y tus rodillas.

—Me compensa.

—Desde luego —él se rio—. Diremos que la cama es un agradable cambio de ritmo.

Sin embargo, él no iba a la cama. Una vez en el dormitorio, giró a la izquierda por la puerta que daba al cuarto de baño. Era parecido a los dos que había en su parcela, pero los tonos grises y azules le recordaron al mar que rodeaba la isla. En la ducha de azulejos cabían diez personas y tenía dos alcachofas y un banco que le hacía pensar en cosas obscenas a pesar del agotamiento que iba adueñándose de ella. Apoyó la cabeza en su hombro.

—Debería volver a mi...

—Ni hablar —él la sentó en el banco—. Es tarde y está oscuro. Además, te prometo que te dejaré dormir un poco si te quedas.

—¿Solo un poco? —preguntó ella con las cejas arqueadas.

Roman abrió el grifo y la miró.

—No esperarás que pueda quedarme quieto si te tengo en la cama.

—Espero que no.

Allie se levantó y se puso debajo de la alcachofa más cercana. El agua estaba a una temperatura perfecta y se quedó inmóvil durante unos segundos. Podía oír a Roman lavándose, pero se quedó en su sitio por muy tentador que fuera ir a mirarlo. Quería llegar a conocerla...

La idea no debería acojonarla. Roman era impresionante y triunfador y... Nunca saldría bien. Esas diferencias no importarían mientras estaban en West Island, pero serían más que evidentes cuando llegaran a Nueva York. Él era rico, aunque no sabía a qué se dedicaba, y ella tenía que hacer malabares con el dinero para llegar a fin de mes. Vivían en dos mundos distintos.

Siempre habían vivido en dos mundos distintos. Él se había criado entre algodones y con unos padres distantes. Le dolía un poco el corazón solo de pensar en el niño que tenía que haber sido... un niño solitario. En eso se parecían algo. La mayor diferencia era que ella habría dado cualquier cosa para que sus padres desaparecieran y la dejaran en paz, al menos, su padre. Se estremeció.

—No pasa nada...

La rodeó con sus brazos desde detrás. Ella se puso tensa al esperar que él le preguntara por qué se había estremecido, pero se limitó a darle la vuelta y a abrazarla con más fuerza. La consoló sin inmiscuirse.

Aunque sabía que no debería, se aferró a él. Apoyarse unos segundos en alguien no era debilidad. Era muy difícil ser fuerte todo el tiempo, no sabía si podría. Estaba a punto de ceder y arrastraría a muchas mujeres con ella cuando lo hiciera. Las palabras se le amontonaban detrás de los labios, los miedos y las preocupaciones que jamás había expresado en voz alta pugnaban por salir. Cerró la boca con todas sus fuerzas y escondió la cara en su hombro.

Por muy bien que follaran o por muy maravilloso que él pareciera, no podía olvidarse de que Roman quería quedarse el gimnasio y el albergue. Quizá hubiese postergado un tiempo sus ambiciones, pero solo era eso, algo pasajero. Si le contaba sus miedos, le serviría a él de munición más tarde.

¿Qué pasaría si él no podía ayudarla? No podía, nadie podía.

Peor aún, su versión de ayuda podría ser venderlo todo sin contar con ella. No era tan sencillo, pero si empezaba a no pagar facturas, abriría una puerta que no podría cerrar. Si no encontraba una solución, y pronto, no podría hacer nada. Necesitaba un plan... un plan que no se limitara a seguir adelante con la esperanza de que todo mejorara.

—No va a pasar nada —murmuró él mientras le acariciaba la espalda—. Sea lo que sea, no va a pasar nada, Allie.

A ella le gustaría creerlo. Tomó una bocanada de aire y luego otra. No se dejaba caer en la lástima de sí misma, era una luchadora que cobijaba a personas bajo su ala. Retrocedió y Roman la soltó. Ella, para disimular el bochorno, volvió a meterse debajo del agua. Para cuando se había secado el agua de los ojos, Roman ya estaba secándose con una toalla blanca, enorme y muy esponjosa. Volvió con otra toalla y la envolvió después de que hubiese cerrado el grifo.

—Ven a la cama conmigo, Allie —le pidió Roman mientras le daba un beso en la frente.

A pesar del batiburrillo que tenía en la cabeza, solo podía responder una cosa.

—Sí.

10

Roman se despertó y comprobó que Allie se había marchado. Suspiró y se puso de espaldas. No debería haberle sorprendido que hubiese desaparecido, pero tenía un regusto amargo de decepción. Miró fijamente el techo abovedado antes de levantarse. Quedarse todo el día en la cama no iba a ayudarle gran cosa, solo le daría más tiempo para pensar qué coño iba a hacer.

Seguramente, aceptar sus condiciones era un error.

Sin embargo, eso no se sostenía contra los recuerdos de la noche anterior. No se retractaría de esa decisión por mucho que pudiera pagarlo en el futuro.

Se puso unos pantalones cortos y fue a la sala de la casa. Era una habitación amplia con una cocina y unos muebles muy bien dispuestos alrededor de la pared que se abría a la playa.

Se quedó petrificado cuando vio que Allie estaba subiendo los escalones con arena en los pies y la melena rubia agitada por el viento.

—El amanecer está precioso —comentó ella con una sonrisa.

No se había marchado... Roman intentó contener la reacción y sonreírle también.

—Estamos en el paraíso.

—Es verdad —Allie le dio un beso en los labios mientras pasaba de largo—. He preparado café. ¿Cómo lo tomas?

Él jamás había vivido con una mujer. Incluso cuando había salido con alguna en serio de vez en cuando, había evitado esos encuentros matutinos. Nunca los había echado de menos hasta ese momento. Siguió a Allie hasta la cocina.

—Solo.

—Debería habérmelo imaginado.

Ella se había puesto otra vez la camiseta y los pantalones cortos y le quedaban mejor todavía a la luz del día. Tomó dos tazas de los armarios sin puertas y sirvió el café. Dejó la suya delante de Roman y se sirvió tanta leche y azúcar que a él le chirriaron los dientes. Lo miró con los ojos entrecerrados.

—¿Qué quieres que te diga? Me gusta dulce.

—Ya lo veo —incluso a esas horas de la mañana, fue lo bastante listo como para no comentarlo y dio un sorbo de su café—. Te has quedado aquí...

—Estuve a punto de marcharme —ella revolvió su café—, pero no me pareció bien escabullirme como una ladrona. Además, Becka también estaba ocupada anoche y no creo que vaya a levantarse hasta más tarde. No quiero presentarme en medio de algún tejemaneje típico de la mañana siguiente.

Estuvo a punto de preguntar, pero él era... Ya no sabía cómo calificar su relación con la hermana de Becka. Fueron amigos, aunque no íntimos. Podrían volver a ser amigos si Gideon llegaba a perdonarle que se hubiese entrometido en su relación. En ese momento, tendría suerte si lo invitaban a la boda.

En cualquier caso, no era asunto suyo con quién se acostara Becka Baudin. No era su hermano ni su amigo. Quizá su hermana tuviera algo que decir al respecto, pero Lucy no estaba allí y él no iba a ganar puntos por ir corriendo a contarle historias. No, Becka ya era mayorcita y él iba a mantenerse al margen. Se apoyó en la encimera.

—¿Tenéis muchos planes para hoy?

—Vamos a bucear por el arrecife que hay al otro lado de la isla. Hay un barco que te lleva y también te dan de comer —ella titubeó—. ¿Quieres venir?

¡Sí! Él sofocó su reacción casi tan deprisa como se produjo. Abalanzarse sobre ella y tomarla entre los brazos solo iba a espantarla y, de paso, haría que pareciera tonto. En cambio, levantó su taza.

—Solo si no me meto donde no me llaman.

—Como si eso fuese a detenerte —replicó Allie arqueando las cejas.

—No te falta razón —él se rio—. Sí, me gustaría ir a bucear con vosotras.

Le dio la sensación de que estaba aceptando hacer algo más importante que ir de excursión, pero decidió no darle más vueltas. Le gustaba Allie y le gustaba estar con ella. No iba a dejarle hablar de negocios mientras estuviesen allí y él tampoco podría avanzar sin ella aunque volvieran a Nueva York, pero quería estar en West Island con ella.

—¿Cuándo fue la última vez que tuviste vacaciones?

Él se encogió de hombros.

—Hace un par de años visité a mis padres en Marruecos.

Esos ojos azules eran muy perspicaces y Allie sonrió con delicadeza.

—¿Cuándo fue la última vez que tuviste unas vacaciones de verdad, relajantes?

—Ah, eso es otra cosa —él lo pensó un momento, sin resultado—. No lo sé. Es posible que fuesen las vacaciones de primavera en la universidad, pero no creo que fuesen relajantes en el sentido al que tú te refieres.

Él ya sabía lo que quería por entonces y empleó el tiempo en establecer contactos. Nada unía tanto a las personas como emborracharse y hacer majaderías juntos, y esas relaciones le habían dado muy buenos resultados desde entonces. ¿Unas vacaciones de verdad y solo relajantes? Se aclaró la garganta y no pudo mirarla a los ojos.

—Nunca.

—Eso era lo que me había imaginado —Allie dejó la taza y se dejó caer entre sus brazos como si lo hubiese hecho miles de veces—. Nos quedan cuatro días en West Island, ¿por qué no nos los tomamos como unas vacaciones de verdad y nos divertimos?

Le pareció como si ella acabase de ponerles una fecha de caducidad. No le sorprendió, lo que le sorprendió fue cómo se sentía por lo que había dicho, como si quisiera doblarla sobre la encimera y follarla hasta que reconociera que podría haber algo. Sin embargo, le dio una palmada en el culo y la abrazó con un poco más de fuerza.

—Te quedarás aquí por la noche.

—Sí —no discutió por una vez y desvió la mirada a sus labios—. Tengo que hablar con Becka, pero a juzgar por lo emocionada que estaba anoche porque me marchaba, no creo que vaya a poner objeciones al cambio de planes. Sobre todo, si se queda con la parcela para tener su propio rollito de vacaciones.

Él no era un puto rollito. Sin embargo, una vez más, contuvo la reacción. Todavía no sabía lo que quería, aparte de estar con Allie, pero sí sabía que no quería hacer nada que pudiera espantarla. Ya tendrían tiempo para hablar y resolverlo más tarde, pero, en ese momento, solo iban a hablar de los cuatro días siguientes. Le apartó el pelo de la cara.

—¿Por qué no traes tus cosas? Te ahorraría muchos viajes.

—Viajes que tendré que hacer para organizar los planes diarios con Becka —Allie sacudió la cabeza—. Lo mejor es que los límites estén claros. Traeré las cosas que necesito para pasar la noche, cepillo de dientes y esas cosas, pero el resto se queda.

Era muy terca.

—Estás complicando las cosas.

—No estoy siendo sumisa, Roman —ella sonrió—. Me da la sensación de que no te llevan la contraria muy a menudo, pero tendrás que ir acostumbrándote. Es posible que tengas una polla mágica, pero eso no significa que tengas carta blanca para dirigir mi vida.

—¿Crees que tengo una polla mágica?

Él la estrechó contra sí para que pudiera notar lo que acababa de describir. Allie abrió los ojos como platos.

—Es posible que haya dicho algo así —ella lo palpó por encima de los pantalones cortos—, pero claro, tengo lagunas de memoria, hace siglos que no te tengo dentro.

—Tía, hará unas horas como mucho —Roman se rio y la tomó en brazos—, pero que no se diga que no me ocupo de tus necesidades.

—Que no se diga —Allie se arqueó para susurrarle al oído—. Roman, me muero de ganas...

La polla se le puso como una piedra y la abrazó con más fuerza.

—En ese caso, creo que tu amiga tendrá que

esperar un rato —comentó él mientras la llevaba al dormitorio.

Se sentó todo lo rígida que pudo mientras el
barco se abría paso entre las olas. Cuando invi-
tó a Roman a bucear, no lo pensó bien. A Becka no le había importado y ella no había caído
en la cuenta hasta que ya habían dejado la isla,
aquello era...una cita. Bueno, no era una cita de
verdad, pero hacía años que no tenía algo tan
parecido a una cita.

No le gustaba lo que indicaba eso sobre su
vida social... ¿qué vida social?

Era distinto cuando estaban los dos en la
parcela. No tenía que pensar en las consecuencias porque estaba claro que se trataba solo de
sexo, aunque también era posible que el sexo le
embarullara la cabeza y que por eso no le importaba pasar tanto tiempo con él.

En cualquier caso, eso era distinto. Lo que
pasaba entre ellos tenía una dimensión públi-
ca y le resultaba más fácil cuando podía fingir
que le espantaba todo lo suyo menos el cuerpo.

Esa falacia no se había sostenido cuando habían estado juntos esa mañana. No era solo un
apaño sin sentimientos. Era un hombre con
un pasado, un presente y un futuro y tenían algunas cosas en común, aunque fuesen superficiales. Ella entendía su soledad porque sentía
lo mismo por dentro. Él la hablaba como si le
importara lo que pensaba, aunque la mayoría

de las veces habían estado tan ocupados que no habían hablado de casi nada. Daba igual. El meollo de la cuestión estaba allí y si él tuviera la más mínima oportunidad, ella acabaría confesando sus sentimientos más profundos.

Se dio la vuelta para mirarlo y apoyó la espalda en la barandilla del barco. No parecía muy contento. No había tenido vacaciones y ella lo había invitado a ir allí para seguir pasándolo bien juntos. Y estaba estropeándolo. Le espantaba haber sido quien le había aguado la fiesta en el barco, de la visión de todas esas mujeres. ¡Basta!

Se mordió el labio inferior, pero ya no había quien contuviera el torrente de palabras.

—No soporto que te miren de esa manera.

Él parpadeó, y volvió a parpadear cuando cayó en la cuenta.

—Estás celosa.

—Yo no diría eso.

Aunque era exactamente lo que diría.

Roman se acercó a ella y le pasó la mano por un costado hasta que el pulgar le rozó el pecho por encima del traje de baño.

—¿Crees sinceramente que me interesa alguien más?

Ella no lo sabía y ese era el problema. Era más que posible que la hubiera abordado la primera noche porque eran las dos únicas personas que estaban en el restaurante. Allie se dio un toque de atención, no podía seguir así, ella no hacía esas cosas. Dudar de sí misma era dañino y ya no tenía tiempo para majaderías. Además, no se lo perdonaría si eso le impedía disfrutar del tiempo que le quedaba con Roman. Tomó aire lentamente.

—De acuerdo, estoy celosa. Es posible que no fueses mío, pero sí lo eres ahora y no me gusta que te miren como si fueses un pedazo de carne que se comerían de cena.

Roman soltó una carcajada y el sonido le retumbó en el pecho y más abajo. Metió un dedo por debajo del traje de baño y se acercó peligrosamente al pezón.

—Sabes perfectamente que eres la única que me tendrá de cena.

Ella no consiguió encontrar aire para reírse cuando él restregó las caderas contra las de ella y le comunicó lo mucho que le gustaría se lo cenara. Allie le puso las manos en el pecho.

—No hay ningún sitio privado en este barco.

—Si lo hubiera, ya estaríamos allí y yo estaría dentro de ti —el pulgar de Roman alcanzó el pezón—. Ni siquiera te pediría que fueses discreta, te follaría con tantas ganas que gritarías cuando te corrieras alrededor de mi polla para que todo el mundo supiera a quién pertenece.

A quién pertenece...

Ella no supo qué decir y se puso de puntillas y lo besó. Le rodeó el cuello con los brazos y se estrechó contra él para decirle sin palabras lo caliente que le ponía, cuánto agradecía que le hiciera pensar en otra cosa.

También notó, como a lo lejos, que el barco

giraba y se paraba y que el hombre que lo llevaba se aclaraba la garganta.

—Nos prepararemos aquí y podrán explorar
el arrecife.

Estaba tan concentrada en el calor que le llegaba a las mejillas que no prestó atención.

Roman se apartó lo justo para colocarle bien
la parte de arriba del traje de baño, se puso detrás de ella y le rodeó la cintura con los brazos.
Tenía la verga contra su trasero y esa protube-
rancia extensa le impedía concentrarse plenamente en las instrucciones. Él lo sabía, maldito
fuese, y le rozó la oreja con los labios.

—Presta atención.

—Deja de distraerme.

Ella contoneó un poco las caderas para fro-
tar el culo contra él.

El instructor había terminado por fin y estaba repartiendo tubos para bucear y chalecos
salvavidas. Allie se soltó de Roman y fue hasta
donde estaba Becka, quien la miró elocuente.

—Creía que ibais a montároslo ahí mismo.

Ella se puso roja como un tomate, pero intentó desmentirlo entre risas.

—No seas ridícula.

—No soy ridícula, es verdad —Becka sonrió
y miró por encima del hombro de Allie con las
cejas arqueadas—. ¿Qué te parece eso?

Ella se dio la vuelta justo cuando otra de las
mujeres se acercaba descuidadamente a Roman. Llevaba un bikini tan diminuto que rozaba lo indecente, pero estaba muy segura de

sí misma. Normalmente, eso habría bastado para que quisiera chocar las cinco con ella, pero la morena estaba tirándose a Roman con la mirada y lo que quería era chocarle los cinco en su cara. La mujer se acercó a él sonriente y con movimientos seductores, le puso la mano en el brazo y se inclinó hasta que los pechos, poco tapados, se aplastaron contra su bíceps.

Él se quitó las gafas de sol y miró con tanta frialdad el punto donde lo había tocado que ella dio un respingo y retrocedió un paso. Roman la miró un rato con una expresión nada amistosa y se dio la vuelta para tomar el equipo de buceo. Se lo puso apresuradamente, dejó las gafas de sol encima de la toalla y se metió en el agua.

Todo ello sin haber dicho una sola palabra.

Becka silbó en un tono muy bajo.

—Le daría un nueve por el corte y otros dos puntos por el mutis.

Allie fue a reírse, pero tosió para disimularlo.

—Eres tremenda.

—No, lo tremendo fue ese intento de levantártelo —lo dijo en voz tan alta que fue imposible que la otra mujer no lo oyera—. ¿A quién se le ocurre? Él estaba a punto de arrastrarte al mar y echarte un polvo contra el costado del barco y ella se creía que tenía alguna posibilidad. A esa tía le pasa algo.

Allie le dio un codazo, aunque estaba de acuerdo con todo lo que había dicho su amiga.

Todas sus preocupaciones parecían una nimiedad en comparación con lo que acababa de pasar. Bueno, eran una nimiedad incluso antes de que Roman le diera ese corte a esa mujer. Era una aventura en el paraíso y no iba a complicar las cosas sin motivo.

Era más fácil decirlo que hacerlo.

11

Roman se lo pasó de maravilla. Esa tensión tan rara que se había adueñado de Allie desapareció en cuanto se metieron en el agua y pasaron varias horas explorando el arrecife o flotando entre las olas. Cuando el barco volvió a dejarlos en la isla, ella estaba rodeaba por el brazo de Roman y charlaban animadamente con Becka. Él se había imaginado que su amiga comentaría algo sobre su relación, pero pareció tomársela como la cosa más normal del mundo.

Las llevó a su parcela y las dejó allí. Aunque habría querido llevarse a Allie a su parcela, también comprendía que necesitaba un poco de espacio.

Además, a él también le vendría bien un poco de espacio.

Jamás había estado tan confuso. Le gustaba

Allie y quería que todo le saliera bien. Joder, la deseaba con todas sus ganas. Sin embargo, ella había tenido razón esa mañana. Había que tener en cuenta muchas más cosas además de lo que estaban viviendo juntos en West Island.

Entró en la casa y se sentó con los papeles que había recopilado el día anterior. Le habría encantado que Allie le hubiese dado voluntariamente la información, pero lo cierto era que estaba bloqueándolo. Ella tenía motivos para no querer sincerarse, y él los respetaba, pero eso no se trataba de lo que sentía hacia ella, eso eran negocios.

Tenía que separar las dos cosas.

Allie necesitaba su ayuda, aunque no lo sabía todavía. Si esperaba a que estuviese dispuesta a hablar de eso con él, si lo estaba alguna vez, pasaría la oportunidad y ella podría perderlo todo.

Tenía que saber lo que no sabía sobre el dichoso gimnasio y tenía que saberlo en ese momento. Sofocó el remordimiento que había intentado disuadirlo y empezó a investigar por el principio, por Allie y su familia.

Era una historia que ya había visto antes. Un padre alcohólico y una madre que había escapado con su hija cuando los maltratos habían llegado a ella. Una vida complicada, pero que no había impedido que Allie se licenciara en la universidad con matrícula de honor y casi sin deudas de estudiante. Había trabajado como una mula para sacar adelante Transcend con el dinero que le había dejado su madre cuando falleció, hacía tres años. El albergue se creó como una organización sin ánimo de lucro y llevaba el nombre de su madre.

Sin embargo, para que una organización sin ánimo de lucro pudiera mantenerse había que trabajar mucho y hacer mucho la pelota, algo que, evidentemente, Allie no sabía hacer. No ingresaba lo suficiente para cubrir costes y había estado sacando dinero del gimnasio y de sus propios ahorros.

Sacudió la cabeza. La solución era fácil. Había que traspasar la organización sin ánimo de lucro a otra persona y hacer una franquicia con Transcend. Todo se equilibraría y empezaría a dar beneficios.

Entonces, ¿por qué se oponía ella tanto a la idea?

Sabría cómo actuar cuando supiera la respuesta a esa pregunta. Suspiró. No era tan sencillo. No era un posible cliente al que podía manipular sin remordimiento para que hiciera lo que él quisiera. Era Allie. No quería hacerle daño aunque, en definitiva, fuese por su bien. Quería que ella confiara en él, que le dejara ayudarla.

Siguió leyendo. Su padre maltratador era espantoso, pero eso no explicaba por qué estaba tan empeñada en hacerlo sola. La mujer que había empezado a conocer durante los dos últimos días era fuerte e inteligente, pero no una maniática del control como se había esperado.

Eso era lo único que explicaría su insistencia en no permitir que el inversor que él representaba entrara en la empresa.

Desesperado, repasó otra vez los papeles. Nada y, además, podría decirse que había traicionado la confianza de ella al hacer esa investigación. Mierda. Había indagado lo más elemental cuando encontró la empresa, pero Allie Landers estaba limpia como una patena y, aparte de los informes económicos de la empresa y el expediente académico, no había rebuscado más.

Le habría gustado no haberlo hecho en ese momento tampoco.

Volvió a meter los papeles en la carpeta y la guardó en un cajón debajo de la encimera de la cocina. No había una solución fácil. Había prometido que dejarían los negocios para Nueva York, pero la única manera que tenía de saber qué era lo que la detenía era hablar con ella... Él era un puñetero hombre de negocios y se había metido en un buen jaleo.

Lo único que podía hacer era disfrutar el tiempo que estuviesen juntos. Si intentaba presionarla, ella daría por zanjado todo el asunto. A Allie le daba igual que se terminara el plazo porque no tenía ningún interés en vender su empresa.

Lo cual era un problema, porque todo el maldito barco estaba hundiéndose. Dentro de seis meses ya habría naufragado y lo habría perdido todo. Si confiase en él, podría ocuparse de todo. Aunque ese era el problema. Él sabía que quería lo mejor para el gimnasio y para Allie, pero ella no lo sabía. Daba igual que hubiese intentado decírselo de mil maneras, la verdad era que no había hecho nada para ganarse su confianza y era muy poco probable que lo consiguiera antes de que pasaran los próximos cuatro días.

Se quedó sentado y pensándolo durante casi una hora, aunque no se encontró más cerca de encontrar una solución que cuando empezó a pensar en ella.

¿Qué coño iba a hacer?

Ven a cenar conmigo. Ponte de punta en blanco.

Allie miró la nota que le habían llevado con la merienda que había pedido Becka. Notó que se le formaba una sonrisa ridícula e intentó contenerla. Una nota de Roman no debería alegrarle el día, y menos después de haber estado buceando por la costa de la isla, pero el corazón se le aceleró un poco al saber que él estaba pensando en ella y organizando algo para esa noche.

—Te ha mandado otra nota, ¿verdad?

Becka salió de su cuarto con un vestido cruzado que dejaba ver sus piernas y realzaba su delgada figura. Se había recogido el pelo azul en un peinado que podría llamarse zarrapastroso y chic y sonreía como si fuese un gato que se había comido el canario.

—No sé si es encantador hasta decir basta o una cursilada intragable.

—Las dos cosas —ella intentó parece imperturbable, pero no se le borraba la ridícula sonrisa—. Es patético.

—No es patético. Está prendado —Becka la miró con los ojos entrecerrados—. Los dos estáis prendados.

—Yo no puedo estar prendada de Roman Bassani. Solo nos quedan unos días y luego volveremos a ser enemigos otra vez.

Eso sí consiguió borrarle la sonrisa. Le costaba pensar que llegaría un momento en el que Roman y ella serían adversarios, pero no había otra alternativa. Él quería su gimnasio y ella no lo soltaría jamás. Fin de la historia y el final para ellos. Lo que había pasado en la isla no cambiaría nada.

Becka tomó unas frutas de la comida que les habían llevado.

—Sabes que tiene un cliente que quiere invertir en Transcend, pero ¿sabes por qué?

—Por lo mismo que se presentan todos los inversores cuando se enteran de que las cuentas no me salen tan bien como me gustaría. Creen que pueden hacer una franquicia con esa mezcla de ejercicio y nutrición que está tan de moda. Les da igual al albergue y, seguramente, lo dejarían al margen si tuvieran el control. Al fin y al cabo, chupa mucho dinero y a ellos no les interesa el futuro de esas mujeres —Allie sacudió la cabeza con vehemencia—. No puedo ponerlo en peligro. La empresa no va tan mal como para tener que ceder a las ofertas que nos hacen Roman y las otras personas como él. Nos va bien.

No les iba nada bien. Debería haber organizado una recaudación de fondos o algo así para el albergue, pero estaba tan ocupada dirigiendo el gimnasio que lo había postergado, y se arrepentía en ese momento.

—¿Cómo lo sabes?

Allie volvió al presente.

—¿Qué?

—¿Cómo sabes lo que tiene pensado Roman para Transcend? —Becka se metió un trozo de piña en la boca—. ¿Habéis hablado del asunto?

—No, ni vamos a hablar —Allie frunció el ceño por la mirada de incredulidad de su amiga—. Tú querías que follara como una loca en vacaciones y eso implica no hablar de trabajo. Es la única condición que hemos puesto y no voy a incumplirla. Acabaría en otra pelea y a lo mejor no podríamos reconciliarnos en la cama... —Allie se pasó una mano por la cara—. ¿Qué estoy haciendo? Todo esto fue un error.

Becka se levantó de un salto.

—Ni se te ocurra. Siento haber tocado un tema sensible. Creía que solo estaba haciendo una pregunta —fue hasta donde estaba Allie y la llevó a su cuarto—. Arréglate. Luego, vuelve aquí y bebemos un trago para darnos valor. No volveremos a hablar de esto, al menos, durante los próximos días.

—No tienes que sentirlo. Yo soy la que está portándose como una chiflada —Allie se paró nada más entrar—. Él me gusta...

—Ya lo sé.

Ella no supo si eso era un consuelo o un motivo de preocupación y no dijo nada. Cerró la puerta con delicadeza y rebuscó en el equipaje para ver si tenía algo que pudiera decirse que era de punta en blanco. Había llevado dos vestidos algo más especiales, por si acaso, y los había dejado en la cama que no solía usar. Uno era un vestido negro, sencillo y vaporoso, que tenía un escote muy bonito. El otro era uno de dos piezas con una falda tubo beis y un top tipo corpiño. Normalmente, para algo parecido a una primera cita, iría a lo seguro con el vestido negro y dejaría la posibilidad más moderna hasta que supiera si el tipo era un capullo o no. Sin embargo, ya sabía lo que era Roman y lo que pensaba de ella.

Volvió a sonreír y se decidió por el corpiño y la falda tubo.

Se arregló con calma, se peinó hasta que el pelo le quedó como las olas de la playa y se maquilló lo suficiente para que no se le derritiera en cuanto saliera de la parcela o cuando llegaran a donde iba a llevarla Roman. Lo remató todo con las sandalias de cuña con tiras. Tenían un tacón de unos ocho centímetros y sería casi tan alta como él, algo que le gustaba más de lo que debería. La virilidad de Roman no era tan frágil como para que necesitara que ella fuese

más baja, y esa era una de las cosas que le gustaban de él.

¡Le gustaban muchísimas cosas de él!

Becka sonrió cuando la vio volver a la sala de
la casa.

—Caray, hay alguien que lleva las bragas de
seducir...

—No llevo bragas.

—Lo cual, respalda lo que había dicho —Becka se rio—. Después del espectáculo en el barco,
si no cae sobre ti como un hombre hambriento
en cuanto te vea, me como un zapato.

Allie no quería dar por supuesta la reacción
de Roman, fuera cual fuese, y se dirigió hacia la
puerta sacudiendo la cabeza.

—¿Hasta mañana...?

—Siempre que mañana sea después de las
once —Becka dejó el plato y el tenedor en el fre-
gadero—. He quedado con Luke después de su
turno y pienso darle caña toda la noche.

—¿Te gusta?

—Me gustan algunas cosas de él —Becka se
encogió de hombros—. No tiene la más deslumbrante de las personalidades, pero tiene
una polla descomunal y unas manos mágicas,
así que es perfecto para el sitio y el momento —
Becka sonrió, pero no se le reflejó en los ojos—.
Ya me conoces, no me enredo con esas gilipolleces sentimentales. Me gusta mi vida como
es. No tengo tiempo para perderlo con algún
tío carente de afecto que espera que me desviva
por él.

Allí había algo más, pero nunca había llegado al meollo del asunto en los años que hacía que conocía a Becka. Aunque su amiga era despreocupada, era muy estricta en todo lo que pudiera parecerse a una relación sentimental. Le gustaba desdeñar entre risas cualquier asunto serio y ella respetaba esa petición tácita de no sacarlo a relucir.

Aunque ella tampoco podía hablar porque solo había salido esporádicamente con algunos hombres durante todo ese tiempo.

—¡Chupitos! —Becka sirvió dos vasos con vodka y le pasó uno a ella—. Por una noche follando como locas y para que disfrutemos de las vacaciones a tope.

Chocaron los vasos.

—Mañana, ¿por qué no hacemos algo solo las dos?

—Claro... siempre que no estés usándome de excusa contra Roman —Becka se bebió el vodka de un sorbo—. Si quieres pasar el resto del viaje con él, deberías hacerlo. Soy muy capaz de entretenerme sola y, además, en Nueva York pasamos más tiempo juntas que con nadie más.

Eso era irrebatible, pero... Se bebió su chupito y cerró los ojos mientras el alcohol le quemaba la garganta y le creaba una calidez muy agradable en el estómago.

—No quiero abandonarte.

Además, tampoco estaba tan segura de que quisiera pegarse tanto a Roman. Ya le costaba bastante mantener los límites entre ellos, entre la isla y Nueva York, entre el presente y el inevitable futuro. Llegar a conocerlo mejor empeoraría las cosas. Salvo...

—Lo pensaré —añadió Allie.

—Hazlo —Becka le quitó el vaso de la mano—. Ahora, lárgate. Cinco pavos a que te echa un polvo directamente en el jardín.

—Tienes que dejar de apostar sobre cuánto vamos a tardar en echar un polvo.

Sin embargo, se rio. Podía dejar aparcadas las preocupaciones por lo que le depararía el futuro...al menos, unos días más.

Lo resolvería todo cuando volviera a Nueva York.

12

Lo tenía todo preparado. Había puesto la mesa en el jardín que daba a la puesta de sol, la comida estaba en distintas bandejas calientes, las velas, las mejores intenciones...

Entonces, ella salió de entre la espesura y la sangre se le bajó de la cabeza a la polla. Llevaba una falda beis ceñida a las caderas y un corpiño que le levantaba los pechos como si se ofrecieran a su boca. Las sandalias tenían un poco de tacón que le resaltaban los músculos de las piernas y...

Se pasó el dorso de la mano por la boca.

—Coño, Afrodita...

Su sonrisa fue una recompensa suficiente, pero él no iba a ser el caballero que había pensado ser en un principio. Sobre todo, cuando estaba mirándolo con esos ojos insinuantes y le había rodeado el cuello con un brazo. Su sonrisa se hizo más amplia cuando rozó sus caderas contra las de él.

—Hola.

—Hola —él le tomó el trasero con una mano y le pasó el pulgar de la otra por la piel que le quedaba al aire entre la falda y el corpiño—. Estás impresionante.

—Gracias —ella lo miró de arriba abajo—. Tú también.

Hacía demasiado calor para llevar pantalones largos, pero se había puesto unos pantalones cortos color caqui y una camisa abotonada que podía decirse que era ir de punta en blanco para lo que se estilaba en la isla.

—¿Tienes hambre?

—Me muero de hambre —ella metió los dedos en las trabillas del cinturón—, pero no de comida. He estado pensando en ti desde que estuvimos en el barco —ella se estremeció un poco y a él se le puso más dura todavía—. La comida puede esperar y a ti te necesito ahora.

Allie le soltó el cinturón en un abrir y cerrar de ojos y le bajó los pantalones.

Él no pudo pensar cuando vio la expresión de ella.

—Sigues celosa.

—No —se arrodilló delante de él y le tomó la verga con una mano—. Lo estuve. Tú no hiciste nada y yo no tenía por qué estarlo, pero sucedió.

Él introdujo los dedos entre su pelo.

—Puedes sentir lo que te dé la gana.

—Ya lo sé.

La observó pasarse la lengua por los labios y se le aceleró el corazón. Estaba celosa de la mujer del barco. No se acordaba de su nombre, pero era hermosa y segura de sí misma. Quizá se hubiese fijado en ella si no estuviese completamente cautivado por Allie.

—¿Crees que hay alguna mujer que pueda compararse contigo en el dormitorio?

—Estábamos en un barco.

Ella volvió a acariciarlo, pero parecía conformarse con hablar por el momento.

—Eso es verdad...

—No me interesa competir con otra mujer por absolutamente nada. La vida no es un juego en el que las ganancias de uno se compensan con las pérdidas de otro y muchas veces nos enfrentamos entre nosotras cuando los únicos que salen ganando son los hombres... —hizo una pausa cuando él se limitó a mirarla—. De acuerdo. No me gustó nada que te tocara y quise tirarla al mar. No me enorgullezco de eso.

Le habría gustado ver la furia de su mirada cuando sucedió todo, pero, seguramente, fue mejor que no la hubiese visto. A él no tenía por qué complacerle que estuviese celosa, pero, aun así, le complacía.

Introdujo más los dedos entre el pelo y le acarició la nuca.

—Solo me interesas tú.

—Durante los próximos días.

Para siempre.

Sin embargo, no podía decirlo. Era demasiado pronto a pesar de las circunstancias agotadoras. Aunque nunca había dejado de perseguir lo que quería, y quería a Allie Landers. Solo tenía que darle un motivo para que le dejara intentarlo.

Tenía que concentrarse...

—Chúpamela, Afrodita. Muéstrame lo poco dispuesta que estás a compartirme.

Ella arqueó una ceja perfecta.

—Estoy muy poco dispuesta a compartirte.

Le lamió la parte inferior de la polla como si fuese una piruleta y luego se la metió en la boca hasta el fondo.

Roman tuvo que hacer un esfuerzo para mantener los ojos abiertos, para mirar sus preciosos labios rosas. Le lamía y mamaba sin dejar de mirarlo a los ojos, parecía como si quisiera reclamar la posesión de su verga de tal manera que sentía una especie de chispazos por la espalda y los huevos a punto de estallar. Sin embargo, no iba a explotar sin haberla tocado antes.

—Ven...

La levantó y la sentó en una butaca. Se arrodilló y le levantó la falda. No llevaba nada debajo y él se quedó sin aliento cuando la encontró húmeda y dispuesta. Todavía no, pero paladearla no podía hacer daño a nadie. Le puso las piernas por encima de los brazos de la butaca, bajó la cabeza y le pasó la lengua. No se cansaría jamás, por mucho que viviera, del sabor de

Allie. Ella gimió y arqueó la espalda para ofrecerse mejor.

—Acaríciate, Roman, hazlo por mí.

Se quedó helado y estuvo a punto de correrse por lo que acababa de oír. Le sujetó un muslo con una mano y se acarició la polla con la otra, pero no iba a correrse antes que ella. Le pasaba la lengua por el clítoris, alternaba los círculos con esos lametones verticales que sabía que le gustaban tanto, la devoraba arrastrado por sus gemidos y contorsiones. Estaba llegando. A él se le habían subido los huevos, pero la follaba con la lengua y gruñía en su coño. Necesitaba más, la necesitaba a ella.

Allie introdujo los dedos entre su pelo mientras se corría gritando su nombre. Él se agarró la polla con más fuerza, aumentó el ritmo y la siguió, tuvo a un orgasmo tan intenso que vio las estrellas. Se apartó un poco, le besó los dos muslos y le bajó la falda.

—Ahora, vamos a cenar.

Allie se quedó desfallecida en la butaca.

—No está mal para empezar una comida...

—No...

Roman le besó el abdomen y le colocó bien la ropa. Luego, se subió los pantalones y ella lamentó tener que dejar de verlo. Era magnífico. Vestido estaba muy bien, pero desvestido estaba mucho mejor.

Sacó la comida en dos platos con una naturalidad y eficiencia casi profesionales. Cuando volvió a poner en su sitio un tenedor que se había torcido, ella supo que tenía que ser verdad.

—¿Cuánto tiempo fuiste camarero?

—Seis años. Mis padres me pagaron la matrícula de la universidad, pero como creen firmemente que hay que trabajar para conseguir lo que merece la pena tenerse, el resto tuve que costeármelo yo. Trabajé en un restaurante para pagarme la comida, el alojamiento, los libros y demás gastos de todo tipo que tienes cuando estás en la universidad —Roman sacudió la cabeza—. No volveré a hacerlo jamás. Los trabajadores que trabajan toda la vida en la restauración o son santos o están locos. Nada saca tanto al gilipollas que la gente lleva dentro como ese pequeño poder que se creen que tienen cuando salen a cenar.

Ella, por los comentarios que había hecho él, había dado por supuesto que se había criado en un ambiente acomodado, le gustaba que hubiera tenido que trabajar para conseguir una parte.

—Seguro que das buenas propinas.

—Puedo permitírmelo —replicó él encogiéndose de hombros como si le diera igual.

Allie miró la comida para no seguir hablando de algo que, evidentemente, lo incomodaba. Era interesante. No le había importado hablar del trabajo, pero había cerrado la boca en cuanto había surgido algo que podía indicar que era una buena persona. Dio un sorbo de vino.

—Yo trabajé en la barra de un bar cuando estaba en la universidad, en el O'Leary's —ella captó que él lo conocía—. Los ricos son los que peores propinas dan, a no ser que crean que pueden acostarse contigo. Te lo aseguro, es algo que los camareros no dan por supuesto.

—No hace falta que hagas eso.

—¿Qué...?

Ella dejó el vaso y le prestó toda su atención. Roman la miró con detenimiento.

—No hace falta que me convenzas de que no soy un cabrón absoluto. Ya sé que no lo soy. Es posible que no sea el mejor tío del mundo, pero tampoco soy el peor. Soy normal.

Allie resopló antes de que pudiera evitarlo.

—Roman, serás muchas cosas, pero no eres normal.

Y no se refería solo al tamaño de su polla. Era decidido e inteligente y le había ido muy bien. Aunque no debería, lo preguntó en cualquier caso.

—¿Por qué estás en este sector de las inversiones? ¿Por qué no estás en bolsa o en algo que...?

Allie se calló antes de que dijera lo que estaba pensando.

¿Por qué no estaba en algo que no implicara quitarle cosas a los demás? Aunque, a juzgar por su forma de mirarla, él sabía perfectamente lo que estaba pensando.

—Ya sé que no lo parece, pero no soy el enemigo; ni tuyo ni de las demás personas a las que ayudo a entenderse con los inversores. La mayoría acaba agradeciéndomelo.

Ella no lo dudaba. Roman no era un charlatán farsante, pero su personalidad podía eclipsar todo lo demás, como el sentido común y el raciocinio. Si se lo proponía, podía acabar convenciendo a cualquiera de que el cielo era verde. Incluso en ese momento, ella estaba intentando encontrar la manera de asimilar que era una persona buena y no el coco que había dado por supuesto que era durante meses.

La verdad, no era ni el malvado ni el rollito de vacaciones, al menos, al cien por cien. La realidad era mucho más complicada.

Dio un sorbo de vino y revolvió la comida del plato.

—Ya sabes a dónde quiero llegar.

Él tardó un rato en replicar.

—¿Quieres hablar de negocios?

Cuanto más tiempo pasaban juntos, más claro estaba que tendrían que acabar hablando, y, seguramente, antes de que se marcharan de la isla...pero ella no quería que fuese esa noche.

—No. Siento haber sacado el tema.

—Podemos hablar, Allie —él la miró con los ojos entrecerrados—. Somos adultos y quiero llegar a conocerte mejor, por mucho que me guste follar contigo.

Eso sonaba a... No sabía a qué sonaba, pero tampoco encajaba con la idea que tenía de los límites que se habían puesto. No encajaba con nada. Tragó saliva para contener el pánico que se adueñaba de ella. Solo era una conversación. No estaba aceptando nada solo porque estuviese hablando con él. Llevaba todo el viaje hablando con él, pero esa vez le parecía distinto. Significativo. Tomó aire.

—¿Tienes aficiones?

Roman sonrió como si supiese cuánto le había costado hacer la pregunta.

—Trabajo un montón y no tengo mucho tiempo, pero voy a boxear un par de veces a la semana, no es nada competitivo, solo voy a hacer guantes.

Ella podía imaginárselo. Desde luego, tenía el torso de un boxeador, aunque las piernas eran tan sólidas como el resto de él.

—Boxeo y yoga, esa es la combinación perfecta.

Tenía mucha experiencia con el yoga. Ella llevaba años practicándolo y todavía le costaban algunas posturas que él había hecho la otra mañana.

—Los dos me ayudan a luchar contra el estrés, aunque de maneras distintas.

—Estoy segura —ella ladeó la cabeza—. No te queda mucho tiempo para la vida social.

Sabía de lo que hablaba. Ella, entre dirigir el gimnasio y dar clases, tampoco tenía tiempo libre.

—¿Cómo te metiste en el mundo de los gimnasios? —él levantó una mano antes de que ella contestara—. No me refiero al que tienes ahora, me refiero a por qué elegiste ese sector.

Ella empezó a pensar cómo quería contestar, pero acabó cansándose. Le cansaba tener que medir todo lo que le decía. Si confiaba tanto en Roman que le concedía el control pleno de su cuerpo, también podía confiar lo bastante como para poder tener una conversación con él sin temor a que fuera a tergiversarla y a utilizarla contra ella.

Quizá hubiese llegado el momento de tener un poco de fe.

Allie tomó un poco de comida, la masticó despacio y acabó tragándosela, aunque no tenía ni idea de lo que se había comido.

Estaba concentrada en Roman y en su conversación. Él no podía saber que esa pregunta, tan inocente en apariencia, abriría una caja de Pandora para ella. Dejó el tenedor apoyado en el plato.

—No tuve una infancia muy sana. Podría haber sido mucho peor, pero los mejores momentos de aquellos años eran cuando mi madre me dejaba que la acompañara al gimnasio. Cuando ella estaba allí, era... —Allie tuvo que buscar la palabra—. Era libre. Tenía un control que no había tenido nunca mientras estaba casada con mi padre. Cuando la relación terminó para siempre, fue una ciudad nueva, un gimnasio nuevo y una razón de ser nueva. Allí la vi encontrarse otra vez a sí misma, a hacer amigas y a emprender un camino muy largo hacia lo que parecía saludable.

Allie intentó encogerse de hombros con despreocupación, pero tenía todos los músculos tensos.

—Empecé a ir para que tuviésemos algo en común, pero la verdad era que me gustaba. Nunca me especialicé en el aspecto nutricional, pero como bastante bien. Me gusta la comida, me gusta el ejercicio y me gusta dar un sitio seguro a las mujeres como mi madre. Todo se reúne en Transcend.

Roman estaba tan quieto que parecía que no había respirado mientras ella hablaba.

—Siento que tu padre fuese así de cabrón.

—Yo también.

Una vez llegó a preguntarse si la relación de sus padres se habría estropeado porque nació ella, pero había visto demasiadas cosas como para que ese remordimiento se justificara. Él habría sido igual aunque la mujer hubiese sido distinta, hubiesen tenido una hija o no, e independientemente de los factores estresantes que alegaba para perder los estribos.

Miró a Roman, intentó imaginárselo bebiendo hasta el punto de maltratar a una mujer y no lo consiguió. Tenía una vena despiadada y quizá ella fuese una ingenua, pero no tenía nada que le diese miedo. Además, ¿por qué estaba pensando en eso?

Porque tenía que hacerlo.

Salvo que todo eso terminara cuando llegaran a Nueva York y ya diera igual cómo era cuando no estaba de vacaciones porque ella no tendría ocasión de comprobarlo.

Se hundió en la silla solo de pensarlo. Revolvió la comida otra vez. No podía querer nada más con Roman. La condición para estar juntos era que no hablaran de las cosas más importantes de sus vidas respectivas, del gimnasio de ella y del trabajo de él. Era insostenible, aunque una parte de ella quería que no lo fuese.

13

Roman notó el momento exacto en el que Allie empezó a cerrase en sí misma. Había estado presionando con preguntas y lo había hecho intencionadamente, pero porque no sabía casi nada de ella. Debería haberlo hecho para sacar provecho, pero solo lo había hecho porque, sinceramente, quería saber cosas de ella. Se aclaró la garganta.

—Te envidio en cierto sentido.

—¿Por qué?

Ese alejamiento desapareció de sus ojos azules y la devolvió al presente. De perdidos, al río. Ella le había dejado vislumbrar su pasado y él no podía ser menos.

—Antes te dije que no veía mucho a mis padres cuando era pequeño —Roman resopló—. Es posible que me quedara corto. Estaban más tiempo fuera que en casa. No fue un trauma cuando era pequeño, solo me sentí un poco a mi aire, pero luego, cuando fui más joven, habría dado mi brazo izquierdo por haber pasado ratos con cualquiera de ellos, como tú con tu madre.

Allí se inclinó hacia delante para no perderse nada.

—¿Por qué no tuvieron más hijos aunque solo fuera para que pudieras estar con alguien?

—A mi madre no le gustaba quedarse embarazada ni lo que llegaba después. Es revelador oír eso a los cinco años, por decirlo suavemente.

—Roman...

—No —él agitó una mano con despreocupación—. No necesito más compasión que tú. Mis necesidades están cubiertas y mis padres me quisieron a su manera. Lo que pasa es que se amaban y viajaban un poco más. Tenía un montón de empleados que se ocupaban de que no me convirtiera en un monstruo, aunque estoy seguro de que Elaine, mi niñera, no pensaría lo mismo si hubiese vivido para verme convertido en un consultor para adquisiciones de empresas —ella arqueó las cejas y él siguió—. El dinero le parecía un mal necesario, pero siempre me decía que esperaba que tuviera un empleo honrado que no girara alrededor de él.

Hacía más de diez años que no pensaba en esa conversación. Elaine falleció cuando él estaba en el primer curso de la universidad, en su fase rebelde. Mucha bebida, muchas chicas y muchos intentos de hacer algo lo bastante disparatado como para que sus padres se fijaran en él. La muerte de Elaine fue un mazazo, como si lo hubiesen arrojado a un mar gélido. Miró la vida que llevaba y se dio cuenta de que solo estaba haciéndose daño a sí mismo. Sus padres no iban a cambiar nunca y era inútil intentar obligarlos a que fuesen distintos.

—Lo siento —Roman sacudió la cabeza—. Esto se ha puesto intenso...

—Te agradezco que me lo cuentes —Allie se pasó un mechón por detrás de la oreja—. Es raro que no sepamos casi nada el uno del otro, pero...

Allie se movió.

—Follamos como si estuviésemos hechos el uno para el otro.

Roman quiso retirar la palabra en cuanto la dijo. Allie y él ya no follaban. Era algo que estaba a otro nivel y era mezquino rebajarlo.

—Exactamente —confirmó ella con una sonrisa.

Le dolió que ella estuviese de acuerdo tan deprisa, pero ¿acaso había esperado otra cosa?

—¿Y cómo conociste a Becka? —le preguntó él para hablar de otra cosa.

Roman se dejó caer sobre el respaldo de la silla y observó su animada forma de hablar mientras le contaba la historia de dos compañeras de universidad tan arruinadas y desesperadas que aceptaron un segundo empleo en el atroz gimnasio de la facultad. Era muy hermosa. Eso ya lo sabía, claro, tenía dos ojos en la cara, pero era hermosa en lo más profundo de sí misma, era una buena persona de verdad.

Quería ayudarla, pero no podía decírselo. Ella se había cerrado incluso cuando él había hablado del gimnasio en términos generales. Sería un desastre si intentaba hablar de forma más concreta. Tenía que actuar dentro de los límites que se habían fijado, era la única manera.

—No estás escuchando.

Ella no se lo reprochó como si estuviese enfadada, solo constató un hecho.

—Sí, estoy escuchando —Roman consiguió sonreír—. Ese jefe que teníais en el gimnasio de la facultad parece un pájaro de cuidado, pero habría que haberlo denunciado por teneros en esas condiciones.

—De acuerdo —ella arqueó las cejas—, lo haces muy bien. Estabas en otra galaxia, pero, aun así, has retenido todo lo que he dicho. Es de locos.

—Un mal inevitable. Enseguida aprendí que en mi profesión conviene tener varias alternativas cuando llega el final de una reunión con un cliente nuevo. Eso implica que tienes que escuchar lo que están diciendo mientras piensas la estrategia. Naturalmente, ofrecen una información preliminar, pero, normalmente, no sé exactamente lo que están buscando hasta que me veo con ellos cara a cara —Roman se encogió de hombros—. Algunas cosas parecen mejores sobre el papel de lo que luego son en realidad.

Allie se mordió el labio inferior y él captó el conflicto que se adueñaba de ella.

—De acuerdo, me rindo, háblame de tu trabajo a grandes rasgos, por favor.

Eso iba a ser fácil, aunque no podía dejar de tener la sensación de que iba a ser una prueba.

—Soy un contable sofisticado. Investigo empresas que parecen buenas inversiones y busco inversores que encajarán bien en ellas. El resultado final puede variar. Algunas veces las desmantelan y vuelven a levantarlas, otras veces las amplían y también pueden convertirlas en franquicias. Normalmente, da buenos resultados para las dos partes y los inversores y yo nos llevamos una buena tajada.

—Supongo que dependerá de lo que tú llames buenos resultados.

Él sabía a dónde quería llegar y aunque no quería discutir, quizá fuese el momento de no seguir sorteando lo que era evidente.

—No voy a decir que todos los propietarios de las empresas se quedan encantados por el procedimiento, pero, en la mayoría de los casos, la alternativa es que han tocado fondo y que pueden perder todo lo que han conseguido trabajando como mulos. Algunas veces hay que transigir.

Ella lo miró fijamente con esos enormes ojos azules.

—¿Tú transiges alguna vez, Roman?

***

Debería... Bueno debería haber hecho muchas cosas. Se había arrepentido de haber hecho la pregunta en cuanto le salió de la boca, como se arrepentía de muchas de las cosas que le había dicho a Roman desde que se conocieron. Se levantó.

—Da igual. No paramos de decir que no deberíamos hablar de esto, que deberíamos tomarlo todo a la ligera, y tampoco paramos de hacer exactamente lo contrario.

Aunque había una cosa que se les daba bien, mejor que bien.

Se metió los pulgares por debajo de la cinturilla de la falda y se la bajó con naturalidad. El top le costó algo más, pero consiguió acabar quitándoselo y tirándolo sin parecer tonta del todo. Roman no se había movido, pero estaba agarrándose a la mesa y tenía los nudillos blancos.

Consiguió apartar la mirada de sus pechos y la miró a los ojos.

—¿Qué haces?

—Vamos a estropearlo todo por hablar demasiado, y no quiero estropearlo.

Él siguió sin moverse.

—No pasa nada por discrepar. Sería absurdo creer que vamos a coincidir en todo como coincidimos en el aspecto físico.

Ella lo sabía, claro que lo sabía. Solo una niña o una idiota creería que existe la relación sentimental perfecta. Todo el mundo tenía problemas, aunque la mayoría de las veces no eran tan catastróficos como habían sido los de sus padres.

Sin embargo, eso no era una relación sentimental. Tenía que tenerlo presente y eso le costaba tanto como cualquier otra cosa. Sacudió la cabeza.

—Esa es la cuestión. Esto es una fantasía y las discrepancias no caben en las fantasías. Yo te deseo y tú me deseas, dejémoslo en eso.

—Allie...

Ella se dio media vuelta y se dirigió hacia la oscuridad. Él la seguiría, no podía evitarlo. Luego, se acariciarían y todas sus sensaciones conflictivas desaparecerían por un rato. Eso era lo que quería, ya tenía una vida bastante complicada. No le cabían más complicaciones, aunque llegaran en un envoltorio que hacía que el cuerpo se le estremeciera y el corazón se le desbocara.

Follar era más fácil y más seguro.

Aunque no le pareció especialmente seguro cuando llegó a la arena y siguió andando. Allí, con las luces de la parcela a lo lejos y las estrellas como un manto por encima, la naturaleza se sentía más cerca. El rumor del mar sobre la arena hizo que tomara la primera bocanada de aire desde que Roman y ella habían empezado a hablar de cosas que habría sido preferible no hablar.

Echó la cabeza hacia atrás e inhaló con fuerza, llenó los pulmones con ese aire salado y se olvidó de las preocupaciones. Seguía de vacaciones, por mucho que la realidad intentara entrometerse machaconamente. Tenía que relajarse y sería un desastre que volviera a toda esa mierda antes de que estuviera a punto.

Oyó unos pasos por detrás, pero no se dio la vuelta para ver cómo se acercaba Roman. No podría ver más que su silueta y prefería absorber toda la paz que pudiera mientras esperaba a comprobar si él daba por terminada la conversación.

Se paró al lado de ella, tan cerca que sus hombros se tocaron.

—No puedes huir toda la vida de esto.

—No estoy huyendo de nada —era una mentirosa—. Estoy ateniéndome al trato que hicimos. Todo puede esperar hasta que nos vayamos de West Island.

No iba a hablar de lo que pasaría entonces, ni siquiera iba a pensarlo.

—Allie...—su susurro se perdió entre el sonido de las olas que rompían a sus pies—. ¿Eso es lo que quieres de verdad? ¿Solo quieres follar hasta que nos quedemos sin palabras y darle la espalda a todo lo que quedará sin decir entre nosotros?

Era el momento de la verdad. Si decía que había cambiado de opinión sobre el trato, tenía la sensación de que Roman no la juzgaría. Parecía que él quería hablar, hablar de verdad. Era posible que estuviese empezando a sentir lo mismo que ella, que lo que había entre ellos no era solo una cuestión de tener orgasmos a la vez, que quizá hubiese algo más.

Solo tenía que decirle que estaba dispuesta a hablar.

Sin embargo, abrió la boca y se impuso la cobardía.

—Podemos hablar cuando estemos en Nueva York.

Él se dio la vuelta hacia ella, pero tenía la mirada perdida en la oscuridad.

—Prométeme que lo haremos.

—¿Qué?

—Prométeme que no huirás cuando volvamos, que cenarás conmigo y hablaremos.

Eso era imposible.

Estaba muy bien en teoría y en ese momento, bajo las estrellas y cuando sus cuerpos se atraían el uno al otro, pero no se sostendría cuando volvieran a la ciudad y a sus vidas de verdad. Él tendría muchas cosas que hacer, los dos perderían el interés y seguirían adelante con sus vidas.

Sintió una opresión en el pecho solo de pensarlo, pero lo dejó a un lado como todo lo que había dejado a un lado desde que llegó allí.

—Lo prometo.

Roman se acercó, le pasó las manos por las caderas y la espalda, la estrechó contra sí. Se había desnudado antes de ir tras de ella y se estremeció al sentirlo pegado a su cuerpo. No había dejado de decir lo hermosa que era, pero él era una obra de arte.

—Adonis.

—Afrodita —la levantó para que pudiera rodearle la cintura con las piernas—. Vamos a darnos un baño.

Ella no rechistó mientras la llevaba al mar. Roman no entró mucho, se paró cuando el agua le llegaba a ella justo debajo de los pechos. Le parecía una perversión absoluta estar allí con él. Nadie los habría visto aunque estuviesen a plena luz del día, pero la sensación de riesgo hacía que todo fuese más intenso.

El agua le acariciaba los pechos, su piel mojada se le escurría entre las manos, sentía su aliento en los labios... Se arqueó para intentar alcanzar su boca, pero Roman la esquivó.

—¿Te sabes la leyenda de Afrodita?

—Claro —contestó ella parpadeando—. Llegó del mar.

No había terminado de hablar cuando Roman la empujó. Se vio en el aire una milésima de segundo, hasta que cayó en el agua y se hundió.

Salió a la superficie entre maldiciones que se convirtieron en risas.

—¡Estás loco!

—Vamos, no puedes bañarte en pelotas en el Caribe sin hacer el ganso un poco.

La salpicó y desapareció debajo del agua. Ella retrocedió precipitadamente y buscó algún rastro de él en el agua oscura como la tinta, pero no encontró nada hasta que la agarraron del tobillo con una mano y la hundieron en el mar. Se entrelazaron bajo la superficie, ella utilizó los hombros para hundirlo más y salió para tomar aire. Entonces, él le rodeó la cintura con los brazos y la llevó hacia la orilla. Notaba su polla encima del culo y se quedó sin respiración.

—Se acabaron los jueguecitos...

Ella se rio del tono cursi, pero fue un sonido forzado.

—Solo querías mojarme entera...

—Mmm —él le tomó los pezones entre los pulgares y los índices—. Vamos. Me encantaría hacerlo aquí y ahora, pero los condones están en la parcela.

Ella estuvo a punto de decir que le daba igual, pero cerró la boca y asintió con la cabeza. Le encantaría echar un polvo sin condón con Roman, pero no podía ocurrírsele una idea peor.

—Sí, vamos a la parcela. Ahora mismo.

Antes de que ella hiciera algo que los dos lamentarían.

14

La llevó por la arena sin hacer caso de la tensión que se adueñaba del cuerpo de ella a medida que se alejaban de la orilla. Tenía demasiado tiempo para pensar. Estaban teniendo un cuidado escrupuloso para no rozar asuntos que los enfrentarían, pero él anhelaba esa parte de ella tanto como las demás. Allie no era la hermosa sirena que se sentía como pez en al agua con el mar color turquesa de fondo.

Era una mujer fuerte que no se había dejado derrotar por circunstancias que no podía controlar. Había luchado con uñas y dientes para conseguir todo lo que había conseguido en muy poco tiempo y era una putada que no hubiese salido según lo previsto.

Él no quería que ella se quedara sin Transcend, como tampoco ella quería perderlo, aunque solo fuera porque sabía el daño que le haría.

Y él llegaría muy lejos para ahorrarle todo el dolor que pudiera.

Subió las escaleras del porche y fue directo al dormitorio. Ella no le agradecería que le estropeara el buen humor con una conversación seria e, incluso, llegaría a marcharse si sacaba el tema prohibido. No podía hacer absolutamente nada para cambiar eso y no estaba acostumbrado a sentirse tan atado de pies y manos.

No podía emplear palabras para tranquilizar a Allie, pero sí podía emplear el cuerpo.

—Roman...

El titubeo que captó en su voz lo aniquiló. La dejó en el suelo, pero no la soltó.

Desnuda y mojada, parecía una sirena de verdad, y parecía que la habían mandado para tentarlo.

—¿Pasa algo? —preguntó ella parpadeando.

—No.

No pasaba todo lo que él quería que pasara. Le gustaba Allie. Admiraba su fuerza y quería reforzarla, quería ser un apoyo inamovible para cuando ella lo necesitara. Si había algo que sabía con certeza sobre la mujer que tenía entre los brazos, era que no bajaba las manos, que no le pasaba el peso de sus cargas a nadie... y él quería soportar ese peso, al menos, un tiempo.

Le tomó la cara entre las manos y le acarició los pómulos con los pulgares.

—Quiero que nos limitemos a ser nosotros dos mientras estamos aquí. Sin pasado y sin preocupaciones por el futuro. Solo tú, Allie, y yo, Roman, dos personas que disfrutan estando juntas.

—Eso es muy bonito —ella se mordió el labio inferior—, pero no sé si es posible olvidarse de todo y fingir que no existe.

—Afrodita... —él le besó el labio, justo donde todavía le quedaba una marca de los dientes—. Solo existimos nosotros, la diosa del amor y Adonis.

—Sabes que ese mito acaba mal, ¿verdad? —le preguntó ella entre risas.

—Es mitología griega y no hay finales felices —Roman le besó la obstinada barbilla—. Que les den. Esta es nuestra historia.

Ella titubeó un instante tan breve que casi ni se notó.

—Sí, esta noche, los tres días que quedan. Solos tú y yo...

Aunque Roman no quería ningún tipo de límite, también sabía cuándo no debía forzar su suerte.

Allie le había dado más de lo que había esperado y tenía que alegrarse por eso.

—Voy a llevarte a la cama.

—¡Por fin! —Allie dejó escapar un suspiro muy teatral—. Creía que nunca llegaríamos a la parte buena.

—Todas las partes son buenas —la empujó hacia la cama, la tumbó y se inclinó sobre ella—. Dime qué te apetece, esta noche, tus deseos son órdenes para mí.

—¿Solo esta noche? —preguntó ella con ese

ligero tono de vulnerabilidad tan característico suyo.

Siempre, no solo esa noche... Se le escapaban unas promesas que no tenía por qué hacer. Sabía que deseaba a Allie, pero también se daba cuenta de que solo le quedaban tres días y eso le producía una desesperación que lo atenazaba por dentro. La miró y su expresión de necesidad le oprimió el pecho. No quería perderla. Tragó saliva.

—Empezaremos por esta noche y ya veremos qué pasa.

—Bésame, Adonis —ella sonrió y se arqueó para estrechar su cuerpo contra el de él—. Acaríciame, abrázame, fóllame...

Esa noche no iban a follar, hacía días que habían pasado de ese punto, aunque él no podía decir cuál fue el momento exacto en el que Allie dejó de ser una mujer impresionante que lo volvía loco y pasó a ser una mujer con un interior tan cautivador como lo que sentía cuando le montaba la polla. No se trataba solo de follar, por mucho que ella quisiera engañarse.

Quizá siempre hubiese sido así de complicado... Se tumbó a su lado en la cama y le besó el cuello.

—Aquí... —Roman se puso de costado para llegar a todo su cuerpo y le besó el hombro—. Aquí...

—Se me ocurren algunos sitios que me gustaría...

—Puedo imaginármelo —la puso de costado

para pegarse a su espalda y le tomó los pechos con las manos—. Abre los ojos.

Se quedó helada cuando se encontró con la mirada de él reflejada en la ventana que había al otro lado de la cama. La oscuridad del exterior y la única lámpara que había encendida hacían que el cristal fuese un espejo.

La besó con la boca abierta por detrás del cuello y se separó un poco para que el aliento le acariciara la piel húmeda. Ella se estremeció y se arqueó para presionar los pechos contra sus manos.

—Me gusta.

—Solo estoy empezando —le tomó los pezones entre los dedos y se los pellizcó con delicadeza—. Me encanta que se te sonroje la piel cuando te gusta lo que te hago.

Ella levantó la cabeza y frunció el ceño.

—El reflejo no es tan bueno...

—No, no lo es.

Bajó la mano por su abdomen, le agarró el muslo, le levantó la pierna y puso el pie por detrás de sus piernas. Eso la dejaba abierta para él y se deleitó cuando se estremeció.

—¿Tienes frío?

Allie levantó una mano para pasarle los dedos entre el pelo.

—Estoy ardiendo. Acaríciame, Adonis.

Le encantaba que lo llamara así. Era algo solo de los dos, algo especial y elocuente.

Le pasó un dedo por el interior del muslo para provocarla.

—¿Dónde quieres que te acaricie?

—Ya sabes dónde.

—Es posible... —bajó la mano al coño y lo encontró cálido, húmedo y expectante—. ¿Aquí...? —se abrió paso entre los pliegues—. ¿Aquí me anhelas?

—Sí —ella contoneó las caderas para dirigirlo, pero él la agarró de los hombros—. Eres un mandón.

—Sí —le acarició el clítoris con la yema del dedo—. Te encanta.

—Es posible.

—Es seguro, mi Afrodita.

Introdujo dos dedos mientras la miraba a la cara. Ella separó los labios y se le nublaron los ojos.

Roman le soltó lo justo para tomar un condón.

—Déjame.

Allie se dio la vuelta entre sus brazos y se lo quitó. Rasgó el envoltorio y le agarró la verga. Se la acarició un par de veces y el deseo que se reflejó en los ojos de ella fue comparable al fuego que lo abrasaba por dentro.

—No deberías ser tan perfecto, va contra todas las leyes de la probabilidad.

—No soy perfecto —él soltó una carcajada—. Ni mucho menos.

Tenía más de un fallo y los había tenido siempre. Era demasiado egoísta; era demasiado inflexible y decidido, a veces, a costa de sus relaciones; era cabezota hasta decir basta...

—Claro, eso es evidente —Allie le puso el condón sin prisas—. Me refería a tu polla, Adonis.

Eso hizo que se riera otra vez, aunque estaba acariciándolo.

—Eso se llama un halago con doble sentido.

—Solo si quieres tomártelo así —Allie lo tumbó de espaldas y se puso encima de él con las manos en su pecho—. En serio, no tienes ni una imperfección física. Ningún hombre me había dejado sin respiración solo de mirarlo, solo tú.

La miró. Ella intentaba por todos los medios poner todas las barreras que podía entre ellos. Era más fácil limitarse a lo físico que reconocer que podía no ser tan malo como había dado por supuesto que era, que reconocer que le gustaba por algo más que su capacidad para hacer que se corriera tanto que veía las estrellas.

Se puso su verga en la abertura y se la metió poco a poco con los ojos cerrados y los labios separados.

—Dios... —contoneó un poco las caderas para colocársela bien—. Siempre creo que puedo imaginarme cuánto va a gustarme, pero siempre me equivoco.

—Porque soy yo.

Allie abrió los ojos y lo miró con el ceño fruncido.

—¿Qué?

—Pierdes la cabeza cada vez que te toco porque soy yo. Igual que yo no puedo dejar de tocarte cuando estamos en la misma habitación. Nos volvemos locos el uno al otro y, efectivamente, eso tiene algo que ver con lo ardiente que eres, pero es algo más que solo eso y lo sabes —introdujo una mano entre los dos y le acarició el clítoris con el pulgar—. No soy un consolador de carne y hueso o un muñeco hinchable, soy yo.

Allie lo miró fijamente. Solo quería dejarse arrastrar por la perfección del momento, por lo que le gustaba tenerlo dentro y por sentir su maravilloso cuerpo entre los muslos. No quería convertirlo en algo que no tenía por qué ser.

—Ya sé que eres tú —no podía separar al hombre del cuerpo, la personalidad de Roman era tan arrolladora como su físico—. Puedo verlo...

Llevada por el placer que la dominaba, cimbreó las caderas con un movimiento que hizo que los dos aguantaran la respiración.

—Puedo verlo —repitió Allie. No eres malo por mucho que finjas serlo.

Quizá tampoco fuese bueno, pero eso era algo que no podía decidir en una semana.

Era una mentirosa.

Se inclinó para besarlo por lo tentadores que eran sus labios y para acallar la vocecita que oía por dentro. No podría controlar eso, ya era complicado y lo sería más. Le daba igual. Se preocuparía por las complicaciones a medida que se presentaran. En ese momento, solo le importaba borrar la sombra de dolor que había visto en los ojos color avellana de Roman.

Sus labios tenían el sabor del mar y su piel, la calidez del sol. Era como la encarnación de esa isla, hermoso y salvaje por debajo de ese exterior cuidadosamente refinado.

—Dejó de ser solo sexo contigo. Lo sabes y lo sé, pero no hablamos de ello.

Él dudó, pero acabó asintiendo con la cabeza.

—Puedo hacerme el cazador paciente, Afrodita. No hablaremos de ello esta noche y es posible que tampoco lo hagamos durante los próximos tres días, pero acabaremos hablando de ello.

Eso era lo que ella temía.

—Creo que eres Adonis de verdad —murmuró ella sobre sus labios.

—Solo cuando estoy con mi Afrodita.

Allie no quería hablar más. Cada vez que había hablado esa noche, había tambaleado un poco ese frágil equilibrio que había intentado mantener. Los límites estaban por algo, maldita fuese, y Roman parecía dispuesto a saltárselos todos. Él había dejado de someterse a las reglas, pero no había llegado tan lejos como para reprochárselo.

¿Acaso quería reprochárselo? ¿Qué tenía de malo pasárselo bien?

No duraría... ¿Y si duraba?

Volvió a besar a Roman y se estrechó contra él. Lo montó despacio sin importarle el final.

Acabarían llegando, como siempre. En ese momento, solo quería estar plenamente con él y allí. El resto del mundo podía esperar.

Él introdujo una mano entre su pelo y le agarró el culo con la otra para llevar el ritmo cadencioso de sus vaivenes. Tenían los cuerpos sudorosos y ella gemía por el roce de sus pezones en el pecho de él. Fantástico, todo lo de ellos era fantástico. Todo daba igual, menos los movimientos de su lengua en su boca, menos sentirlo dentro de ella, tan grande y pleno que era casi excesivo...

—Necesito más.

Le dio la vuelta y Roman empezó a moverse en cuanto la espalda de ella tocó el colchón. Se movía como las olas entre las que acababan de estar. Era firme y constante, y alcanzaba los puntos precisos. Frotaba el hueso del pubis sobre su clítoris y le hacía gemir. Solo podía sentir a Roman, solo existía Roman; sus manos que la agarraban de las caderas, las acometidas de su polla entre los muslos, los pequeños improperios que soltaba cada vez que respiraba. Era deslumbrante.

—Sí... Ahí... No pares...

—Córrete por mí, Afrodita —gruñó él sobre su cuello—. Córrete por tu hombre.

Estaba tan dominada por el placer que no podía pensar en lo que decía él, al menos, eso fue lo que se dijo a sí misma cuando escondió la cara en la curva de su cuello y tuvo un orgasmo tan intenso que podría haber cambiado el eje de la tierra. Roman acometió con tal fuerza y ganas que ella lo sintió en lo más profundo de su alma.

Eso no podía acabar. No sabía si era de verdad o no, pero quería que lo fuera.

Roman la abrazó como si creyera que podía salir volando de la cama y perderse en la noche. Si se tenía en cuenta que tenía el corazón acelerado, y que no era por haber follado de aquella manera, creía que los temores de él podían estar fundados.

—No sé cómo hacerlo.

—¿El qué?

Ella no apartó la cara de su pecho. Era más fácil ser sincera cuando no estaba mirando a esos ojos color avellana.

—Esto, tú, nosotros...

Nosotros. Solo era una palabra, pero lo cambiaba todo. Cada vez que Roman la tocaba, cada vez que se corría con su nombre en los labios, se daba cuenta de que eso no eran solo unas vacaciones para follar.

Él le apartó un mechón de la cara y le levantó la cabeza para que lo mirara.

—¿Por qué vas a tener que hacer algo?

Él lo dijo con una expresión algo tensa a pesar de la sonrisa.

—¿Qué pasa?

—Allie... —él titubeó y sonrió—, me gustas mucho, pero sé que todo esto te desquicia y estoy intentando no presionarte mientras estemos aquí.

Mientras estuviesen allí...No se quedarían toda la vida en West Island. Mejor dicho, la semana siguiente ya se habrían marchado. Lo que tenían era pasajero, lo sabía ella y él también lo sabía. Tomó aire mientras la realidad le oprimía el pecho. Tenían fecha de caducidad. Habría un momento, en el futuro inmediato, cuando ya no pasaría las noches entrelazada con Roman. Tenía que atesorar recuerdos durante esos días para que le duraran toda la vida.

Quiso llorar solo de pensarlo, pero enterró esa sensación en lo más profundo de su ser. Ya tendría tiempo de sobra para llorar. En ese momento, lo único importante eran sus besos, sus caricias, en ese sentimiento que se adueñaba de ella mientras se deshacía alrededor de él.

—Afrodita...

Introdujo los dedos entre su pelo y lo besó con desesperación, descargó toda su impotencia y todo su miedo con la lengua. Tres días. Tenía demasiadas cosas para meterlas en tres períodos diminutos de veinticuatro horas.

Roman la agarró con fuerza del culo y la estrujó.

—Esto es lo que necesitas, ¿verdad? No quieres pensar más.

—Sí —él siempre sabía lo que necesitaba, aunque ella no supiese decirlo con palabras—. Solo quiero sentirte, aquí y en este momento, no quiero preocuparme por lo que pasará cuando volvamos a Nueva York.

—Dalo por hecho —le tomó un pezón con la

boca y se lo succionó—. Confía en mí, Afrodita, me ocuparé de ti.

Durante los tres próximos días, se dijo ella en silencio mientras la ponía de espaldas y empezaba a besarla por todo el cuerpo. No podía soportar pensar lo que pasaría después... y no lo pensó.

15

Roman le apartó el pelo de la cara.

—Tendrás que ponerte en marcha si no quieres perder el vuelo.

Ella le dio un manotazo a su mano sin abrir los ojos.

—Que le den. No voy a volver a Nueva York. Me quedaré aquí hasta que me echen.

Él sentía lo mismo, aunque no era la isla lo que hacía que quisiera que ese momento durara toda la vida. No estaba dispuesto a dejar que se esfumara lo que tenía con ella. Llevaba algún tiempo preparándose, pero esa mañana, al saber que iban a tomar sus respectivos vuelos a Nueva York y a volver a sus vidas normales... Lo que se jugaban le pareció estratosférico.

—Sal esta noche conmigo.

—¿Qué? —ella abrió los ojos por fin—. ¿De qué estás hablando?

—Esta noche, cuando nos hayamos instalado, quiero salir contigo.

No lo formuló exactamente como una pregunta, pero tenía que andarse con pies de plomo. Habían hablado de cambiar las reglas, pero él se había saltado todas y cada una. Le acarició el brazo y acabó entrelazando los dedos con los de ella.

—No estoy dispuesto a que esto acabe.

—Roman, ya lo hemos hablado. Nuestras vidas no coinciden fuera de la isla, nuestros mundos son muy distintos. No duraríamos ni una semana antes de que pasara algo que lo estropeara todo para siempre —Allie se movió para mirar las manos unidas—. Además, eso sin entrar en el asunto de que haya un inversor que quiere quedarse mi gimnasio sin contar conmigo.

Ella estaba empeñada en ver lo malo de la situación y él no había tenido la ocasión de convencerla de lo contrario porque cada vez que surgía, se encontraban follando de repente. Sabía muy bien que Allie estaba intentando escurrir el bulto, y él no podía quejarse del procedimiento, pero quería hablar con esa mujer desesperante.

—Vamos a cenar juntos. Hablaremos de toda la mierda que hemos estado eludiendo hasta ahora. Si luego estás segura de que no quieres que allane el camino para que alguien invierta en tu gimnasio, no lo haré.

—¿Así de sencillo?

—Así de sencillo.

De eso nada. Su cliente estaba interesada en el gimnasio y tenía una idea muy clara de lo que quería para su futuro, una idea que él compartía. No sería fácil encontrar un sustituto, pero él haría que saliera adelante, si Allie hablaba de verdad con él.

—¿Qué dices?

Ella siguió dudando. Roman podía ver cómo sopesaba las ganas de no ir a la cena y la ocasión que tenía de conseguir que él se retirara de una vez por todas. Acabó asintiendo con la cabeza.

—Iré esta noche, pero mañana quedaré libre.

—Mañana —él le dio un beso en la frente—. Me encantaría rubricarlo con un beso, pero si empiezo a besarte no pararemos hasta la hora del almuerzo, y tienes que tomar el avión.

Roman dominó el impulso de decirle que se quedara, que podían vivir indefinidamente en la isla y dejar atrás sus vidas. Ese sosiego no duraría mucho. Habían desconectado de la realidad durante una semana, pero, al cabo del tiempo, la vida real acabaría infiltrándose en su estancia allí. Mejor dicho, ya se había infiltrado. Allie había hecho todo lo que había podido para esquivarlo, pero él era realista, tenían que sacar a la luz toda la mierda para que pudieran solventarla. No tenían ningún porvenir si no lo hacían.

Allie se levantó de la cama y empezó a vestirse antes de que él se replanteara besarla.

—Será mejor que me vaya. Si se lo dejas a ella, Becka me hará el equipaje y su idea de hacer un equipaje es meterlo todo de cualquier manera hasta que parece que la cremallera va a reventar. Lo mejor, para mí y para mi equipaje, es que lo haga yo misma.

—Dame tu número de teléfono.

Titubeó otra vez, pero tomó el bloc de la mesilla y escribió su número.

—Hasta mañana.

En Nueva York. Por mucho que intentara fingir lo contrario, le costaba un abismo llevar su relación incipiente a Nueva York. Aun así, Roman consiguió esbozar una sonrisa.

—Que tengas un buen viaje.

—Tú también.

Allie se marchó y él oyó que sus pasos se alejaban de la parcela. Entonces, se levantó de la cama y se puso unos pantalones cortos. Su vuelo despegaba al cabo de un par de horas, era el primero que salía de la isla, y no volvería a verla antes.

Tardó quince minutos en hacer el equipaje y en repasar dos veces cada habitación para cerciorarse de que no se olvidaba nada. Dedicó un rato a destruir la información que había reunido sobre Allie. No la necesitaba, ella le había contado todo cuando le habló de por qué montó el gimnasio. Él sabía dónde tenía que apretar para provocar la reacción que quería, pero no podía hacerlo. No era solo la dueña cabezota de una empresa que necesitaba que la presionaran un poco para que hiciera las cosas como él quería, era Allie. Por ella, había dejado a un lado la manipulación y las maniobras turbias y había sido honrado.

Agarró el equipaje y fue al edificio principal. Había llegado el momento de ponerse manos a la obra y tenía que hacer un montón de trabajo durante el viaje. Todas las piezas tenían que estar encajadas antes de que volviera a ver a Allie. Se jugaba demasiado.

Allie no podía hacerse a la idea de que tenía que volver a Nueva York. No era solo el clima ni la cantidad de gente, era como si su vida no le sentara igual, como si fuese un jersey con una etiqueta que no había notado nunca, pero que, en ese momento, le molestaba cada vez que se movía. Para distraerse, dio una clase de *spinning* a primera hora de la mañana y se pasó el resto del día encerrada en el despacho, repasando facturas y el presupuesto para el mes siguiente.

Como distracción, era una mierda. Habían sufrido la habitual caída de asistencias del verano y eso implicaba menos ingresos. Ya estaba en números rojos, pero tanto el gimnasio como el albergue estaban alcanzando un punto irreversible a toda velocidad. Pronto tendría que empezar a despedir a sus chicas, la semana siguiente, sin ir más lejos, y la idea le revolvía el estómago. La única posibilidad era expulsar a algunas de las mujeres del albergue, y no se lo planteaba siquiera. Era como si tuviera que elegir entre dos hijos, y no sabía por dónde empezar.

Lo dejó a un lado para darle vueltas más tarde. No podía llamar a Becka porque Becka se despediría en el acto. No le importaría lo más mínimo tener que buscar otro empleo, era de esas mujeres que saltaban de un avión y averiguaban cómo funcionaba el paracaídas durante la caída. Era parte de su atractivo, pero no podía pedirle que tomara esa decisión.

No, a quien quería llamar era a Roman. Habían hablado un rato la noche anterior, sobre todo, para concretar la hora y el sitio de la cita de esa noche, pero lo notaba muy lejos después de haberlo tenido al alcance de la mano durante una semana. Quería estar arropada por él y que le dijera que todo saldría bien, que lo resolverían entre los dos.

Era débil. No tendría que apoyarse en un hombre, debería ser lo bastante fuerte como para apañarse sola. Sobre todo, cuando la solución de Roman sería intentar convencerla para que vendiera la empresa y se convirtiera en el problema de otro... y, por primera vez, estaba tentada. Había llevado esa carga sobre sus espaldas durante mucho tiempo, y solo ella tenía la culpa de que el albergue y el gimnasio estuviesen en peligro de hundirse. Dirigir cualquiera de ellos era un trabajo a jornada completa, y ella estaba intentando llevar los dos a la vez. Si encontrara un socio en el que pudiera confiar...

A los veintidós años, había estado segura de que solo podía confiar en sí misma. Había buscado una manera de superar la pérdida de su madre y esa le había parecido la mejor. Le iba bien, no se trataba de que trabajara solo como una máquina bien engrasada, pero tenía que haber una manera mejor, aunque no sabía cuál.

Impotente, salió. Las clases de la tarde estaban cubiertas y nada la retenía allí, salvo una especie de remordimiento muy raro. Tenía que poder hacer algo más, aunque no sabía qué. Si se empeñara, quizá pudiera celebrar un par de recaudaciones de fondos ese mes, antes de que fuese demasiado tarde. Tendría que dejar el gimnasio en manos de sus chicas para que ella se dedicara a organizar los actos, algo que nunca había sido su fuerte. El paso siguiente sería llamar sin reparos a los pocos donantes que la habían ayudado a que el albergue saliera adelante, pero siempre se había sentido abochornada, como si suplicara caridad. Tal y como estaban las cosas en ese momento, su presencia en el gimnasio era innecesaria y solo conseguiría hundirse más en la espiral de preocupaciones.

Subió a su piso, se duchó y se arregló sin prisa mientras intentaba dominar los nervios que le decían que esa cita era una pérdida de tiempo descomunal que acabaría en un desengaño.

Roman tenía un objetivo, y no era ella, era el gimnasio y el inversor que estaba interesado en él.

Sin embargo, eso no sofocaba la emoción que le producía la idea de volver a verlo. No habían pasado ni cuarenta y ocho horas y ya anhelaba sus caricias. Era peligroso...

Comprobó la hora y decidió que no pasaría nada si llegaba un poco antes. Los nervios estaban a punto de acabar con ella mientras se dirigía hacia el restaurante, pero ya conocía lo bastante a Roman como para saber que la localizaría si lo dejaba plantado. Más aún, no volvería a hacerle la misma oferta. Esa era la oportunidad que tenía de conseguir lo que quería: libertad.

Desgraciadamente, eso no la aliviaba como le gustaría. Esa libertad significaba que no volvería a ver a Roman. ¿Cómo iba a verlo cuando representaba una serie de prioridades completamente distintas a las que tenía ella? Aunque estuviese dispuesta a intentarlo, sus ocupaciones respectivas harían que se vieran poco tiempo y muy de vez en cuando. Si las cosas no se iban al traste por sus diferencias, lo harían porque ninguno de los dos encontraría el tiempo para que salieran adelante.

Caray, qué fatalista. No, estaba siendo realista.

Entró en el restaurante que había elegido Roman. No lo conocía y se paró para echar una ojeada. Todo era moderno y minimalista, lo contrario que el estilo descuidado pero elegante de West Island. La elección no le parecía propia de Roman, pero podría ser porque no lo conocía tan bien como le gustaba creer. Estaba cambiando de opinión y sensaciones continuamente y tenía que dominarse.

Le dijo a la camarera que había quedado con Roman Bassani y la llevó a una mesa con asientos de respaldo alto que daba a la calle. Las ventanas no eran grandes, pero sí lo bastante como para poder mirar. Si pudiera apartar la mirada del rostro perfecto de Roman. Él se levantó y ella no pudo evitar compararlo con el hombre al que se había sentido tan conectada en la isla. Su Roman estaba allí, debajo de ese traje hecho a medida y del pelo perfectamente peinado. Podía vislumbrarlo en esos ojos color avellana, pero hasta la forma de colocar los hombros era distinta, era más rígida.

—Hola.

Se rodeó con los brazos y lamentó no haberse puesto algo más elegante, pero no sería ella, como aquel tío relajado con pantalones cortos tampoco era Roman. Su vestido cruzado estaba bien, pero si no se equivocaba, él podría pagar varios meses de su alquiler con lo que le había costado el traje.

—Hola.

Él le tomó la mano y la acercó un poco. Le dio un beso fugaz en los labios y el alma se le cayó a los pies porque también fue un beso distinto, casi de compromiso, sin la pasión a la que se había acostumbrado y que antes se palpaba hasta en el más mínimo de los contactos.

Se soltó la mano, esbozó una sonrisa forzada y se sentó.

—Te veo muy bien.

—Me lo has quitado de la boca... —él sonrió y se sentó enfrente de ella—. ¿Qué tal el día?

Espantoso, no podía hacer frente a los gastos. Estaba dándose cuenta de que lo quería mucho más de lo que se había esperado y estaba escrito que tanto esa relación incipiente como la propiedad de su gimnasio iban a acabar muy mal. Estaba metida en un lío y no sabía cómo salir de él. Intentó sonreír.

—Bien.

Roman frunció el ceño.

—¿Cuál es la verdad, Afrodita? Esa no lo es...

—No sigas por ahí, por favor.

No quería abrirse en canal para él, no lo hacía con nadie. Ella era la fuerte, la que pasaba por cosas que destrozarían a cualquiera y salía como si tal cosa. No podía estar más claro que esa cena sería la despedida. Roman quería algo que ella no podía darle, y no se refería al gimnasio y al albergue, quería partes de ella.

Era imposible.

Apretó los dientes y decidió llegar hasta el final de esa cita para arrancarle la promesa de que dejaría en paz a su empresa. Luego, se marcharía. Era preferible acabar con todo en ese momento antes que dejar que fuese alargándose hasta que protagonizara alguna de las situaciones que se había imaginado y la habían torturado.

Apareció la camarera para tomar nota de las bebidas y ella agradeció esa distracción. Pidió vino blanco y Roman, whisky. La mujer se marchó y no quedó nada que se interpusiera entre ellos. Tomó aire.

—Estoy preparada, lanza cuando quieras.

16

La miró fijamente. Se sentía como si estuviese en un barco que se dirigía hacia una tormenta, que se alejaba de las costas del paraíso y que no volvería a verlo jamás. Independientemente de lo que hubiese dicho cuando aceptó tener esa cita, estaba claro que ella había cambiado de opinión respecto a su propuesta y respecto a él. Quería zarandearla para que viera que podría conseguir cosas buenas con solo bajar mínimamente las barreras... si lo dejaba entrar.

Se dejó caer sobre el respaldo. Lo mejor sería acabar con aquello, porque se daba cuenta de que no llegaría a nada personal hasta que hubiesen resuelto la parte relacionada con su querido gimnasio.

—No hace falta que te dé los datos de mujeres que se sienten acosadas en los gimnasios, por no decir nada de sus vidas cotidianas. Con Transcend has creado algo único que mi inversor cree que daría buenos resultados como una pequeña franquicia, algo que, en un principio, se limitara a un puñado de grandes ciudades: Los Ángeles, Seattle, Atlanta, Chicago... Los gimnasios refinados y exclusivos están de moda, pero esto podría durar mucho más que una moda pasajera, sobre todo, si va acompañado de planes de nutrición y un bar de zumos.

—Transcend no es eso.

—Transcend es exactamente eso. Sois un refugio, muchas mujeres acuden a ese gimnasio porque es uno de los pocos sitios donde pueden bajar la guardia. Se sienten a salvo por vosotras y la pequeña comunidad que habéis creado —Roman se inclinó hacia delante y apoyó los antebrazos en la mesa—. ¿No se lo merecen también las mujeres que no son de esta ciudad?

Allie lo miró a los ojos.

—Hay otros gimnasios solo para mujeres, el mío no tiene nada de especial.

—El tuyo es el único que está relacionado con un albergue para mujeres maltratadas. Mi inversor está dispuesto a seguir con el trabajo que estás haciendo con el albergue y a ampliarlo —la esperanza que vio reflejada en sus ojos lo mató, y tuvo que seguir a toda velocidad—. Con la condición de que cedas completamente esa parte sin ánimo de lucro.

—¿Qué?

Andarse con rodeos no serviría de nada.

—No es tu pasión. La idea original fue tuya, pero la puesta en práctica fue deslucida en el mejor de los casos. Ayudas a esas mujeres y es tu pasión, combinada con el gimnasio, pero para que una organización sin ánimo de lucro salga bien hay que dorar la píldora y tener relaciones sociales, y eso es un trabajo a jornada completa, un trabajo que, como es evidente, no te interesa. No has hecho gran cosa hasta el momento.

—Eso no es justo. Yo...

Él levantó una mano.

—No era una crítica. Estás dirigiendo sola dos empresas y es normal que se hayan descuidado algunas cosas. Mi argumento, el argumento de mi inversor, es que si delegas y cedes ciertas atribuciones, todo podría ampliarse y dirigirse mejor.

Allie también se dejó caer sobre el respaldo. El tono dorado de su piel había palidecido por la preocupación.

—Incluso si me interesara desprenderme de todo lo que he levantado con mi trabajo, ¿qué garantía tengo de que ese inversor no acabará haciendo lo contrario de lo que dice en este momento?

—Puede estipularse en el contrato.

Roman contuvo la respiración mientras ella parecía meditarlo, hasta que negó con la cabeza.

—No, no puedo arriesgarme. Esas mujeres

dependen de mí para estar a salvo y no sé absolutamente nada de ese inversor. Además, he
comprobado lo endebles que pueden ser los
documentos; el poder se impone muchas veces
a los derechos y tu inversor lo tiene todo.

En teoría, tenía razón, había límites para las
posibles exigencias de Allie, aunque las garantías estuviesen reflejadas en el contrato, pero
él conocía al inversor y sabía que la oferta era
fiable, si no, no lo habría representado.

—Confía en mí. No te lo habría ofrecido si
no creyera que hace honor a lo que es importante para ti, sobre todo, después de la semana
pasada.

—Siempre dices lo mismo, que confíe en ti,
pero no has hecho ni una sola cosa para mere-
certe tanta confianza.

Eso le jodió. Le había contado cosas que no
le había contado a nadie, y aunque Allie era
reservada, había creído que también se había
sincerado con él. No era sensiblero, pero eso
quería decir algo o, al menos, eso había creído él.

—Solo pienso en lo mejor para...

—No.

Esperó alguna explicación, algo que pudiera
servirle, una indicación de que no estaba deján-
dolo al margen sin una explicación, pero esperó en vano y se desinfló poco a poco.

—Si te pido que salgas otra vez conmigo, si
quiero llegar a alguna parte, ¿voy a recibir la
misma respuesta?

Allie levantó el tenedor, pero lo dejó en el plato.

—Lo siento, Roman, pero no sé cómo iba a salir bien esto, somos muy distintos.

Una explicación muy poco convincente, y una gilipollez.

—¿Cómo íbamos a intentarlo si no me hablas? Nunca me dices nada. Esta noche has venido a la cena con las respuestas decididas. Daba igual lo que yo dijera, porque tú ibas a negarte a la inversión en el gimnasio y a que saliéramos juntos.

—Me niego a tu inversor porque no me fío de sus intenciones. Además, no tenemos nada que hacer. Fue maravilloso el tiempo que pasé contigo en West Island, pero no era la realidad —ella hizo un gesto que lo abarcaba todo—. Esto es la realidad. Tú vestido con tu traje carísimo y yo con mi vestido de segunda mano. Yo hago lo que puedo para ayudar a los demás y tú los perjudicas por tu trabajo. Somos demasiado distintos.

—Eso es una gilipollez y lo sabes.

La desesperación lo tenía atenazado de la garganta.

Estaba empeñada en ver lo peor de su profesión por muchas pruebas que le presentara en sentido contrario. Daría igual que le diera una lista con todos los propietarios de empresas que, encantados de la vida, habían salido ganando porque él había hecho su trabajo, Allie se quedaría con el único que estaba cabreado y lo utilizaría como una prueba para demostrar que era un monstruo.

—Estás siendo una acojonada. Te daré una noticia de última hora, Allie; no soy tu padre. Soy lo contrario de ese cabrón, pero si no te das cuenta, es muy posible que tengas razón, que no tenemos nada que hacer.

Lo que había dicho Roman ya se lo había dicho a sí misma, pero oír ese reproche dicho por él la dejó sin respiración.

—Eso no es justo.

—Tampoco lo es que sacrifiques un posible porvenir conmigo porque estás asustada.

Él lo dijo en voz baja y en un tono tajante, y ella, en cierto sentido, quería tirar la toalla y dejar que él tomara las riendas. Roman era más que capaz de ocuparse de los dos y de que la relación...

¿Podía saberse qué estaba pensando?

Sabía lo que pasaba por tener que depender de un hombre. Aunque Roman no iba a hacerle nada, era demasiado imponente y abrumador. Se la tragaría entera y lo único que quedaría de ella estaría relacionado con él, sería la mujer de Roman. No sería Allie, la mujer fuerte, propietaria de una empresa y segura de sí misma que no necesitaba apoyarse en nadie. Esa persona desaparecería y no podría recuperarla jamás.

Si no tenía el gimnasio, no tenía nada. Había

partido de cero y había vendido el alma por el camino. Para Roman era fácil decirle que confiara en él, que le hablara, cuando ella era la que tenía que hacer todos los sacrificios y él no hacía ninguno.

—¿Eso es lo que piensas de verdad?

Ella no se había dado cuenta de que había estado pensando en voz alta, pero tampoco iba a echarse atrás.

—¿Acaso no es verdad?

Roman era el único interesado en ese asunto y lo había sido desde que se conocieron. Bueno, no desde que se conocieron. La primera noche habían estado en igualdad de condiciones. Eran quienes eran y ninguno de los dos iba a cambiarlo.

Él apretó tanto los dientes que ella llegó a creer que podía rompérselos.

—Há-bla-me.

—Eso es precisamente lo que he estado haciendo todo el rato. Que no haya dicho lo que quieres que diga no quiere decir que esté equivocada —Allie se levantó—. Esto ha sido un error.

—Allie, si sales por esa puerta, se acabó. No voy a ir detrás de tu culo solo para seguir dándome de cabezazos contra la misma pared.

Lo dijo tan rotundamente que a ella le abrasó la garganta y le escocieron los ojos. Efectivamente, se había acabado. Habían estado dirigiéndose hacia ese momento desde que supieron quiénes eran. Ella, en parte, había llegado a creer que encontrarían una salida, pero él era demasiado intransigente, estaba demasiado seguro de que sabía lo que le convenía a ella.

Además, tenía razón; no se parecía en nada a su padre ni a esos hombres maltratadores que llenaban su albergue de mujeres. Se apostaría la vida a que Roman jamás haría algo así a una mujer. No, el daño que hacía no era físico, ni siquiera era intencionado. Sin embargo, eso no impedía que se sintiera como si le hubiese arrancado el corazón del pecho.

—Adiós, Roman.

—Allie, espera.

Sus pies se pararon, aunque la cabeza le exigía que siguiera moviéndose. Se dio la vuelta, casi contra su voluntad, y lo miró.

Roman también se levantó y miró alrededor. Ella ya se había dado cuenta, vagamente, de que tenían público, pero la realidad fue mucho más cruda. Estaba rompiendo en público, ante mucho público, con un hombre que ni siquiera era su novio. Eso había llegado a ser su vida.

—Si tienes algo que añadir, este es el momento.

Contuvo la respiración, esperó y se preguntó si él diría algo que le quitaría el miedo y los devolvería a algo parecido a un suelo firme.

Roman se acercó y bajó la voz. Sus ojos habían perdido la calidez y solo quedaba el gélido hombre de negocios.

—Si no aceptas la oferta de este inversor, estarás condenando a muerte al gimnasio y al albergue.

Allie se estremeció. Sabía mejor que nadie que estaba en apuros, pero eso no significaba que fuera a poner en peligro a las mujeres que dependían de ella. Al menos, hasta que hubiese agotado todas las posibilidades.

—Que tengas buena suerte —Roman sacudió la cabeza y la rodeó—. Lo digo de verdad, Allie. A estas alturas, se necesitará un milagro para que te salves, y acabas de rechazar la mano que te he ofrecido. Ya depende de ti, no de mí.

Lo miró mientras se alejaba y notó un vacío infinito dentro de ella. Se había encontrado con muchísimos obstáculos para montar y sacar adelante el gimnasio y el albergue, y había sorteado todos y cada uno. En justicia, debería estar furiosa con Roman y eso debería estimularla para que encontrara una solución a ese problema, pero solo quería volver a casa y llorar hasta que se quedara dormida.

Fue a pagar las bebidas, pero vio un billete de cincuenta dólares que Roman había dejado en la mesa. Él, aunque cabreado, había cumplido su parte del trato, al menos, en eso. Tenía que dejar de pensar en esas cosas. Ella le había dado la única respuesta que podía darle. En última instancia, el inversor podía pintarlo todo de rosa porque, a la hora de la verdad, el dinero tenía la última palabra. Una vez firmados los documentos, ella ya no podría decir nada, el inversor podría hacer lo que quisiera y ella no podría evitarlo.

Estaba segura de que había tomado la decisión acertada dadas las circunstancias.

Sin embargo, no sabía por qué se sentía tan espantosamente mal por haberlo desencadenado todo y por haber acabado de un plumazo con el inversor y con Roman. Debería sentirse aliviada. Ella también había cumplido su parte del trato y estaba libre. Por no decir nada de unas vacaciones que pasarían a los anales de la historia, que recordaría mientras viviera...

Aunque, en ese momento, solo sentía una tristeza abrumadora.

Salió del restaurante y pensó tomar un taxi, pero acabó decidiendo que daría un paseo. Tenía que liberar energía y aclarar toda la mierda que le daba vueltas en la cabeza. No podía dejar de pensar en lo que le había dicho Roman, que nunca encontraría la manera de salvar sola el gimnasio y el albergue, que estaba abocada al fracaso.

Que le dieran...

Era más fácil centrarse en el trabajo que afrontar el vacío que le había dejado la pérdida. Daba igual que se repitiera una y otra vez que Roman y ella no tenían porvenir, en el fondo, había llegado a esperar que encontrarían una solución que le aliviara los miedos. Era completamente justo que dependiera de Roman para que cargara con esa responsabilidad. Allie sacudió la cabeza y aceleró el paso. Quizá fuese eso en parte. No quería depender de él para todo, para cualquier cosa, pero había estado a punto de hacer exactamente eso. Era débil.

No podía ser débil ni en el trabajo ni en su anhelo por Roman.

Aun así, tuvo que hacer un esfuerzo para no llamarlo mientras iba hacia su casa. Quería hablar con él, gritar, llorar o... o lo que fuera. Conectar. Había estado demasiado tiempo a la deriva y no se había dado cuenta hasta que él había irrumpido en su vida y le había dado un norte. Solo habían pasado una semana juntos y eso debería haber sido un jarro de agua fría, pero daba igual. Tenían un vínculo y eso la aterraba. A él no parecía aterrarle lo más mínimo, pero ¿qué se jugaba él? Los riesgos de cada uno eran muy distintos.

Roman seguiría adelante con su vida. No iba a decir que se alegraría de dejarla atrás, pero era un hombre resuelto que no permitiría que un pequeño desengaño le impidiera alcanzar sus objetivos. Encontraría una inversión más adecuada para su cliente, y para todos los siguientes.

Acabaría saliendo con alguien. Sus horarios tenían que ser caóticos, pero tenía atractivos más que de sobra para que alguna mujer estuviera dispuesta a soportarlos. Saldrían juntos algún tiempo y le pediría que se casara con él en una isla que se parecería un montón a West Island. Incluso, no le extrañaría que se lo pidiera allí.

La idea le dio náuseas.

Tenía que llegar a casa, podría desmoronarse cuando estuviera allí. Paró un taxi y le dio la dirección. Se concentró en respirar durante todo el trayecto, solo en eso. Consiguió entrar y se derrumbó en el suelo.

—Dios mío, ¿qué voy a hacer...?

17

—Estás de muy mala leche...

Roman miró su copa. Era la segunda y tuvo que hacer un esfuerzo para darle un sorbo y no bebérsela entera de un trago. Por muy buen amigo que fuera el hombre que tenía al lado, no podía perder el dominio de sí mismo. Sobre todo, porque acabaría bebido, escribiéndole un mensaje a Allie y haciendo el ridículo más espantoso.

—Estoy bien.

—Seguro, estás de maravilla —Aaron Livingston resopló—. Nunca te había visto tan desquiciado por no haber cerrado una operación.

La operación y Allie se le mezclaban en la cabeza y no podía desenmarañarlas. Ese inversor la habría ayudado. No podía divulgar los datos hasta que el contrato estuviese firmado, pero su clienta, Clare Belford, era perfecta para esa empresa. Ella tenía una de las mayores organizaciones sin ánimo de lucro para mujeres maltratadas del país, y le había encantado la idea de que el gimnasio de Allie estuviese asociado. No había podido decírselo a Allie por un contrato de confidencialidad que tenía con Clare, pero lo habría averiguado enseguida si hubiese confiado en él, pero no había confiado en él.

Le parecía bien para follar, pero para nada más. Se bebió la copa de un trago a pesar de sus buenas intenciones. Le hizo una señal al camarero para que la rellenara y no hizo caso de la mirada de curiosidad de Aaron.

—No quiero hablar del asunto.

—¡Coño! —Aaron entrecerró los ojos y se apoyó en la barra—. No es una operación, es una mujer...

—¿No entiendes lo que quiere decir que no quiero hablar del asunto?

—No. No estarías aquí si no lo quisieras —Aaron esperó a que el camarero le sirviera otra copa—. No estabas saliendo con nadie antes de que te marcharas a la isla y allí hay muy pocos huéspedes, solo había una mujer que ha podido alterarte así —Aaron silbó—. Allie Landers y tú...Creía que no mezclabas el placer con el trabajo.

—No los mezclo, bueno, mezclaba.

Roman miró la copa, pero no la levantó.

—Puedes contármelo. No puedo decir que me haya sentido así, pero tengo tres hermanas y sé un par de cosas sobre las mujeres.

Roman estuvo a punto de comentarle que no le serviría de gran cosa si tenía que recurrir a sus hermanas en vez de a su propio historial sentimental, pero la verdad era que él sí había salido con distintas mujeres y nunca se había sentido así de jodido. Siempre había tenido la sensación de paz por haber tomado la decisión acertada, incluso en las peores rupturas.

En ese momento, no sentía ninguna paz.

Alejó la copa.

—Tenía la solución para todo lo que ella necesitaba y lo único que recibí por mis molestias fue una patada en el culo. No había previsto nada con ella. Joder, tío, es fuerte, guapa y lista como un demonio. Creía que estábamos en la misma onda, pero ella ni siquiera intentó plantearse que yo podría tener razón. Está tan decidida a hacer las cosas a su manera que ni siquiera dejó que lo intentáramos.

—¿Quieres hablar de verdad o que te apoye moralmente como un colega?

Por fin, miró a Aaron. Podría haber llamado a Gideon para que tomara una copa con él, pero estaba tan entusiasmado con Lucy Baudin que no habría podido compadecerse. Aaron, al menos, no tenía pareja. En realidad, solo había querido beber con alguien que no lo presionara demasiado, pero había subestimado a Aaron. Le tentaba decir que quería que lo apoyara como un colega, pero él nunca había eludido la cruda realidad y se decidió por la verdad.

—Lo primero.

—La cagaste.

—¿Por qué? —preguntó Roman parpadeando.

—Míralo desde su punto de vista. Te metiste en sus vacaciones y es posible que todo quedara relegado durante una semana por esa... química tan intensa que sentíais, pero nada había cambiado de verdad. Seguías siendo un enemigo invasor cuando volvisteis a Nueva York. ¿Tienes el contrato habitual con el posible inversor?

—Claro, como siempre.

—Aunque sea el inversor ideal, no le has contado ni una palabra de esa persona y esperas que confíe en ti con los ojos cerrados. Allie Landers es una mujer que ha llevado el mundo a sus espaldas y que se ha enfrentado sola a todos los problemas que le han surgido.

—Sí, esperaba que confiara en mí —reconoció Roman.

Y todavía le dolía mucho que no lo hubiera hecho.

—¿Por qué?

—Porque nunca le haría daño, ni a ella ni a lo que le importa.

—Eso lo sabrás tú, y es posible que ella también lo sepa en cierto sentido —Aaron se encogió de hombros—. Si tu exposición se pareció en algo a la de esta noche, no puedes reprocharle que te mandara a tomar por culo. Es posible que el sexo os cambiara las cosas a los dos, pero ¿cómo va a saberlo ella si no se lo dices? No adivina el pensamiento.

Roman quiso insistir en que debería haber confiado en él en cualquier caso, pero... ¿qué había hecho para ganarse esa confianza? Un montón de orgasmos era maravilloso, pero no se traducían...eso lo sabía él muy bien. Se había abierto un poco sobre su pasado, pero no le había mostrado su vulnerabilidad, se había contenido. Habían establecido una relación, pero no se había ganado la confianza suficiente como para que ella le confiara su empresa. Bebió un poco de whisky y se obligó a ir despacio.

—La quiero...

—Y eso está haciendo que cometas estupideces. No te preocupes, no eres el único. Ella también ha cometido errores, pero no estamos hablando de ella, estamos hablando de ti —Aaron dio un sorbo de cerveza—. La pregunta sigue en el aire, ¿qué coño vas a hacer al respecto?

Roman apostaría todo lo que tenía a que Allie le quería. Su orgullo podía exigirle que se olvidara de todo y pasara página, pero no podía hacerse a la idea. Allie era especial. Aparte de lo que sentía por ella, quería, sobre todo, que su idea saliera bien. Quería estar a su lado cuando ella viera que se llevaba a cabo. Si se alejaba, no haría nada de eso. ¿Qué era su orgullo en comparación con su felicidad y la de ella? Miró el reloj y se levantó de un impulso.

—Voy a por mi chica.

—Así me gusta —Aaron brindó con su cerveza—, pero te recomendaría que esperaras a mañana, son más de las diez.

—Tengo que hacer algunas llamadas. Ya te contaré más tarde.

Tenía que ordenar algunas cosas antes de que pudiera hablar con Allie. Si quería tener alguna oportunidad de recuperarla, tenía que presentar información nueva, cambiar la exposición.

Allie se despertó de la cabezada que estaba dando al oír que llamaban a la puerta. Se levantó de un salto antes de acordarse de que no estaba en la cama y estuvo a punto de tropezarse con la mesita. Se frotó la cara con una mano y fue hacia la puerta mientras seguían llamando. Por un instante disparatado, estuvo segura de que era Roman que iba a decirle... No sabía qué, pero le diría algo.

Sin embargo, abrió la puerta y se encontró con Becka. Su amiga la miró y sacudió la cabeza.

—Caray, es peor de lo que me esperaba.

—¿Qué?

Becka entró y cerró la puerta.

—Tú. Estás peor de lo que creía. Llevas jerséis con agujeros, te has echado azúcar por el pecho y tienes manchas de tinta en las manos. Te pasa algo y quiero saber qué es. ¿Ta ha hecho algo Roman? ¿Tengo que patearle el culo hasta Brooklyn ida y vuelta?

—¿Qué...? No.

Bueno, más o menos. Allie se alisó el pelo

y se acordó de que no se había duchado y de que el moño enmarañado era más maraña que moño.

—Roman y yo tuvimos un rollito de vacaciones y se ha terminado.

—Gilipolleces —replicó Becka con los ojos entrecerrados.

—¿Cómo dices?

—Lo que oyes. Estabas a punto de perder la cabeza por ese tío y, a juzgar por cómo te miraba, a él le pasaba lo mismo. ¿Qué te ocurre? Estabas muy bien cuando volvimos y ahora estás a punto de que te dé un ataque.

Allie abrió la boca para darle una excusa, para cambiar de tema como hacía siempre que Becka la ponía en apuros, pero la desesperación pudo con ella

—Estoy metida en un lío, Becka, en un lío muy grande.

La expresión medio burlona de su amiga se borró al instante.

—Cuéntamelo para que podamos arreglarlo.

—No sé si tiene arreglo.

Fue al sofá, se sentó y esperó a que Becka se sentara a su lado. Allie le contó que tenían muchas facturas sin pagar, que había utilizado dinero propio para apoyar al gimnasio y al albergue, que estaba casi a cero, que había rechazado una posible salida que le había ofrecido Roman.

—Vale —Becka asintió con la cabeza—, él no te dio muchas garantías y entiendo que lo rechazaras, pero lo que no entiendo es por qué me entero ahora de todo esto, por qué no me lo habías dicho antes.

—Creía que podría solucionarlo.

Además, aunque hubiese sabido que no podía, jamás habría descargado ese peso en otra persona. Ella era la que solucionaba los problemas y sabía que podía depender de sí misma; otras personas dependían de ella, pero ella no dependía de otras personas. No sabía alargar una mano cuando tenía problemas.

—Pedir ayuda no es lo peor que puede pasarte en la vida —replicó Becka—. Puedes no ser perfecta.

—Sé que no soy perfecta.

—Pero no sabes cómo acudir a los demás —Becka resopló—. Como tu mejor amiga, odio incondicionalmente a quien tú odies, pero quiero hacerte una pregunta y que me la contestes sinceramente.

Ella asintió con la cabeza, aunque sabía a dónde llevaba todo eso.

—De acuerdo.

—¿Te has parado a pensar alguna vez que es posible que Roman estuviera actuando de buena fe, que se preocupaba por ti y que estaba diciéndote la verdad, que solo quería ayudarte? —Becka levantó una mano—. Quiero decir, no es un santo y fue detrás de esta empresa porque sabía que le gustaría a su inversor y le daba igual lo que tú quisieras antes de conoceros. Sin embargo, eso no significa que el inversor sea un ser maligno que quiere destruir todo lo que tú has creado. ¿Le has preguntado a Roman si podrías quedarte haciendo algo?

—No —Allie notó que el bochorno le subía por el pecho y la garganta y le sonrojaba la cara—. Él quería que yo transigiera en todo y que confiara en que no estaba jodiéndome. Yo solo...reaccioné.

—De acuerdo —Becka asintió con la cabeza—, no estoy diciendo que estés equivocada al cien por cien. Él lo hizo mal desde el principio hasta el final, pero también creo que es posible, solo posible, que tú reaccionaras sin pararte a pensarlo. Sé que quieres ser capaz de hacerlo por tu cuenta, pero no tiene nada de malo dejar que otra persona te ayude.

—Todas estas mujeres dependen de mí para que las ayude.

—Para el carro, Superwoman. Efectivamente, esas mujeres te agradecen que tengan un sitio donde están a salvo, pero no son unas inútiles. No son unas niñas que te necesitan para que les cubras todas sus necesidades. No puedes echarte eso a la espalda —Becka se inclinó hacia delante—. Seamos sinceras por un momento, ¿de acuerdo?

—¿Antes no éramos sinceras? —le preguntó Allie con media sonrisa.

—Sabes lo que quiero decir. Te quiero un huevo, pero puedes ser cabezota hasta decir basta. Roman te asustó. Hizo que sintieras cosas y te ofreció algo que quieres con toda tu alma, pero te da miedo aceptarlo porque podría explotarte en las narices. Lo entiendo, pero también creo que te aferraste a cualquier motivo para pensar que no daría resultado y no hiciste caso de todo lo que indicaba que era posible, solo posible, que estuvieses equivocada.

Allie no quería reconocerlo. Roman era tan cabezota como ella, si no más. No podía mostrar debilidad porque él le pasaría por encima. Aunque estaban en una situación límite por no haber mostrado debilidad. No había pacto porque ella no había querido pactar. Lo había rechazado y había zanjado el asunto porque era más fácil que exponerse e intentarlo. Las palabras de Becka no le dolerían tanto si no fueran verdad en gran medida.

—Maldita sea, tienes razón.

—Como muchas veces —Becka se llevó las rodillas al pecho—. Para resumirlo, Roman te gusta más que comer con los dedos y tienes problemas con el gimnasio, unos problemas que podría resolver un inversor, pero solo el inversor acertado.

—Más o menos —Allie se rodeó un dedo con un mechón de pelo—. Si tuviese el inversor acertado, me costaría menos ceder el control, al menos, el control parcial. Alguien que lo vea como yo, que quiera lo mismo que yo.

—Tiene sentido —Becka sonrió—. Afortunadamente, conocemos a alguien que tienes toda una lista de personas que quieren invertir en empresas incipientes y con porvenir. Me imagino que si le presentaras una contraoferta a

Roman, él haría lo que fuese para darte lo que quieres.

Allie asintió con la cabeza porque no podía imaginarse una situación en la que Roman hiciera lo que fuese para darle lo que quisiera. Podría acudir a otra persona para que hiciera lo mismo, pero sería el colmo de la estupidez y de la cobardía. No se acabaría el mundo por acudir a Roman y reconocer que se había equivocado. No sería fácil, pero ¿qué pasaría si había dicho en serio que quería que lo intentaran? Se pasaría el resto de su vida preguntándose si se había quedado sin el amor de su vida por haber sido demasiado cabezota y no haber pedido ayuda.

—Debería llamarlo, ¿no?

—Si tú crees...

Allie lo pensó durante treinta segundos.

—Voy a ducharme y luego iré a buscarlo.

—¡Así me gusta!

18

Las intenciones de Allie no podían ser mejores, pero no encontró a Roman. No estaba en su despacho y nadie parecía saber cuál era su agenda. Y tampoco había contestado sus llamadas. La desesperanza iba adueñándose de ella a medida que avanzaba la tarde. Quizá hubiese interpretado mal toda la situación y a él solo le interesara el gimnasio y ya no quisiera saber nada de ella. Como no sabía qué más podía hacer, le mandó un mensaje.

Lo siento. Me gustaría que habláramos. ¿Podemos vernos?

Hubo una respuesta antes de que le diera tiempo a soltar el teléfono.

¿Dónde estás?

No había contestado a ninguna de sus llamadas, pero sí había contestado a su mensaje... como cabía esperar. Todo funcionaba al revés, como había funcionado desde que había conocido a Roman.

Allie contestó:

En el gimnasio.

No te muevas. Voy para allá.

El corazón le dio un vuelco y tuvo que tragar saliva varias veces antes de que pudiera contestar.

De acuerdo.

Intentó trabajar un poco para mantenerse ocupada, pero no dejaba de mirar el reloj y de preguntarse qué estaba pasando. Quería hablar, claro, pero los mensajes ásperos de Roman hacían que se preguntara si no sería todo un error. ¡No! ¡Lo quería e iba a pelear por él!

Se aferró a eso durante los veinticinco minutos siguientes, hasta que alguien llamó a la puerta de su despacho y casi se cayó de la silla del respingo que dio.

—¡Adelante!

Roman entró y verlo fue como sentirse en casa otra vez. Llevaba unos pantalones negros y una camisa abotonada que hacía maravillas con su espalda, y la miró como si fuese un hé-

roe que volvía, como si anhelara verla tanto
como ella lo deseaba a él.

Abrió la boca para soltarle todo lo que había
estado dándole vueltas por la cabeza, pero volvió a cerrarla cuando se dio cuenta de que no
estaba solo. Una mujer menuda con el pelo ca-
noso entró en la habitación. Su rostro no indicaba una edad y Allie no supo si las canas eran
naturales o una moda, pero sí podía decir que
era una mujer atractiva. Sus facciones eran un
poco demasiado fuertes para calificarlas solo
de hermosas y, además, transmitía una seguridad en sí misma que llenaba toda la habitación. Roman cerró la puerta y se dirigió a Allie.

—Te presento a Clare Belford, la inversora
que me contrató.

Allie se quedó helada.

—Conozco ese nombre. Eres la mujer que
dirige Sitios Seguros.

—Sí —reconoció Clare en un tono melodio-
so—. Estoy muy impresionada con lo que estás
haciendo.

—Yo... Gracias. Me encanta tu obra, es esencial en la vida de muchas mujeres.

Clare se acercó más a su mesa.

—Roman me contó lo que te preocupa, algo
que entiendo perfectamente, y quise verte para
tranquilizarte, para decirte que pienso seguir
fiel a tu idea. Me gustaría incorporar tu albergue a Sitios Seguros y ampliar Transcend para
relacionar los gimnasios nuevos con los alber-
gues que ya existen en las ciudades que propo-

ne Roman. También me gustaría contratarte como directora general. Ya sé que no es lo mismo que ser la propietaria, pero estoy dispuesta a concederte autonomía plena siempre que actúes dentro de los parámetros que ya has fijado.

Allie no podía ni hablar ni respirar, para no llorar. Jamás habría podido imaginarse que las cosas podrían acabar así para el gimnasio y el albergue. Se aclaró la garganta.

—Me parece maravilloso...

—No me des la respuesta ahora. Piénsalo bien y dímelo a finales de que acabe la semana —Clare le tendió la mano y se la estrechó con la misma seguridad que transmitía su personalidad—. Me alegro de que hayamos podido conocernos.

—Yo también.

Roman esperó a que Clare se marchara y cerrara la puerta.

—Lo siento.

Ella todavía no podía asimilar el giro que habían dado los acontecimientos.

—Creía que no podías decir quién era tu inversor...

—Firmé un contrato de confidencialidad. Es habitual porque las cosas pueden ponerse peliagudas cuando llegan las negociaciones y algunos inversores prefieren que no se sepa por adelantado quiénes son.

Allie lo entendió todo de repente.

—Le has pedido que hablara conmigo.

Roman titubeó.

—Me habría encantado que hubieses confiado en mí, pero ahora entiendo por qué no lo hiciste. No te juegas solo tu vida, y mi palabra no era suficiente. Sabía que si conocías a Clare, entenderías que esto solo puede ser bueno para el albergue y el gimnasio y para más mujeres.

Allie tomó aire varias veces.

—Roman, no sé qué decir.

—Entonces...Tengo que disculparme de verdad. Estaba cabreado porque no confiabas en mí, pero estaba pidiéndote que fueras la única que cedieras, yo no estaba haciendo nada para que los dos estuviéramos en igualdad de condiciones. Por eso... Te amo, Afrodita. Ya sé que es demasiado pronto y que tienes reparos, pero estoy dispuesto a hacer lo que haga falta para estar contigo. Si necesitas tiempo, te daré todo el tiempo que necesites. Podemos ir todo lo deprisa o despacio que quieras, pero te quiero y esto saldrá adelante a no ser que tú no me quieras.

Bueno, ella también estaba más que un poco enamorada. Se levantó, rodeó la mesa y se quedó delante de él.

—Si vamos a retomar esto como es debido, yo también tengo que disculparme. Reaccioné impulsivamente y no me paré a pensar que no pasa nada por pedir ayuda o apoyarse en alguien —se acercó más a él, pero no lo tocó todavía, aunque estaba deseándolo—. Hoy he estado llamándote para pedirte que me buscaras un inversor —ella sonrió—. Me parece que, después de todo, estamos en lo mismo.

—Si no te gusta lo que te ofrece Clare, podemos buscar a alguien más —Roman le tomó las manos con gesto serio—. No voy a presionarte, te lo prometo.

—Voy a aceptar su oferta.

Lo supo en cuanto Clare se la hizo. Su sueño había sido ser la propietaria de su empresa, pero ser la directora general no estaba nada mal. Compensaba si podía conservar al control y le garantizaban que se ocuparían de toda las mujeres que llegaran al albergue.

—Gracias, y siento no haber confiado en ti.

—No tienes por qué disculparte de nada.

—Tengo que decir una cosa más —añadió ella cayendo entre sus brazos.

—¿Solo una? —preguntó él con una sonrisa.

—También te amo —lo besó y puso todo lo más profundo y sincero que sentía en el beso—. Es posible que sea demasiado pronto y que sea un disparate, pero no lo haría de ninguna otra manera.

TÍTULOS PUBLICADOS EN TIFFANY

Claudia Cardozo
(La melodía del silencio y Renacer entre brumas)

Christine Rimmer
(El regreso de la princesa, La dulce espera y
Unidos por el destino)

Sarah Morgan
(El ático de la Quinta Avenida y Una noche sin retorno)

Sherryl Woods
(Atrapar a un ladrón y El dilema)

Amber Lake
(La luz de tu mirada y Un día más en el paraíso)

Susan Mallery
(Dulces palabras de amor y El seductor seducido)

Brenda Novak
(En tus brazos y Buscando su lugar)

Elle Kennedy
(Amor inocente, Deseo inocente y Su ángel vengador)

Miranda Bouzo
(El amor no se puede pintar y El arte del amor)

Tiffany™

Katee Robert

Lo quiero todo

Aunque su ex le había destrozado la autoestima, había llegado el momento de que Lucy Baudin retomase las riendas de su vida. Como abogada era una profesional atrevida y firme, pero en el dormitorio necesitaba inspiración para despertar su faceta seductora. Pedirle ayuda a su amigo Gideon Novak estaba mal… ¡y al mismo tiempo, estaba deliciosamente bien!

Te deseo

Roman Bassani haría cualquier cosa por cerrar un trato. Incluso perseguir a Allie Landers al Caribe para hacerle una oferta por su empresa. Se esperaba un reto, no una atracción inmediata e irresistible. Y después de una aventura de una noche acordaron dejar al margen los negocios… por el momento. La isla los incitaba a que fuesen unas tórridas vacaciones sexuales, pero ¿qué pasaría con los intereses de cada uno cuando volvieran del paraíso?

Un reto, una boda
Sophie Weston

La heredera rebelde

Pepper se quedó sin habla cuando se encontró con Steven Konig en un debate televisado en directo. Era un hombre muy atractivo, pero irritantemente provocador, y ahora estaba coqueteando con ella. Se vio perdida cuando Steven la retó a que profundizaran más en su atracción… ¿Tal vez hasta el altar?

Novia por accidente

Dom necesitaba a la supermodelo Jemima Dare para que le consiguiera la publicidad necesaria para financiar su próxima expedición. Pero Jemima no podía trabajar, así que recurrió a su hermana Izzy. Para Izzy hacerse pasar por Jemima ya era bastante difícil, pero tratar con Dom, poderosamente atractivo, era más de lo que podía soportar.

La proposición del duque

La supermodelo Jemima Dare necesitaba escapar de todo y se marchó de incógnito a un paraíso caribeño en busca de paz. Pero la paz era algo inalcanzable si Niall Blackthorne estaba cerca. Era aristocrático y formal en aquel lujoso hotel... pero irresistible en la playa. Un auténtico peligro para el maltrecho corazón de Jemima.

JULIA™

ELLE KENNEDY

AMOR INOCENTE

Había mucha gente en Serenade con motivos para matar a
Teresa Donovan, pero todos pensaban que su exmarido, Cole,
era el asesino. Todos salvo la agente del FBI Jamie Crawford.
Aunque la atracción que había entre ellos amenazaba su objeti-
vidad, su infalible instinto le decía que
el magnate inmobiliario era inocente.
El desastroso matrimonio de Cole había
arruinado su confianza en las mujeres,
pero al conocer a Jamie su armadura
protectora comenzó a derretirse...

DESEO INOCENTE

Sarah Connelly, madre adoptiva de un
bebé de cuatro meses, no podía creer
que el hombre del que había estado
tan enamorada estuviese metiéndola
en un calabozo. El comisario Patrick
Finnegan prometía sacarla de aquel
apriete, pero su confianza en él había

desaparecido cuatro años atrás. Aun así, estar con aquel hombre tan imponente hacía que su pulso se acelerase...
Finn sabía de corazón que Sarah no había asesinado a Teresa
Donovan, pero no podía pasar por alto las abrumadoras pruebas en su contra, ni el deseo que sentía por ella. De modo que
tenía dos tareas urgentes: encontrar al verdadero asesino y
convencer a la mujer de su vida para que le diese una segunda
oportunidad.